Zinnespel

Barry Unsworth

Zinnespel

Uit het Engels vertaald door Mireille Vroege

UITGEVERIJ DE GEUS

Oorspronkelijke titel *Morality Play*, verschenen bij Hamish Hamilton,
Londen 1995

Omslagontwerp Robert Nix
Omslagillustratie *jousting knights* van The Luttrell Psalter Add
42130 f. 82 van de British Library

Drukkerij Haasbeek bv, Alphen a/d Rijn

ISBN 90 5226 346 9
NUGI 301

Verspreiding in België uitgeverij EPO,
Lange Pastoorstraat 25-27, 2600 Berchem.

Voor Aira, altijd

Een

Het begon allemaal met een sterfgeval en het was ook een sterfgeval dat ons lot verder bepaalde. Het eerste was van de man die Brendan heette en ik was erbij toen het gebeurde. Ik zag hoe ze in de bittere kou om hem samendromden en zich over hem heen bogen, en hoe ze toen terugdeinsden om de ziel doorgang te verlenen. Het was alsof ze zijn dood voor mij naspeelden en dat was eigenlijk vreemd, want ze wisten niet dat ik keek, en ik wist toen nog niet wat zij waren.

Het was ook vreemd dat ik op hen was gestuit, geleid door engelen of demonen, net nu ik door mijn dwaasheid zo in ontreddering was geraakt. Ik zal mijn zonden niet verhullen, want waar is absolutie anders goed voor? Diezelfde dag had honger me nog tot ontucht gedreven en door ontucht was ik mijn mantel kwijtgeraakt.

Ik ben maar een arme geleerde, geheel ten prooi aan de grillen van het lot, zoals de mensen dat noemen, en ik kan alleen maar bogen op kennis van het Latijn, maar ik ben jong en knap, hoewel wat klein van stuk, en er heeft wel eens een vrouw naar me gekeken. Dat was me ook overkomen vlak voor ik Brendan zag sterven, hoewel ik in dit geval, zoals ik al zei, niet door begeerte maar door honger werd gedreven, en dat is een minder ernstige zonde; ik hoopte dat ze me iets te eten zou geven, maar ze was te gehaast en te heet. Toen kwam onfortuinlijk genoeg de echtgenoot eerder terug dan verwacht en moest ik door de koeiestal zien te ontkomen en liet ik met dat bitterkoude decemberweer mijn warme mantel liggen. Ik was bang dat hij me achterna zou komen en mijn botten zou breken, hoewel het verboden is een geestelijke te slaan, en dus liep ik langs de rand van het bos en niet open en bloot over de weg. Als ik de weg had gevolgd, zou ik voorbij zijn gegaan zonder hen gezien te hebben.

Er was een open plek in het bos waar vanaf de weg een paadje naartoe liep. Ze hadden hun kar hierheen gebracht en ik zag hen terwijl ze de man ervanaf aan het halen waren. Ik stond tussen de bomen en keek toe zonder mijn aanwezigheid te verraden. Ik durfde niet dichterbij te komen. Ik dacht dat het struikrovers waren. Ze droegen vreemde kledingstukken, die slecht bij elkaar pasten en eruitzagen of ze niet van hen waren. Overal dreigt tegenwoordig gevaar en een geestelijke mag geen wapens dragen; ik had alleen een korte stok bij me. (Stokken, knotsen en knuppels hebben geen punt of snijvlak en vallen niet onder het verbod.)

Vanuit mijn schuilplaats zag ik hoe ze hem van de kar afhaalden en hoe de uitgemergelde, halfvolgroeide hond die ze bij zich hadden, vrolijk opsprong alsof hij wilde spelen, met zijn doffe tong uit zijn bek. Ik kon even het gezicht van de man zien, met daarop de gloed van de dood. Ze legden hem op de grond. Ze hadden hem daar naartoe gebracht om zijn dood van nabij te kunnen meemaken; dat drong op hetzelfde moment ook tot me door. Want wie wil een metgezel zijn laatste adem nou op een hotsende kar zien uitblazen? We willen degenen die sterven of net gestorven zijn vlak voor onze ogen hebben, om ze het volle pond aan medelijden te kunnen geven. Onze Lieve Heer werd ook naar beneden gehaald om beweend te kunnen worden, want aan het kruis was Hij te ver weg.

Ze gingen gehurkt in een kring om hem heen zitten, dicht tegen elkaar aan, alsof hij een vuur was waaraan zij zich op deze winterdag konden warmen, zes mensen, vier mannen, een jongen en een vrouw. Ze waren gekleed in afgedankte vodden en lappen, geheel tegen de kledingvoorschriften voor het volk, een van hen had een groene hoed met een veer op, zo een als rijke mensen dragen, hoewel hij verder toch heel armoedig gekleed was, een ander droeg een witte kiel die tot op zijn knieën kwam, met een versleten hoos eronder, weer een ander – de jongen – droeg een ruwe sjaal die was gemaakt van iets dat wel paardehaar leek. Aan de eiken achter hen zaten nog wat roodbruine bladeren van het afgelopen jaar droog aan de takken, en er speelde wat licht op, net als op de grove textuur van de sjaal van de jongen.

De man lag dood te gaan zonder dat hem de biecht was afgenomen en misschien had ik hem het kruis nog kunnen voorhouden, maar ik durfde niet dichterbij te komen. *Mea maxima culpa.*

Ik kon hem nu niet zien, maar ik kon over de afstand die ons van elkaar scheidde, zijn ademnood horen en ik kon uit de monden van degenen boven hem wolkjes adem zien komen. Het was als wierook, een nevel van devotie. Toen hield het geluid op en ik zag ze opzij gaan om ruimte te maken voor de Dood, en dat was heel verstandig van hen want de Dood wordt minder getart als hij ruim baan heeft dan wanneer hij zich in een benarde ruimte bevindt. Het leek op die scène uit het zinnespel waarin de gekwelde ziel eindelijk vrij wegvliegt. Op dat moment zag ik dat er op de pet van een van de mannen een livreimerk, het embleem van een heer, genaaid zat.

Dat was ook het moment waarop de hond me ontdekte. Het beest was uitgemergeld en je kon zijn ribben tellen, maar hij kwispelstaartte niet en deed niet kruiperig, hij was alleen maar onnozel en van goede wil. Hij had meer dan eens geprobeerd om door de kring rond de dode man te breken en omdat hij weggejaagd werd ging hij dan langs de rand van de open plek lopen snuffelen en zo had hij uiteindelijk mij ontdekt, gehurkt achter mijn boom, en was gaan blaffen, meer bij wijze van welkom dan om te dreigen en daardoor was een van de mannen gealarmeerd geraakt, die met de groene hoed, een logge, haveloze vent met zwart, naar achter gebonden haar en ogen zo zwart als damastpruimen, die zodra hij me in het oog kreeg een mes trok en toen ik dat zag, kwam ik zo snel ik kon overeind en maakte met open handen het gebaar waarmee geestelijken dank voor de zegen uitdrukken, zodat hij meteen kon zien wat ik was. ‘Kom te voorschijn en laat uw gezicht zien’, zei hij.

Hierop trad ik zo snel ik kon naar voren. 'Ik liep door het bos', zei ik. 'Ik zag jullie toevallig. Ik wilde jullie op zo'n ogenblik niet storen.'

Ze waren opgesprongen en de dode man lag daar, met zijn ogen wijd open, blauw als het ei van een lijster. Hij was kaal en had een rond hoofd, zijn dikke gezicht leek wel een masker van spekvet en zijn mond was scheef en hing onderaan een beetje open. De hond maakte van de afleiding gebruik om het gezicht van de dode man te likken en door dat likken zakte de mond nog verder open. De jongen gaf de hond een trap en hij jankte en liep weg en ging tegen een boom staan pissen. 'Een priester', zei de jongen. Wat hij over zijn schouders droeg, was geen sjaal, maar een soort kledingstuk met loshangende pijpen eraan. Ik zag nu dat hij huilde – zijn gezicht was nat van de tranen.

'U had terug kunnen gaan of een andere weg kunnen nemen', zei de man met het insigne op zijn pet. 'U hebt ons bewust zitten begluren.' Het embleem was een witte ooievaar boven gekruiste hellebaarden. Door het insigne wist ik dat hij de leider was, maar ook omdat hij namens allen sprak. Hij was een paar jaar ouder dan ik, van gemiddelde lengte, zijn lichaam was tenger maar pezig en snel. Hij was de enige die geen samenraapsel van kleren droeg. Hij had een wambuis van schapevel aan met een korte tuniek eronder die aan de hals erg gerafeld was. De spieren in zijn kuiten en dijen waren duidelijk door de dunne stof van zijn hoos heen te zien. 'U bent te laat gekomen om hem zelfs nog maar uw dienst te kunnen bewijzen', zei hij minachtend. 'Brendan stierf met zijn zonden nog bij zich, en al die tijd hield u zich daar verscholen.' Hij had een smal, ovaal gezicht, dat nu wit van verdriet of van de kou zag. Zijn ogen waren prachtig, grijsgroen van kleur, onder scheve wenkbrauwen. Later zou ik me afvragen waarom ik geen gevaar in dat fanatieke gezicht van hem had gezien, maar mijn zoekende ziel was bevangen door de angst van het moment. Ik ben niet dapper en ik was hen tegengekomen op het moment dat er iemand doodging. Ik was een vreemdeling, op de een of andere manier zou men het mij kunnen aanrekenen. Daarmee loop je in deze barre tijden al het risico gewond te raken of nog erger. Er is een dorst naar geweld onder de mensen; waar wat mensen bijeenzijn is de moordlust nooit ver weg.

'Ik had geen kwaad in de zin', zei ik. 'Ik ben maar een arme priester.' Dit laatste had ik er natuurlijk niet aan toe hoeven voegen, want aan mijn kleed en mijn tonsuur konden ze wel zien wat ik was. 'Ik ben alleen', zei ik.

'Een priester in den vreemde, te voet, een priester die zich tussen de bomen verschuilt', zei een ander, de man met de witte kiel, en zijn lach klonk als een snik. 'Hij heeft bij de kleine luiden gepreekt.' Dit was een jonge man, naar zijn uiterlijk te oordelen niet ouder dan twintig, met heel slordig strokleurig haar. Zijn ogen waren dof en beweeglijk, stonden ver uit elkaar in zijn gezicht en zijn lippen hadden de volle kleur van bloed. Ook hij had tranen op zijn wangen.

'Ik had geen kwaad in de zin', zei ik nogmaals.

'Doe dat mes weg, Stephen', zei de man die de leider was tegen de donkere man. 'Je slaat toch geen vlieg dood met een hamer?' Deze smalende verwijzing naar mijn status als priester en waardigheid als man was in mijn hulpeloze situatie kwetsend voor me, maar ik was nog steeds te bang om antwoord te geven. Stephen stak het mes met een zwierig gebaar terug tussen zijn riem en ontblootte onderwijl zijn tanden tegen me en ik kreeg de indruk dat hij dat deed om minder volgzaam te lijken. Ik zag nu ook dat hij aan zijn rechterhand geen duim had.

De gevlekte knol was naar de rand van de open plek gesjokt en hield zijn hoofd laag om wat van het dunne gras te kunnen grazen. De kar was bedekt met oliedoek, maar ik kon nu over de houten rand aan de achterkant kijken. Er lag een stapel vreemde spullen op, bundeltjes gekleurde stof, kleren en kostuums, een vergulde kroon, een uitgezaagde en beschilderde vorm van een boom, ook een opgerolde slang en een drietand van de duivel en een pruik van vlas en een ladder. Ik zag ook potten en pannen en een stoof en een drievoet en een rond metalen blad van minstens een meter doorsnede.

Je hoefde niet zo goed thuis te zijn in Ockhams wet* als ik om de meest voor de hand liggende verklaring voor zoveel verschillende attributen te vinden: het waren rondtrekkende toneelspelers en tegen de kou droegen ze stukken van hun kostuums.

Mijn angst week, want wie is er nu bang voor toneelspelers, maar ik vond de situatie wel ingewikkeld. Nu ik onverwacht getuige was geweest van een sterfgeval kon ik niet zomaar weglopen. Ik begon te praten, want dat is meestal mijn redmiddel. Als ik een onderwerp heb, ben ik heel breedsprakig en tijdens mijn opleiding heb ik twistgesprekken gevoerd en daardoor is deze woordenvloed scherper geworden en heb ik de retorische gemeenplaatsen geleerd. Ik legde hen uit dat het door mijn onderzoekende geest kwam dat ik was blijven kijken en ik wees hen er vervolgens op dat daar geen kwaad in schuilt, zoals het gewone volk soms veronderstelt wanneer ze het nieuwsgierigheid noemen; integendeel, onderzoekszin komt in een verstandige ziel voort uit een gewoon gevoel van menselijkheid, en om dit kracht bij te zetten citeerde ik het gezegde van Publius Terentius Afer, *'humani nil a me alienum'*.

Er zijn tijden dat we niet aanvoelen hoe ongepast de dingen zijn. Ik stond daar maar tussen hen te zwetsen, terwijl de dode man in ons midden naar de door sneeuw donker wordende lucht lag te staren. Ik zou gewoon doorgepraat hebben, mijn onderwerp maakte me enthousiast, maar ik werd onderbroken door een gnuivend geluid van de man die ze Stephen noemden, en de jongen die in zijn handen klapte. Ik was beledigd door hun gebrek aan respect, maar bedacht toen dat ik wel een gek figuur moest slaan, met mijn versleten soutane en mijn kop met piekhaar. Ik was al sinds mei op pad en mijn haar was lang geworden; ik had met het scheermes dat ik in mijn ransel draag mijn tonsuur proberen bij te werken, maar ik had er een puinhoop van gemaakt omdat ik het geheel op de tast moest doen.

'Nou, hij kan in ieder geval praten', zei de vrouw. Het was een

* Ockhams wet: *Entia non sunt multiplicanda sine necessitate.*

sloerie met haar dat in haar ogen viel, jong nog, maar op het gezicht van haar jeugd droeg zij al het masker van ontbering. Zulke gezichten zie je tegenwoordig veel onder de mensen, het zijn geen echte gezichten, maar ze hebben een masker van lijden op. Ze droeg over haar schouders en borst een stuk rood-wit geblokte stof, het schouderkleed van de zot dat van de kar afkomstig was, met een gat in het midden waar ze haar hoofd doorheen had gestoken. 'Rondscharrelen in de bosjes, wat hoopte hij dat-ie te zien zou krijgen?' En ze tilde de modderige zoom van haar rokken een paar centimeter op en spreidde haar knieën, het was een klein maar heel geil gebaar, het gebaar van een hoer. De blonde man die maar stond te staren, en die er naar mijn smaak uitzag alsof hij niet helemaal bij zinnen was, deed toen alsof hij aan het hurken en gluren was, terwijl hij aldoor met wellustige graagte zat te slikken in zijn witte engelenhemd en het was heel goed gedaan, maar niemand lachte of zei een woord. Ze rouwden om de gestorven man, zij hadden van hem gehouden. Ik deed er helemaal niet toe, want ik was als een dief tussen de bomen aan komen zetten, ze wisten dat ik voortvluchtig was, zonder toestemming buiten de grenzen van mijn bisdom. Rondtrekkende toneelspelers zijn ook zwervers, maar deze hadden een livreimerk, zij hadden de licentie van een heer.

Degene die ik voor de leider hield, knielde weer bij het lichaam en deed de oogleden dicht en draaide het gezicht naar opzij, heel zacht, met zijn vlakke hand tegen de wang, om de slappe lippen weer over het bloedeloze tandvlees te sluiten. 'Ach, arme man, arme Brendan', zei hij. Hij keek even naar mij op. 'U kwam op een slecht tijdstip', zei hij op een toon waar geen vijandigheid in klonk. 'U kwam tegelijk met zijn dood. Wilt u nu zo goed zijn om uw eigen weg weer te vervolgen.' Maar ik bewoog niet want zijn woorden hadden een idee in mij wakker geroepen. 'We moeten Brendan weer op de kar leggen', zei hij en hij keek opnieuw naar het dode gezicht.

'Op de kar? Waarom? Waar moeten we hem naartoe brengen?' De man die Stephen heette, zei dit heel nors. Ik zag de eerste toneelspeler slikken en zijn gezicht rood worden, maar hij zei niet meteen iets. 'Neem de benen nu je nog kunt lopen', zei Stephen agressief tegen me – hij was nu ook kwaad.

'Wacht', zei ik. 'Laat me met jullie meereizen. Ik ben niet groot, maar wel sterk, als jullie het toneel moeten opbouwen kan ik met het staketsel en de decors helpen. Ik kan goed schrijven, ik zou de rollen kunnen overschrijven en de spelers souffleren.'

Inderdaad, het voorstel, het eerste idee kwam van mij, maar ik had er in het begin helemaal niet aan gedacht om ook in hun toneelstukken mee te spelen, om hun schandelijke beroep uit te oefenen, *artem illam ignominiosam*, ons door de Heilige Kerk verboden. Ik wilde alleen maar met ze meereizen, en dan nog vanwege het insigne dat hun leider droeg, wat betekende dat hun gezelschap aan een heer toebehoorde en dat zij de vergunning van die heer hadden en dus niet in het blok gezet zouden worden of als zwervers zweepslagen zouden krijgen, zoals dat met die mensen die als voortvluchtigen worden beschouwd of met niet-horigen gebeurt en zoals ook met geestelijken is voorgevallen die geen getuigschrift van hun bisschop hadden. Ik had ook nog steeds de bedrogen echtgenoot in gedachten: als hij achter me aan zou komen, zou ik bij hen veilig zijn omdat ik dan niet alleen was. Maar ik zweer dat het nooit in mijn gedachten is opgekomen om de plaats van de gestorven man in te nemen. Als ik had geweten tot welke listen en lagen van het kwaad dit sterfgeval langs de kant van de weg ons zou leiden, dan had ik mijn eigen pad zonder nog een woord te spreken en met gezwinde spoed vervolgd.

Tot nu toe had nog niemand geantwoord, hoewel ik sommigen wel hoorde lachen. 'Ik kan de biecht afnemen', zei ik. 'Ik kan de Schrift uitleggen. Het is waar dat ik geen beneficie heb en dat ik me buiten mijn bisdom bevind, maar ik kan nog wel de ceremonie doen. Ik wil ook niet om loon vragen, alleen eten en onderdak voor zover we dat onderweg treffen.'

'We zitten in het geheel niet op jouw bijbeluitleg te wachten', zei de eerste toneelspeler. 'En ook niet op je Latijn. En wat dat opbouwen van het toneel betreft, als we hulp nodig hebben, dienen zich altijd wel mannen aan en die vragen niet meer dan een pot bier en een klein stukje kaas en dat is minder duur dan dat we de hele reis nog een extra mond te vullen hebben.'

Toch keek hij mij nu anders aan, aan zijn gezicht was te zien dat hij het aan het overwegen was. Hij had aan mijn stem gehoord dat ik in nood was, en misschien ook wel dat ik bang was – een man alleen is ten prooi aan angsten, tenzij hij die eenzaamheid zelf verkiest omwille van Christus. 'Een priester kan meestal zingen', zei hij. 'Heb je een goede zangstem?'

'Ja, hoezo', zei ik, een beetje verbaasd – ik snapte nog niet waar hij naartoe wou. En ik sprak de waarheid, want men prees mij altijd om mijn stem. Hij is niet heel krachtig, maar wel zuiver en lieflijk van toon. Ik had hem onderweg, toen al mijn geld op was, soms voor wereldse doeleinden gebruikt; in mijn nooddruft had ik in herbergen gezongen en soms was ik bekogeld, maar het was vaker voorgekomen dat ik een maaltijd en een slaapplaats kreeg.

'Brendan kon wonderschoon zingen', zei hij. 'Mooier dan een nachtegaal.'

'Hij zong als een engel', zei de man met het vlassige haar, met die vreemde, krachteloze uitdrukking van geestdrift die zo bij hem hoorde. 'Dan zette hij zijn voeten stevig neer en hief zijn hoofd op; het was alsof een boom zong met zijn bladeren.'

'Zijn lied was als een zijden koord', zei Stephen. Hij had een diepe stem, een beetje hees van het drinken.

Dit was de eerste keer dat me iets opviel wat ze aldoor deden, namelijk dat ze eenstemmig als een koor spraken, maar toch om de beurt, zodat het op een toonladder leek. Er was iets veranderd, ze lieten mij delen in wat zij wisten over de dode man. Maar ik kon me uit de keel van Brendan zoals hij nu was nauwelijks zoete klanken voorstellen, en ook niet hoe die arme scheve mond tijdens het zingen zou bewegen. Zijn gezicht zag er door het koude weer nu uit als varkensvet. 'Hoe is hij aan zijn eind gekomen?' vroeg ik.

'Gisteren liep hij achter de kar en plotseling gaf hij een schreeuw en viel op de grond', zei de vierde man, die nu voor de eerste keer sprak. Deze man was ouder, had weinig haar, een forse kaak en felblauwe ogen. 'Hij kon niet meer opstaan, we moesten hem tillen', zei hij.

'Vanaf dat moment kon hij niet meer spreken', zei de jongen. 'We moesten hem op de kar leggen.'

'Hij kon wel geluiden maken, maar geen woorden', zei de leider. 'Hij was altijd rad van tong en zat vol grappen.' Hij keek even naar me en in zijn blik zag ik een zweem van afgrijzen. Ik begreep dat de stomheid waarmee Brendan, zanger en grappenmaker, geslagen was geweest, voor hem zoiets als een nachtmerrie was. 'Zing eens wat, jij', gebood hij me.

Ik had niet moeten gehoorzamen want hij was iets ontoelaatbaars met me van plan en op dat moment had ik daar al zo'n vermoeden van. Spelen op een openbaar toneel is ons door het concilie verboden, eerst in Exeter en later in Chester, en ook door het edict van bisschop Bonifatius de achtste, vandaar dat ik wist dat ik het risico liep mijn positie te verliezen. Maar ik had honger en het was mij zwaar te moede.

'Wilt u een liefdeslied horen,' zei ik, 'of een lied over de goede werken?'

'Een liefdeslied, een liefdeslied', zei Stephen. 'De duivel hale je met je goede werken.' Hij zei dit zonder te lachen. Al die tijd dat ik bij hen was, heb ik hem maar één keer zien lachen.

'Goede werken zal hij niet meenemen, broeder, maar wel de mensen die niet eerst nadenken voor ze wat zeggen', zei de oude man. De hond zat dicht naast hem en luisterde naar elk woord dat hij sprak. Hij klapte in zijn handen. 'Kom op, zingen', zei hij.

En zo zong ik voor hen 'De vasten heeft liefde mee naar ons stadje gebracht', ik stond daar alleen op de open plek te zingen, eerst zonder begeleiding, maar toen speelde de jongen de melodie met me mee, op een rieten fluit die hij uit zijn kleren te voorschijn had gehaald.

Toen het lied uit was, knikte de leider. Toen draaide hij zich om en liep naar de kar en vond daar twee ballen van stof zoals jongleurs die gebruiken, een rode en een witte, en hij riep me toe dat ik moest vangen en gooide toen de rode, hij sprak en gooide bijna tegelijkertijd, en ik ving hem met mijn rechterhand en hij gooide de witte bal naar de andere kant, dit keer hoog en wat verder naar opzij zodat ik twee stappen moest doen, en deze tweede bal ving ik ook. Terwijl ik mijn evenwicht nog niet had teruggevonden, hield iemand achter me mijn linkerhiel vast en ik struikelde, maar viel niet.

Hij knikte nogmaals en zei tegen de anderen, zonder mij aan te kijken, 'Hij is snel, beweegt zich goed, kijkt goed naar beide kanten en hij zet zijn voeten stevig neer. Zijn stem is goed genoeg. Hij is natuurlijk niet de nieuwe Brendan, maar met wat oefening moet het lukken.'

Deze lof, al was die dan niet al te overdadig, deed me plezier en dat siert me niet. Maar hij had iets, een bepaalde geestkracht, die maakte dat ik bij hem in de smaak wilde vallen. Ik bedenk nu dat dat misschien alleen maar kwam door de intense manier waarop hij iets wilde. Mensen onderscheiden zich van elkaar door de kracht waarmee ze iets willen. Wat deze man wilde, werd zijn domein en zijn maaltijd, hij heerste erover en voedde zich ermee vanaf het allereerste moment van verlangen. En daarbij komt dat ik, zo pervers is onze aard wel, doordat ik op de proef gesteld was, des te liever wilde slagen, ook al wist ik dat de hele onderneming zondig was.

Hij keek de anderen nu aan en lachte een beetje, een lach waardoor zijn gezicht er jong uitzag. 'We hebben Margaret genomen omdat Stephen haar wilde, en een zwerfhond voor Tobias. Waarom nemen we dan geen voortvluchtige priester aan wie we allemaal wat hebben?'

Hij was de leider, maar hij moest ze toch nog overhalen. Later zou ik leren dat alles wat met hun leven als toneelspelers te maken had, onderling op voet van gelijkheid besproken werd.

'Ze zullen hem herkennen aan zijn tonsuur', zei Stephen. De vrouw was van hem, ze was er niet voor hen allemaal, zoals ik aanvankelijk had gedacht. Ik merkte het aan de manier waarop ze dicht bij hem bleef en naar zijn woorden luisterde. Maar ze keek toch ook naar mij, een beetje plagerig, maar toch ook weer niet helemaal, en ik nam ter plekke het besluit dat als ik in hun gezelschap opgenomen zou worden, ik haar blikken niet zou beantwoorden, om de zonde niet te verzoeken. Bovendien was Stephen gevaarlijk. 'Iedereen zal zien dat hij voortvluchtig is', zei hij nu en keek iedereen om beurten met zijn donkere gezicht aan.

'Inderdaad,' zei de man in het witte hemd, 'hij reist zonder toestemming, anders zou hij geen aansluiting bij ons zoeken. In elke parochie kunnen ze hem aanhouden en dan verbieden ze ons daar nog verder op te treden.'

'Een hoed, laat hem dan een hoed dragen', zei de oude man. Het leek er eerst op of hij niet naar het gesprek had geluisterd, hij gaf de hond speels wat duwtjes, tot grote vreugde van het mormel. 'Zijn haardos groeit snel genoeg', zei hij. 'In tegenstelling tot de mijne.' Grijnzend ontblootte hij de paar tanden die hij nog had en haalde een hand door het beetje grijze haar en over zijn verweerde hoofdhuid. 'Hij kan best doorgaan voor toneelspeler, priester of geen priester', zei hij. 'Hij wil bij onze troep horen, dat staat op zijn gezicht te lezen. En wij hebben een zesde man nodig, nu die arme Brendan er niet meer is.'

'Die hebben we heel hard nodig, dat is nou precies waar het om gaat', zei de leider. 'We hebben Het Toneelstuk van Adam ingestudeerd, iedereen is het ermee eens dat we daarmee beginnen en dat lukt niet als we geen zes man hebben, want er zijn drie dubbelrollen. Deze man is als de vervulling van een gedachte op ons pad gekomen, net als de Deugden en Ondeugden dat in een zinnespel doen. Toen Brendan stierf, diende hij zich aan en daar kunnen we maar beter ons voordeel mee doen. Dat is mijn mening als eerste toneelspeler van dit gezelschap dat onder auspiciën staat van onze heer. En, beste mensen, dat is dan ook wat we gaan doen, als jullie daar tenminste mee instemmen.'

Even was iedereen doodstil, maar toen keek de leider hen een voor een aan en knikten ze om beurten. Naar de vrouw keek hij niet. Toen ze allemaal hadden ingestemd, draaide hij zich naar mij om en vroeg me naar mijn naam en die gaf ik hem, Nicholas

Barber, en hij gaf me zijn naam, Martin Ball, en hij vertelde me hoe de anderen heetten. De man met het blonde haar werd alleen maar Straw genoemd, de jongen noemden ze Springer, maar ik weet eerlijk gezegd niet of dat ook hun echte namen waren. De oude man heette Tobias. De vrouw zei dat ze Margaret Cornwall heette.

Zo zorgden een lied en een balspel voor kinderen ervoor dat ik als lid van deze groep goliarden werd gekozen, en zo ging ik akkoord met de verkiezing. Als ik geweigerd had, als ik hen daar op die open plek had achtergelaten, met de dode Brendan met al zijn zonden nog bij zich in hun midden, dan was ik nu wellicht weer onderdiaken, met alle voorrechten weer in ere hersteld, terug tussen mijn boeken in de bibliotheek van de kathedraal. Afgezien daarvan zouden de verschrikkingen die mij nu 's nachts nog steeds bezoeken, me ongetwijfeld bespaard zijn gebleven.

Twee

Het komt door de zwakheid van mijn geval dat ik alleen vergeving kan vragen door de hachelijke situatie te onthullen waarin ik was beland. Maar die was op zijn beurt het gevolg van mijn eigen dwaasheid en zonde. Ik probeer dus vergeving te krijgen voor een misstap door misstappen te onthullen die eraan voorafgingen. En aan die misstappen zijn weer andere voorafgegaan. Het is een reeks waarvan ik het einde niet kan zien, het gaat terug tot de schoot van mijn moeder.

In de eerste plaats schaamde ik me dat ik mijn Bisschop verdriet deed, die mij de tonsuur had gegeven, die me altijd als een vader had behandeld, want dit was niet de eerste keer dat ik zonder toestemming was weggegaan maar de derde en altijd in de meimaand, als het bloed begint te kolken. Dit keer had ik een andere reden maar het kolken was hetzelfde; ik was ontboden om als secretaris voor Heer Robert de Brian te dienen, een edele ridder en vrijgevig weldoener maar niet iemand met een scherpzinnige smaak in de letteren en om kort te gaan een heel miserabele dichter die mij zijn omvangrijke verzen liet overschrijven, en me zodra ik ze gekopieerd had nieuwe bracht. Dit verdroeg ik allemaal. Maar toen gaf hij me daarenboven de taak om Pilato's langdradige versie van Homerus over te schrijven. De vogels zongen uit volle borst, de knoppen van de meidoorn barstten open. Ik pakte mijn ransel en verliet zijn huis. Het was december toen ik de toneelspelers ontmoette, de lentebloemen waren allang verwelkt. Tegenspoed was mij ten deel gevallen. Ik was het heilige reliek kwijtgeraakt die ik jarenlang bij me had gedragen en had gekocht van een geestelijke die net uit Rome was gekomen, een stukje zeil van de boot van Petrus. Ik verloor hem met dobbelen.

En toen, op dezelfde ochtend waarop ik hen ontmoette, was ik mijn goede mantel kwijtgeraakt, in mijn laffe haast vergeten. Ik was tot op het bot verkleumd toen ik hen tegenkwam en hongerig en mismoedig door deze slagen van het lot. Ik wilde weer mensen om me heen hebben, niet langer alleen zijn. Het gezelschap van de spelers bood mij beschutting, hoewel zijzelf net zo arm en uitgehongerd waren. Dit was mijn echte beweegreden. Het livreimerk was alleen een argument dat ik voor mijzelf gebruikte.

Om mijn gedaanteverandering compleet te maken moest ik Brendans bevlekte en stinkende wambuis en tuniek dragen en hij moest mijn ordekleed aankrijgen, want er was geen alternatief voor deze uitwisseling behalve de zonderlinge kostuumstukken op de kar. De vrouw kleedde Brendan uit en deed hem mijn ordekleed aan. De anderen wilden het niet doen en ze wilden ook niet kijken terwijl zij het deed, hoewel het mannen waren voor wie verkleden de gewoonste zaak van de wereld was. Maar ik keek wel en ze was behendig en teder met hem en haar gezicht stond vriendelijk.

Toen het klaar was lag Brendan in zijn priestergewaad, een man die tijdens zijn leven god noch gebod had gekend en vol blasfemische grappen zat. En daar stond ik in de kleren van een dode toneelspeler. Maar nu ontstond er een verschil van mening tussen ons. Martin wilde de dode man op de kar met ons meenemen. 'Brendan stierf zonder dat hem de biecht was afgenomen', zei hij. 'We moeten hem in gewijde grond begraven.'

'Het paard is zo al langzaam genoeg', zei Stephen. 'De wegen zijn slecht en er is sneeuw op komst. We hebben al tijd verloren, met dat gebroken wiel. We zijn in Durham ontboden om met Kerst voor de neef van onze dame te spelen. Als we dat missen liggen we uit de gratie. Eerste kerstdag is vandaag over acht dagen. Volgens mijn berekening zijn we nog vijf dagen reizen van Durham verwijderd. Moeten we dan vijf dagen met een dode man reizen?'

'De priester zal geld willen hebben', zei Straw. Hij keek naar onze gezichten met die vreemde uitdrukking van koortsachtige geestdrift. Later zou ik erachter komen dat hij nooit lang in een bepaalde gemoedstoestand verkeerde maar altijd werd gedreven door een of andere gril van de geest die helemaal uit hemzelf voortkwam, nu eens somber, dan weer uitbundig. 'We kunnen hem in het bos begraven', zei hij. 'Hier in het donkere woud. Brendan zal hier goed slapen.'

'De doden slapen overal goed', zei Margaret. Ze keek naar me en haar blik was uitdagend maar niet kwaadaardig. 'Ons priestertje kan de laatste woorden wel over hem uitspreken', zei ze.

'Margaret heeft hier niks over te zeggen', zei Martin. 'Ze maakt geen deel uit van de troep.' Hij zei deze woorden direct tot Stephen, wiens vrouw zij was, en ik hoorde – en de anderen ongetwijfeld ook – zijn stem beven want hij hield zijn gevoel nauwelijks in bedwang. Zijn rechterhand was gebald en zijn knokkels waren wit. 'Willen jullie hem hier laten?' zei hij. Ik, die hem toen nog niet kende, vond die felheid merkwaardig plotseling en krachtig, alsof er niet alleen aan wat hij met Brendan wilde doen werd getwijfeld maar daarmee ook aan een of ander gekoesterd wereldbeeld.

Niemand gaf meteen antwoord, zo fel was hij. Ik denk dat Stephen op het punt stond antwoord te geven maar Martin sprak alweer, zijn stem klonk lager nu. 'Hij was net als wij allemaal', zei hij. 'Tijdens zijn leven heeft hij nooit bij zijn eigen haard gezeten of aan zijn eigen tafel gegeten. Potten en pannen heeft hij niet meer nodig maar hij krijgt wel een thuis in de aarde, dat zoals het hoort voor hem gemaakt wordt, diep genoeg, en eindelijk een dak boven zijn hoofd.'

'Brendan had zijn slechte gewoonten, dat zou hij zelf niet ontkend hebben, en te veel bier was er een van', zei Tobias. 'Maar of hij nu dronken of nuchter was, hij speelde de Duvelstoejager beter dan ieder ander.'

'Waarmee wou je zijn graf maken?' Er klonk nu minachting in Martins stem. 'De spade van Adam en de riek van Eva, die gemaakt zijn van ijzerdraad en tengelhout? De grond is keihard van de vorst van de afgelopen dagen. Om een graf te maken moeten we zwoegen tot het donker is en dan is het nog niet diep genoeg om te voorkomen dat de kraaien zijn ogen uitpikken.'

'We hebben messen', zei Stephen.

Om te graven, had hij bedoeld maar nu was er een vreselijke stilte, terwijl Martin hem bleef aankijken en hij die blik beantwoordde. Voordat een van beiden iets kon zeggen stapte de jongen Springer naar voren. Hij was altijd een vredestichter, hoewel hij de jongste was, een van de gezegenden die beschouwd worden als Kinderen van God. 'Brendan heeft me geleerd te duikelen en op stelten te lopen en voor vrouw te spelen', zei hij. 'Lieve mensen, om godswil, we gaan hem toch niet in een greppel achterlaten.' En om ons te vermaken pakte hij de loshangende stukken van zijn sjaal om zijn schouders samen en maakte gebaren als van een vrouw die trots met haar lange haar pronkt.

'Herinneren jullie je wat voor capriolen hij op die stelten van hem kon maken?' zei Tobias. 'Hij stopte altijd plotseling alsof hij ging vallen.'

'Hij viel nooit en als hij viel, deed hij dat met opzet', zei Martin. Hij legde niet meer zo'n felheid aan de dag, nu hij merkte dat de anderen zich naar zijn wil voegden. En hij sprak rechtstreeks tot mij, hij liet mij delen in die herinneringen aan Brendan en ik was hem dankbaar, zijn karakter had een bepaalde beminnelijkheid waardoor hij aandacht voor anderen kon opbrengen als zijn gevoel niet verstoord of gedwarsboomd werd. 'Hij droeg de kap en de bellen altijd samen met ezelsoren en een half masker', zei hij. 'Of soms een masker met vier horens als dat van een jood.'

Degene die zij Straw noemden begon plotseling te lachen, hetzelfde snikkende gelach, en hij sloeg met vlakke hand op zijn knieën. 'Hij stal altijd het bier van de Duivel en morste het op zijn schoot, zo'n haast had hij om het op te drinken', zei hij. 'Dan zag je hem met zijn knieën tegen elkaar rondschuifelen terwijl het bier naar beneden droop en de Duivel in alle hoeken en gaten zocht naar zijn pul.'

'Je zou bijna denken dat hij in zijn broek had gepist', zei Springer bijna vertederd.

'Herinner je je nog hoe hij de Duivel met zijn lied troostte?' zei Stephen. Hij zei dit tegen Martin en ik zag dat zijn trots deze manier had gevonden om vrede te sluiten. 'Hij maakte zijn eigen liederen', zei hij. 'Hij bedacht de woorden zelf. Als de Duivel bedroefd was omdat Eva eerst de appel niet wilde eten, dan zong Brendan een lied van hemzelf om het humeur van de Duivel wat op te vrolijken. "Ware de wereld helemaal van mij", zo heette dat lied.'

Springer nam zijn rietfluit en speelde het wijsje en iedereen zong een couplet van het lied, ze zongen samen en keken naar elkaars gezichten terwijl ze zongen, in de kou tussen de kale bomen:

> Als de wereld van mij was
> Dan maakte ik een brede weg
> Van de heuvels naar de zee
> Voor zotten alleen...

Zo rouwden zij om Brendan met zijn eigen lied en waren zij weer in harmonie met elkaar. Ik zie hen nu weer voor me, hun gezichten terwijl ze aan het zingen waren, de glans van het licht dat de dode eikebladeren raakt, Straws witte engelengewaad, het ronde koperen blad achter op de kar. Maar wat mij vooral bezighoudt, is dat ons wezen zo vreemd in elkaar zit dat mensen bijna slaande ruzie krijgen over het ter aarde bestellen van een armzalig vleselijk omhulsel, in een tijd als de onze waarin pest en bloedvergieten heersen, waarin elke dag een Feestdag voor de Dood is, waarin we de doden zonder onderscheid in de straten opgestapeld hebben zien liggen, wegrottend op karren, opgehoopt in gemeenschappelijke kuilen die als graf dienstdeden. Dat is al een paar jaar geleden maar er is hier in het noorden weer een epidemie losgebroken, een krachtiger soort die zich niet eens door de winter laat intomen. De velden liggen er verlaten bij, velen komen van de honger om, ze vallen en worden haastig naar een duister hoekje weggeschoven. Struikroverbendes maken het platteland onveilig, boeren vluchten weg van het werk dat ze moeten verzetten, soldaten keren terug van die eindeloze oorlogen met Frankrijk, mannen die van jongs af aan alleen maar hebben gemoord. Er zijn parochies waar minder dan de helft van de mensen het heeft overleefd. En bijna niemand weet precies waar degenen die zij liefhadden, begraven liggen. En toch was er deze bezorgdheid om één armzalige toneelspeler.

Er werd nauwelijks meer over hem gesproken, op dat moment niet en later niet. Ze hadden zijn epitaaf gezongen. Er werd ook niet meer gebakkeleid over of hij op de kar meegenomen moest worden. Hij werd zonder omhaal opgetild. Hij werd tussen de maskers en kostuums neergelegd met een opgerold touw als kussen en hij werd bedekt met stukken scharlakenrode stof die zij bij zich hadden om het gordijn voor de achterkant van het toneel van te maken. Hierna gingen we weer op weg. En zo begon mijn leven als toneelspeler.

Drie

De dagen hierna bleef Brendan op de kar en we legden planken en zakkengoed over hem heen om hem op de binnenplaats van de armoedige herbergen langs de weg waar we overnachtten tegen ratten te beschermen. Soms sliepen we op stro in de bijgebouwen aan de binnenplaats, soms allemaal bij elkaar op strozakken in een armzalige kamer van zo'n krot dat voor een herberg moet doorgaan. Martin betaalde al het gelag uit de gemeenschappelijke beurs. Hij hield de geldgordel altijd om en zijn dolk altijd binnen handbereik. De beurs was smal en dan waren er ook nog de kosten van Brendans begrafenis waar we rekening mee moesten houden. Geen van de toneelspelers had geld, behalve Tobias, want die was spaarzaam; de anderen hadden hun deel al uitgegeven. We kwamen in die dagen door geen enkele plaats waar genoeg mensen woonden om een voorstelling lonend te maken; plunderingen en de pest hadden van dorpen gehuchten gemaakt, huizen stonden er leeg en vervallen bij, de straten waren bedekt met een dikke laag steengruis. De sneeuw bleef uit maar het was wel koud en daardoor ging Brendans lichaam niet tot ontbinding over.

Al die tijd gaf Martin mij onvermoeibaar les. Onderweg sprak hij tegen me. Meestal liep iedereen achter de kar, om de beurt leidden we het paard. Hij vertelde me over de eigenschappen die een toneelspeler moet hebben, hij moet snel van begrip zijn, soepel bewegen en rad van tong zijn voor de rollen die niet helemaal uitgeschreven zijn. Hij liet me de dertig handbewegingen zien die iedereen moet kennen en die moest ik oefenen, hij berispte me altijd vanwege mijn onhandigheid, mijn stijve polsen en schouders. Je moest die gebaren net zo natuurlijk en soepel kunnen maken als elke andere gewone beweging van de ledematen of het hoofd. Hij liet ze me steeds opnieuw doen, tot mijn bewegingen vloeiend genoeg waren en de hoek die mijn handen maakten en de positie van mijn vingers precies goed. In de manier waarop hij mij onderwees was hij net zo vasthoudend als in al het andere. De geringste goedkeuring moest je dubbel en dwars van hem verdienen. Hij was trots op zijn kunst en verdedigde die hartstochtelijk – alles in hem was hartstochtelijk. Zijn vader was ook toneelspeler geweest en had hem ermee grootgebracht.

Hij liet geen gelegenheid voorbijgaan om het mij te leren. Tijdens de onderbrekingen van onze reis zette hij me aan het oefenen, 's middags als we even rustten om ons stukje kaas en roggebrood en bloedworst te eten en ons waterige bier te drinken, en in de armoedige logies die we 's avonds vonden, alle vermoeidheid ten spijt – Martin wilde het mij zo graag leren dat hij zijn vermoeidheid van zich afzette. Hij gaf me Het Toneelstuk van Adam om van buiten te leren, de bladzijden waren aan flarden gescheurd en het handschrift slecht leesbaar – ik beloofde hem dat ik het netjes zou overschrijven als daar tijd voor was.

Iedereen hielp me, ieder op zijn eigen, andere manier. En iedereen liet mij zo iets van zichzelf zien. Straw was een geboren mimespeler en was er zeer begaafd in. Hij kon zowel man als vrouw zijn, jong of oud, zonder daar woorden bij nodig te hebben. Hij had altijd alleen rondgereisd totdat Martin hem op een markt had gezien en hem in de troep had opgenomen. Hij was een vreemde, licht ontvlambare vent, heel grillig in zijn stemmingen, met aanvallen van heftige melancholie. In die dagen viel hij een keer en kronkelde met zijn lichaam over de grond en Springer hield hem vast en veegde zijn mond af tot hij weer bij zinnen kwam. Drie keer heeft hij voor mij het mimespel gedaan van iemand die ontdekt dat hij bestolen is, en leerde me het belang van de beweging van het hoofd en van duidelijke gebaren en het bevroren moment in het spel wanneer alle betekenis verstild wordt uitgedrukt.

Springer zei dat hij vijftien was maar hij wist het niet zeker. Hij speelde vrouwenrollen. Hij kon hoog zingen en zijn gezicht leek wel van rubber, hij kon het alle kanten op trekken, en zijn nek draaien als een gans en hoe vaak hij dat ook deed, je moest altijd lachen als je dat zag. Hij had een zachtmoedig karakter en was bangelijk en had geen kwaad in de zin. Hij en Straw waren bevriend en gingen veel met elkaar om. Hij kwam uit een jongleursgezin – zijn vader was een acrobaat geweest en had hem in de steek gelaten toen hij nog maar een kind was. Langs de kant van de weg deed hij me salto-mortale's en radslagen voor. Hij kon zijn rug buigen als een hoepel, waarbij alleen zijn hielen en hoofd de grond raakten, en als een zweep uit die positie opspringen en weer rechtop staan. Ik had niet de hoop dat ik dit zou kunnen evenaren, maar ik oefende zo vaak ik kon met buitelen. Ik ben lenig en lichtvoetig en ik kreeg er een zekere handigheid in; Straw en Tobias hielden dan een touw op de hoogte waar ik overheen moest zien te komen.

Ik had niet de indruk dat Stephen net zo goed kon toneelspelen als deze twee. Hij was er niet zo bij betrokken als zij. Maar hij was groot en had een lage stem en kon zijn tekst goed onthouden. Hij deed rollen die waardigheid en luister behoefden, God de Vader, de woedende Koning Herodes, de Aartsengel Michaël. Hij was een paar jaar boogschutter geweest, in dienst van de Sandville-familie, graven van Nottingham – dezelfde familie aan wie deze troep toneelspelers toebehoorde. Hij had voor hen geplunderd en voor hen gevochten, eerst tegen Heer Richard Damory en daarna tegen de graaf van March. Tijdens een schermutseling was hij door de mannen van de graaf van March gevangen genomen en zij hakten zijn rechterduim er bij het eerste kootje af, waardoor hij nooit meer kon boogschieten en gedwongen was een ander vak te kiezen. Dit was in opdracht van zijn heer gebeurd; niettemin bewonderde Stephen de adel en was trots op zijn aandeel in dat bloedige oproer. 'Ik ken mannen van wie de ogen werden uitgestoken', zei hij. 'Ik heb geluk gehad.' In een buideltje aan zijn riem droeg hij een bronzen medaillon van Sint-Sebastiaan, de patroonheilige van de boogschutters. Op de derde dag liet hij me dit medaillon zien en zijn verminkte duim, en dat betekende een groot teken van vriendschap van zijn kant.

Margaret was omwille van hem bij ons. Ze maakten ruzie, hoewel het in die dagen wat minder was, vertelde men mij, aangezien ze niet genoeg geld hadden om dronken van te worden. In haar eigen tijd speelde ze de hoer en daar deed ze helemaal niet geheimzinnig over. Ze was grof in de mond en beminnelijk in haar gebaren. Ze had niks met het toneelspel te maken en maar heel weinig met de beraadslagingen die we onder elkaar hielden. Ze droeg haar steentje bij door voor ons allemaal te wassen en kleren te verstellen en door te koken als de pot iets schafte. Dat laatste hing vaak af van de zesde persoon, Tobias, die de Mensheid speelde en als dubbelrol de kleine rollen had en de toekijkende demonen deed. Hij kon ook de trommel slaan en de doedelzak bespelen. Hij bekeek de dingen altijd van een praktische kant en daardoor werd er naar hem geluisterd. Hij was ons manusje-van-alles, hij zorgde voor het paard, onderhield de kar zo goed hij kon, maakte van draad konijnestrikken en haalde soms met zijn slinger een kwartel of een patrijs neer. Hij probeerde de hond geduldig te leren om gevederd wild op te jagen, maar tot nog toe zonder succes; het mormel was vol goede wil maar hersenloos. Tobias leerde me hoe ik moest vallen zonder mezelf te bezeren. Hij sprak nooit over het verleden.

De Duvelstoejager, de rol die ik van Brendan had overgenomen, was van oudsher ook een jongleur, maar ik had niet de hoop dat ik dat zo snel zou leren. Ik deed wat ik kon en zodra er gelegenheid was oefende ik heel hard om beter te worden, zodat ik hen maar niet zou teleurstellen, en in het bijzonder Martin niet, die het meest zijn best had gedaan om mij bij hen op te nemen en tot wie ik me trouwens aangetrokken voelde. Hij had een zachtmoedig hart. En hij was standvastig, hoewel die standvastigheid altijd aan zijn eigen wil en doelstellingen onderworpen was. Ik koesterde zijn zeldzame lofprijzingen en herhaalde ze voor mezelf wanneer ik met de kar meeliep of wanneer het mijn beurt was, als de weg vlak was, om een stukje met Brendan mee te rijden en soms ook 's nachts wanneer ik wakker lag. Ik was vastbesloten om het als toneelspeler goed te doen.

Ik kwam van hen te weten dat Robert Sandville, hun beschermheer, in Frankrijk was om voor de koning te vechten. Ze behoorden hem toe en moesten als dat nodig was in de hal van zijn kasteel optreden en dan ontvingen ze een loon. Maar de laatste tijd was dit bijna niet meer voorgekomen. Het grootste deel van het jaar zagen ze zich genoodzaakt rond te reizen. Ze werkten in opdracht van Sandville maar hij gaf hen geen geld wanneer ze niet op zijn grondgebied verbleven. Nu haar heer er niet was had de dame hun bij wijze van kerstgeschenk opdracht gegeven om voor haar neef in Durham op te treden, Heer William Percy. Ze hoopten dat ze daar gastvrij behandeld zouden worden. 'Als we tijd van leven hebben', zei Stephen somber. Onze voeten deden pijn en we kwamen in het heuvelachtige graafschap ten noorden van York maar langzaam vooruit.

Toen bepaalde Brendan opnieuw ons lot. De dag ervoor was hij gaan stinken. Als je bij hem op de kar reed, merkte je dat beter, door het gehots bewoog zijn lichaam onder de rode doek waar het mee bedekt was, en door die bewegingen rook je in de koude lucht de dompige en onmiskenbare geur van zijn ontbinding. Het werd met het uur erger en we hadden geen olie of essence die we konden gebruiken om het te verhullen. We waren bang dat zijn verrotting, voor we Durham hadden kunnen bereiken, op de kostuums en gordijnen zou gaan zitten die nodig waren voor de uitvoering. Martin riep ons bij elkaar om de kwestie te bespreken en we gingen langs de kant van de weg zitten. Het was guur weer, mist pakte zich in de lucht samen en onze stemming was slecht.

'Het brengt ongeluk als je de stank van de dood bij je draagt', zei Straw. Hij keek somber naar de hoop waar Brendan onder lag. 'Het zal onze voorstelling verpesten', zei hij. Hij was snel terneergeslagen en had grote faalangst, meer dan de anderen.

'Het zal er niet gemakkelijk uit te wassen zijn', zei Margaret. 'Sommige kostuums kunnen sowieso niet gewassen worden. Hoe wou je het pak van de Antichrist wassen, dat gemaakt is van paardehaar?'

'Dat stinkt zonder hulp van Brendan al erg genoeg', zei Springer. Het was het kledingstuk dat hij als een sjaal tegen de kou om had. 'Het stinkt naar kots', zei hij. En hij stond op en liep boos bij ons weg, wat heel ongebruikelijk voor hem was.

'Lang voor we er zijn,' zei Tobias, 'lang voor we in Durham zijn zal het al in de dorpen waar we overnachten aanstoot geven.'

'Als jullie naar mij hadden geluisterd,' zei Stephen, 'zouden we niet met zoiets moeilijks te maken hebben gekregen. Het is nu trouwens nog niet te laat. We hoeven hem niet verder mee te nemen. Laten we Brendan hier achterlaten en in de grond laten sijpelen, dat doet hij vroeg of laat toch wel, ongeacht onze inspanningen.'

'De vraag wat we met Brendan doen is de vorige keer dat we het erover hadden al beantwoord', zei Martin. 'Dat hij nu is gaan stinken, maakt geen enkel verschil. We moeten hem alleen eerder begraven, dat is alles.'

Martin zei dit met zijn gebruikelijke kordaatheid maar het loste niets op en we zaten daar stil bijeen toen Springer terugkwam. 'Er is een stadje', zei hij. 'Daar beneden ons, niet zo ver weg.' En hij gebaarde naar de andere kant van de weg.

We keken in de richting waarheen hij wees maar zagen niets. 'Het ligt aan de andere kant', zei hij. Als één man staken we over. We volgden Springer een korte helling op met gras dat door de schapen was kort gegraasd. Vanaf de top van deze heuvel zagen we in westelijke richting een breed dal, flink bebost, waar een rechte rivier doorheen stroomde en aan de andere kant hiervan zagen we de daken van een stadje, omkranst door rook van houtvuur, met op een hoger gelegen stuk grond daarachter de toren en de burcht van een kasteel, waarvan het onderste deel in mist was gehuld maar we zagen de kantelen en de wapperende pennoenen. En ik dacht dat ik een of ander dwaallicht die daken en ook de torens van het kasteel zag aanraken, net als het licht dat was gaan schijnen toen ze voor Brendan zongen. Ergens hoog op de muren blonk een schittering, van wapenrusting misschien. We staarden een tijdje, zonder te spreken, naar de glinstering van het water tussen de kale wilgen, naar de verhulde huizen daarachter. En terwijl we stonden te kijken klonk het geluid van klokken, heel vaag, als een huivering in de lucht.

Het droeg een teken in zich, net als toen ik hen voor het eerst had gezien. Wat voor de onnozelen toeval is, zien wijze mensen als opzet. Springer was bij ons weggestormd met een humeurigheid die voor hem heel ongebruikelijk was. Hij was impulsief van de weg afgegaan, was de heuvel opgeklommen... Daar lag het stadje, daar was het kasteel, de klokken sloegen. Niemand van ons wist zelfs maar hoe het heette. Een geschenk van het lot dus. Maar geschenken kunnen ook bedoeld zijn om ons schade te berokkenen. Degenen die mijn woorden tot het eind toe lezen, mogen erover oordelen of dit geschenk van deze stad als onheil of als heil was bedoeld.

We namen ter plekke een beslissing. We zouden van onze koers afwijken en naar het stadje gaan, zorgen dat Brendan daar begraven werd en Het Toneelstuk van Adam opvoeren om zo onze beurs te spekken. Martin hield de dagen bij en volgens zijn berekening was het het Feest van Sint-Lazarus, dus de mensen zouden vrij hebben. En we zouden nog genoeg tijd hebben om Durham voor de afgesproken dag te bereiken.

De stad lag ongeveer drie mijl verder over een weg die heel geleidelijk afliep. Toen we naderbij kwamen stopten we en gingen van de weg af om onze intocht in de stad voor te bereiden. We gaven het paard haver en water en maakten hem even los uit de dissels zodat hij kon uitrusten voor het zware karwei dat hem te wachten stond: hij zou niet alleen Brendan door de straten van de stad moeten trekken.

De kostuums die we aantrokken hoorden niet allemaal samen bij een toneelspel maar werden alleen voor het spektakel gekozen. In het midden van de kar werd een plek vrijgemaakt en daar stond de rijzige Stephen als God de Vader in een lang wit gewaad, met een goudkleurig masker voor dat zijn hele gezicht bedekte en een driekroon op zijn hoofd zoals de Paus ook heeft, gemaakt van papier dat met lijm hard is gemaakt en rood geverfd. Bij hem stond Martin, verkleed als de Slang voor de Vloek, als hij nog in Eden woont, met gevederde vleugels en een glimlachend zonnemasker.

De rest van ons liep ernaast of erachter, Springer met een Mariajurk aan, ingesnoerd in het middel, en een pruik op die met saffraan geel geverfd was, Straw als een chique man met een wit, half masker, een overjas met wijde mouwen en een puntige hoed op, Tobias als de Mensheid, zonder masker, met een effen tuniek en een pet. Mij lieten ze het paardeharen pak van de Antichrist aantrekken en een duivelsmasker met hoorntjes, en als wapen kreeg ik een houten drietand waar ik onderweg mee moest steken en tegelijkertijd moest ik brabbelen en sissen. Het was mijn eerste rol.

We legden Brendan achter op de kar, met onze kleren in een hoop over hem heen en het koperen donder-blad erbovenop. We hingen de rode gordijnen over de kar heen en staken rode rozetten achter de oren van het paard. Margaret leidde hem, rustig en langzaam zodat God en de Slang hun evenwicht niet zouden verliezen. Zij had ook mooie kleren aan, een gerafelde, blauwe jurk met mouwen met een split, haar haar was gekamd en opgestoken. Toen we de stad binnentrokken maakten we van onze tocht een vertoning om naar te luisteren én naar te kijken, demonen en engelen troefden elkaar met muziek af. Springer blies op zijn rieten fluit en de Slang bespeelde een viola, terwijl de Mensheid op een trommel de maat sloeg en God de interval met een tamboerijn aangaf. Om die hemelse geluiden te overstemmen hadden ze mij een koekepan en een ijzeren soeplepel omgehangen en daarmee maakte ik geweldige herrie, en Straw droeg een stok waarmee hij het koperen blad waar Brendan onder lag mee bewerkte en rollende donderslagen maakte. Zo nu en dan, als de harmonie en het lawaai geheel tegen elkaar ingingen en het niet meer duidelijk was waar het om ging, hief God zijn rechterhand, met de palm naar buiten en de vingers enigszins gebogen, een gebaar om stilte te gebieden, en dan stopte het kabaal van de demonen ogenblikkelijk.

Aldus wisselden orde en chaos elkaar af, terwijl het magere paard zijn hoofd bij de muziek ophief en zo kek liep als het wellicht door gewoonte had leren te doen, en de hond, die achter de kar was gebonden, van opwinding luid blafte, op die manier paradeerden we door de straten van het stadje tot we op het marktplein kwamen waar de herberg stond.

Ik was in ieder geval blij dat we er waren. Het haren pak was warm en zat strak, het masker was van papier gemaakt, dat tegen elkaar gedrukt en gelijmd zat, het was dik en benauwd. Ik kon niet goed door de gaatjes voor de ogen kijken en aan de zijkant was mijn zicht al helemaal afgesloten. Ik moest eraan denken dat ik met mijn drietand moest steken en moest sissen wanneer er hemelse muziek klonk en dat ik met de pan en de lepel klaar moest staan wanneer Straw met het blad het teken gaf, ik moest ook op God letten en meteen stil zijn wanneer hij zijn hand opstak. Ik raakte in de war door de kletterende geluiden en door de gezichten van de toeschouwers waar ik even een glimp van opving, sommige starend, sommige lachend, sommige met open mond van het schreeuwen dat niet te onderscheiden viel van het enorme lawaai dat wij zelf aan het maken waren. Op dat moment drong het tot me door – een les die ik in de dagen die volgden steeds opnieuw zou leren – dat de toneelspeler altijd in zijn eigen spel gevangen zit maar ervoor moet zorgen dat de toeschouwers dat nooit zullen vermoeden, ze moeten altijd denken dat hij vrij is. De grote kunst van de toneelspeler is dus niet iets laten zien maar iets verbergen.

Bij mijn verwarde gemoed kwam ook nog het gevoel dat mijn masker en het oude, schurftige paardeharen pak al naar Brendans bederf roken. Ik dacht opeens dat mijn masker en pak misschien naast hem hadden gelegen en ik vroeg me af of diezelfde verdenking ook in het hoofd van de anderen speelde. We moesten zijn geur verbergen, net als we zijn lichaam verborgen hadden. We brachten de Dood naar de stad, zoveel was zeker. De Dood reed met ons mee op de kar, hij was daar te midden van onze vertoning en onze ophef terwijl wij het starende volk om hun klandizie smeekten. Het was ook zeker dat de Dood daar op ons wachtte, want hij kan op hetzelfde moment hier en daar zijn. Door Gods genade ben ik de stad weer uitgekomen, de Dood wacht nog steeds op me. Maar de tijd heeft niets aan de kracht van de herinnering kunnen afdoen, het lawaai van onze intocht in de stad, het benauwde masker en het stinkende pak van de Antichrist. En de angst voor ontbinding.

Vier

Voor vijf pence huurden we een schuur, met een koeiestal ernaast, op de binnenplaats van de herberg, waar we onze spullen konden laten en ook konden slapen. Vijf pence was heel wat voor zo'n slaapplaats maar de herbergier wilde het voor minder niet doen. 'Waarom zou ik met een troep toneelspelers over een pence bakkeleien?' zei hij, en hij veegde zijn handen aan zijn vettige voorschoot af met een gezicht alsof hij ver boven zulke minderwaardige overwegingen stond. 'Het is dat er koeien in de stal staan, anders had ik zes pence gevraagd', zei hij.

Deze herbergier was een hersenloze, gespierde kerel, met één naar binnen gedraaid oog. Hij keek op ons neer en het deerde hem niet dat ook te laten merken, hoewel hij van ons spel zou profiteren aangezien het op de binnenplaats van de herberg opgevoerd zou worden. Maar hij was zo iemand die gaat pochen als hij minachting voelt, alsof hij zijn geringschatting moet verantwoorden. 'Als jullie de schuur niet nemen, neemt iemand anders hem wel', zei hij. 'Waarom zou ik met rondzwervende toneelspelers bakkeleien als ik kamers in gereedheid aan het brengen ben voor de koninklijke rechter, die hierheen komt vanuit York en die elk moment kan arriveren?'

Martin zei hier niets op maar keek hem ijzig koud aan. Hij had zijn engelenmasker afgedaan maar had nog wel de vleugels om. Ik had mijn masker opgehouden, ik durfde het niet af te doen vanwege mijn tonsuur en door de gaatjes voor de ogen zag ik Springer en Straw blikken van verstandhouding uitwisselen en Straw draaide zijn ogen naar elkaar toe, om de herbergier na te doen, en veegde zijn handen aan een denkbeeldig voorschoot af, maar hij deed dat zo, dat zijn handen ook naar elkaar toewezen, een gebaar dat er met de kleren die hij op dat moment droeg heel grappig uitzag, gelukkig zag de herbergier het niet. Ik wilde vragen waarom de rechter hier in deze tijd van het jaar naartoe kwam, en misschien had ik het ook wel gedaan, ondanks het dempende masker, maar hij liep bij ons weg om een blinde man weg te jagen die de binnenplaats op was gekomen om te bedelen. Hij had een klein haveloos meisje bij hem en zij had tegen de muur gepist.

Toen hij terugkwam gingen we akkoord met vijf pence en Martin betaalde het. Het was een kale ruimte met een aarden vloer, maar het was droog, het dak was goed en er zat een solide deur in met een ijzeren grendel en een hangslot. Dit laatste was van belang omdat we genoeg reden hadden dieven te duchten. Het hele kapitaal van de troep zat in de kostuums en maskers en stukken die nodig waren om een toneel in te richten. Ze waren in de loop der jaren verzameld, sommige waren zelf gemaakt, sommige gekocht, sommige waren, voor zover ik wist, juist op dezelfde manier in ons bezit gekomen als waar wij ze nu voor moesten beschermen.

We deden de kostuums uit en laadden alles af, waaronder ook Brendan, die we bedekt door zijn gordijn met z'n allen droegen en in een hoek neerlegden. Hier binnen, tussen de geur van mest en stro en vertrapte aarde, was hij niet zo overduidelijk aanwezig.

Op de binnenplaats van de herberg was het een bedrijvig komen en gaan van mensen. In het midden stonden een paar soldaten met borstschilden aan te praten. Bij de bogen aan de kant van de binnenplaats waar de herberg zich bevond, stond een oude vrouw met een blad met knopen en twee jonge vrouwen met vierkantjes groen op hun mouwen waarmee ze te kennen gaven dat ze hoeren waren. De blinde man en het kleine meisje waren teruggekomen. Er klonk geroep om bediening van gasten uit de kamers boven en over de binnenplaats liep een bediende naar de trap die naar de galerij leidde. Een stalknecht probeerde aan de andere kant van de binnenplaats een zwarte hakkenei op stal te zetten maar het was een temperamentvol beest en het was zenuwachtig geworden van het lawaai en de drukte, hij steigerde en sprong schichtig op voor obstakels die alleen hij kon zien en zijn hoeven kletterden en sloegen vonken uit de keien. Over het zadel lag een toernooischild met daarop een wapen, bestaande uit een gekronkelde slang en blauwe en zilveren banen. Een schildknaap van begin middelbare leeftijd, met onbedekt hoofd, een jas van dunne maliën onder een bruine overjas, trad naar voren en sprak het paard toe en kalmeerde hem. Hij zat onder het stof en was vuil van de reis en op de borst van zijn overjas zat een embleem met banen in dezelfde kleuren, blauw en zilver. Ik hoorde hem naar de herbergier roepen dat hij wijn voor hemzelf en voor de ridder die hij diende, naar boven moest laten brengen.

Dit alles was voor mij net een openbare voorstelling. Ik voelde met niets van wat ik zag enige band omdat niemand wist wat ik was. Ik kende mijzelf niet. Een voortvluchtige priester is nog steeds een priester, maar wat is een toneelspeler die nog niet gespeeld heeft? Nu het masker af was, kon ik weer ademen en kijken. Ik stond afzijdig, in een andere ruimte, zoals altijd het geval is bij toeschouwers. En ik vroeg me af of deze mensen, die zich over de binnenplaats leken te kunnen bewegen zoals zij wilden, in werkelijkheid ook gedwongen waren zich te gedragen zoals zij deden en alleen maar de schijn ophielden dat ze vrij waren, net zoals wijzelf hadden gedaan toen we in optocht de stad waren binnengetrokken.

Toen ging Martin weg, met Tobias als getuige, om aangifte te doen van het sterfgeval en om een en ander met de priester te regelen. De rest van ons had andere dingen te doen. Brendan bleef ons bezighouden. Hij kon niet met mijn priestergewaad aan naar de kerk gebracht worden en we konden hem er ook niet naakt afleveren. Hij moest zijn eigen kleren weer aan krijgen – en weer deed Margaret dit, net zo zachtmoedig als de vorige keer. Het habijt werd aan een dakspant gehangen om zo goed mogelijk te luchten; het was nu onderdeel geworden van ons gemeenschappelijk bezit. Ondertussen droeg ik de hoge tuniek en mouwloze wambuis van de Mensheid en een wollen pet, van Stephen

geleend, die te groot voor me was en over mijn ogen zakte.

Dit was allemaal nauwelijks gebeurd of dezelfde stalknecht kwam binnen met stro en zakken voor onze bedden. Het was pas halverwege de middag, maar het begon al donker te worden. Stephen en ik stonden bij de deur van de schuur. Van nature ben ik nieuwsgierig en ik praat gemakkelijk. Ik vroeg de stalknecht naar de schildknaap en de man die hij diende.

'Ze overnachten hier', zei hij. Hij was jong, had een rond gezicht en kreeg een simpele uitdrukking van belangrijkheid over zich omdat hij iets wist wat wij niet wisten. 'Ze zijn vandaag uit Darlington komen rijden, en dat is een flink lang stuk', zei hij. 'Hij is ridder bij een leengoed in de Vallei der Bomen, heb ik van horen zeggen. Ze zijn óf arm óf gierig. De schildknaap gaf me maar één penny.'

'Eén penny is niet slecht betaald voor het vasthouden van een paardekop', zei de sardonische Stephen. 'Ik doe het soms urenlang zonder dat ik er een cent voor krijg.'

Maar de stalknecht was iemand met weinig fantasie, die alles heel letterlijk nam. 'Het was niet enkel één paard', zei hij en begon kwaad te worden. 'Ik moest ook het strijdros op stal zetten, dat beest kan achteruit deinzen en je als een vlieg vermorzelen als je niet uitkijkt.'

'Toegegeven, het is niet veel', zei ik. 'Misschien is het een klein leengoed. Waarom zijn ze hier?'

'Ze zullen wel gekomen zijn om aan het steekspel mee te doen', zei hij. 'Er wordt een steekspel gehouden dat zes dagen duurt, tot Sint-Stevensdag. De Heer heeft er ridders uit een heleboel delen van het land voor uitgenodigd. Dit moet er een zijn die van toernooi naar toernooi reist en die van het prijzengeld leeft. Hier maakt hij niet veel kans op een prijs, want Heer William doet ook mee, dat is de zoon van de Heer en een uitmuntend ridder en nog nooit uit het zadel geworpen.'

'Welke heer is dat?'

'Hoezo,' zei hij, op zijn onnozele gezicht stond te lezen dat hij verrast was over onze onwetendheid, 'dat is Heer Richard de

Guise, onder wiens leengoed deze stad valt en al het land ten oosten van hier tot aan de zee. Hij staat alom bekend om de aalmoezen die hij aan de armen geeft en de straffen aan de boosdoeners en om zijn godvruchtige leven – hij zou mensen zoals jullie nooit in zijn ridderzaal toelaten.'

Het was dus zijn kasteel dat we die ochtend vanaf de weg hadden gezien. Het beeld kwam mij weer voor de geest: de opeengepakte huizen in hun rooksluier, de kantelen en pennoenen daarachter die in het licht omhoog staken, die lichtglans op metaal ergens op de borstwering.

Hij draaide zich om toen ik, alleen maar uit zinloze nieuwsgierigheid, omdat het sinds ik met de herbergier had gesproken in mijn gedachten was geweest, zei: 'Nou, dan zul je het daar wel druk mee krijgen, en met de rechter die ze verwachten.'

Het werd nu elk moment donkerder, er werden fakkels aangestoken en in hun haken aan de muren van de binnenplaats gehangen, en ook boven in de kamers van de herbergen brandde licht. Het licht van de fakkels maakte rimpelige bewegingen op de donkere stenen muren en bewoog op de vochtige kasseien. Ik kon de koeien achter me horen ademen. 'Waarom komt hij hierheen?' zei ik. 'Wat heeft een rechter uit een grote plaats in de dagen voor Kerstmis in een kleine plaats te zoeken?'

Het gezicht van de stalknecht was in schaduw gehuld geweest maar toen hij zich omdraaide viel het licht er even op en ik zag dat zijn uitdrukking was veranderd, hij was nu onwillig. 'Ik weet niet waarom', zei hij. 'De rechtzitting is al geweest. Ik kan niet langer blijven, ze hebben me boven nodig.'

'Beter zo dan dat ze je beneden nodig hebben.' Dit kwam van Straw, met een gulpende lach, die uit de schuur was gekomen en nu achter ons stond. Ze hadden binnen een toorts aangestoken en om zijn piekerige haar blonk een stralenkrans.

'Wat voor rechtszitting?' zei ik. 'Is er dan een misdaad gepleegd?'

De stalknecht aarzelde, twijfelend tussen voorzichtigheid en het prettige gevoel dat hij iets wist. 'Erg genoeg wel ja', zei hij eindelijk. 'Thomas Wells is vermoord. Hij is eergisteren langs de weg buiten de stad gevonden. De Sheriff heeft de dochter van Roger True schuldig bevonden en ze zal worden opgehangen.' Hij noemde de namen alsof iedereen die zou kennen.

'De man zal haar wel bedrogen hebben', zei Margaret, alsof dat de enig mogelijke reden was. Zij was ook bij ons bij de deur komen staan. 'Hij zal zich wel niets aan haar gelegen hebben laten liggen.'

'Maar als ze al schuldig is bevonden,' zei ik tegen de stalknecht, 'wat komt de rechter hier dan met zijn gevolg doen?'

Hij gaf hier geen antwoord op, maar schudde alleen zijn hoofd en liep snel bij ons weg, onder de bogen door en zo de herberg in.

'Deze stad heeft een razendsnelle rechtspraak', zei Straw. 'Het is pas twee dagen geleden dat hij langs de weg is gevonden en de vrouw is nu al voor de rechter gebracht en veroordeeld.

Er werd op dat moment verder niks over de kwestie gezegd en ik dacht dat we verder ook niks met deze moord te maken zouden krijgen, maar dat had ik mis.

Martin en Tobias kwamen nu terug, ieder op zijn eigen manier aangedaan door hetgeen ze ons te zeggen hadden, Tobias leek verstrooid en meer in zijn hond geïnteresseerd dan in iets anders, Martin zag wit van woede. De priester, een dikke, vadsige vent met een dubbele tong, zei hij – dit is een heel typerende schimpscheut voor iemand die niet soepel beweegt en niet vlot spreekt – deze priester had voor het begraven van Brendan vier shilling gevraagd. Ze waren gaan kijken of hij in de kerk was en een man die hulst aan het knippen was voor Kerstmis, had verteld waar hij woonde. Een jonge vrouw had de deur opengedaan.

'Zijn minnares', zei Tobias.

'Voor je toch de hoer van een priester wordt', zei Margaret en wierp haar hoofd naar achter. 'Ik durf te wedden dat ze er niet op gekleed was om het huishouden te doen.'

Niemand van ons had het voor mogelijk gehouden dat het zoveel zou zijn. Hij had een shilling voor de aarde gevraagd, twee pence voor de grafdelver en twee shilling en tien pence voor hemzelf.

'Het loon van twee weken hard werken.' Straw veegde met een gerafelde mouw over de glinsterende stoppels op zijn gezicht. 'Voor wat gemummel boven een gat in de grond en de brok klei waar ze het mee gaan opvullen.'

'De gemeenschappelijke beurs is daardoor wel aardig leeggeraakt', zei Martin. 'We hebben nog maar achttien pence en een halve penny.'

'Ben je er dan mee akkoord gegaan?' zei Stephen. Hij was zo iemand die altijd bleef scherpslijpen en doorvragen en Martins woede richtte zich nu op hem.

'Begin je weer te zaniken?' zei hij. Als hij kwaad was kon je je beter bergen. Hij raakte het niet kwijt met gebaren of met schreeuwen, en dat was vreemd, want hij was bedreven in alle gebaren van voorgewende emotie, ook in die emotie van toneelspelers die door hem voor te wenden echt wordt. Maar felheid die direct tot hem kwam, was als een verdriet dat hij in bedwang moest houden. Hij kon het niet uiten, behalve dan door deze stille pijn. Voorbij de pijn – en dat was maar een stapje verder – was er geweld.

'Dat hadden we al afgesproken voor we hier zelfs maar aankwamen', zei Springer. 'Weet je dat niet meer, Stephen?'

'We hebben geen uiterste prijs genoemd', zei ik en het was de eerste keer dat ik me in een woordenwisseling mengde, want ik voelde dat ik daar nu recht op had. 'Net zoals het waar is dat *ignorantia juris non excusat*, zo kan dat ook over de prijs, *pretium*, gezegd worden, en dat is een heel belangrijk principe, zowel in –'

'Ik wist wel dat we binnen niet al te lange tijd een lading Latijn over ons heen zouden krijgen', zei Stephen terwijl hij me dreigend aankeek, maar ik was niet beledigd want ik zag dat deze afleiding hem goed uitkwam, zelfs noodzakelijk voor hem was. En toen begon het me te dagen dat alle leden van deze troep een rol speelden, zelfs wanneer er geen omstanders waren behalve zijzelf. Iedereen had zijn eigen tekst en werd geacht die op te zeggen. Zonder dat kon er geen twistgesprek gevoerd worden, hier onder elkaar niet en nergens anders in de wijde wereld. De rollen waren misschien ooit uitgekozen, de fanatieke Martin, de timide en lieve Springer, de ruziezoekerige Stephen, de weifelende en wilde Straw, Tobias met zijn spreekwoorden en zijn vertolking van het gezonde verstand; maar wanneer die rollen gekozen waren wist niemand meer. Nu had ik ook mijn rol in dit gezelschap toebedeeld gekregen. Ik moest ook mijn tekst zeggen. Het was mijn rol om te moraliseren en mijn woorden met Latijn te doorspekken en alles abstract te maken, zodat Straw zijn neus dicht kon knijpen en om de draak met me te steken wijs kon knikken en Stephen boos kon kijken en Springer kon lachen en Martins woede gedempt kon worden. De enige zonder rol was Margaret, die noch voor de mensen in het openbaar mocht spreken, noch onder ons haar mening mocht zeggen.

Martin keek langzaam van Stephen weg. 'Die wormen die het gewone lichaam eten', zei hij. 'Net zo onwetend over de leer als over de genade. Ze weten alleen maar hoe ze door een biecht heen kunnen slapen en hoe ze een fles moeten leegdrinken en hun geld binnen moeten halen. En om dit zo goed mogelijk te doen werken ze samen met de adel en zorgen ze dat het volk op het land blijft.'

Zijn woorden waren beledigend voor de Kerk, maar ik bracht er niks tegenin. Om de waarheid te zeggen, sinds ik in dit vak van toneelspeler was gestapt, wilde ik het goed doen en dat zou zeker mislukken als ik mijzelf van hen zou onderscheiden. Je schikken naar de omstandigheden is een teken van wijsheid, zou Tobias gezegd kunnen hebben; en de omstandigheden hadden van mij een man van het lied gemaakt, niet een van de preek.

Bovendien was wat hij over priesters in plattelandsparochies zei grotendeels waar – het gaat in ieder geval voor een heleboel op. Velen zijn ongeletterd en niet in staat een tekst uit te leggen. Ze leven openlijk in concubinaat en laten de mensen voor hun diensten betalen. In sommige parochies doet de priester geen eucharistieviering als hij niet van tevoren contant of in natura betaald is.

Wat zijn andere beschuldiging betreft, dat ze de heren helpen met het zeker stellen van het bewerken van het land, daar zei ik ook maar niks op, maar het zijn de kooplieden en zakenmensen in het Lagerhuis die statuten maken om de lonen laag te houden en ervoor zorgen dat mannen hun diensten niet aan nieuwe werkgevers aanbieden. Mannen worden als voortvluchtigen gevangengenomen en gebrandmerkt, op het voorhoofd zodat iedereen het kan zien, alleen maar omdat ze het land van hun heer zonder toestemming hebben verlaten. Maar het is niet de Kerk die deze wetten maakt. Natuurlijk is het waar dat de Kerk afkeurend staat tegenover rondreizend volk en altijd probeert om de mensen op de plaats te houden waar ze zijn. Waar geen gebrek is, is stabiliteit en waar stabiliteit is, is geloof, *ubi stabilitas ibi religio.*

Zoals ik al zei, ik nam het niet op voor de priesters. Ik wilde deze ene, die zo veel geld vroeg, niet verdedigen want we hadden allemaal evenveel onder zijn inhaligheid te lijden. Aan de andere kant wisten ze dat ik een geestelijke was, ze zouden mijn zwijgzaamheid opmerken, ze zouden me een lafaard vinden. 'Priesters hebben net zo goed als andere mensen verschillende karakters', zie ik. 'Ze zijn net zo verschillend als toneelspelers dat zijn.'

Nu nam Tobias het woord, voor de eerste keer sinds hij terug was. 'Er is goed en kwaad in alle soorten en maten,' zei hij, 'en dat alles vormt met elkaar de wereld. Over priesters gesproken, er is een moord gepleegd in de stad. Een vrouw is ervoor veroordeeld en het was een monnik die haar heeft opgebracht om verhoord te worden.'

Martin ging hierop in alsof hij de verandering wel kon gebruiken. 'In het portaal van de kerk hoorden we er mensen over praten', zei hij. Hij sprak zacht en zijn ogen stonden vaag alsof een heftig gevoel voorbij was. 'Het is de biechtvader van de Heer en woont bij hen in het kasteel. Het is een benedictijn.'

Ik herinner me dat woord nu en zijn blik terwijl hij het zei, uitgedoofd door zijn woede, en de gloed van de toorts op het stro waar we op zaten. Ik kon het bewegen en ademen van de koeien horen. De schuur rook sterk naar hun mest en hun bepiste stro en die lucht was vermengd met de duistere geur van Brendan in zijn hoekje. Margaret zat met gespreide benen een scheur in Adams hemd te maken, haar gezicht naar het licht gedraaid. Die benen wijd onder de rok brachten mij in verwarring en ik bad in stilte om van het kwaad verlost te worden. Aan haken en spijkers in de schuur hingen onze maskers en gordijnspullen en kostuums, de vleugels van de Slang, de pauselijke hoed, de schouderstukken voor de Duvelstoejager, het paardeharen pak hing als een enorme vleermuis van een dakspant. De schuur was omgetoverd tot een bizarre ruimte. Het koperen blad stond tegen een muur en het licht van de toorts bewoog er in dwarrelingen overheen, alsof het oppervlak de kleuren deed versmelten, blauw en goud en rood van de pruik van Eva en van haar glazen kralen die bij elkaar waren opgehangen. Mijn zicht werd onscherp door deze bewegende kleuren en weerspiegelingen en door de vertroebelende rook van de toorts.

'We hadden het erover met de stalknecht.' Straw keek rond, zijn ogen onzeker, zijn woeste haar glinsterde in het licht. 'Hij wilde er liever niet over praten,' zei hij, 'hoewel hij verder wel zijn praatje klaar had.'

'Het was een beroving', zei Tobias. 'Ze hebben het geld in haar huis gevonden. De Monnik had het gevonden.'

'Daar hebben ze altijd een uitstekende neus voor', zei Stephen.

We hadden geen tijd om nog verder te praten, we moesten ons verkleden en klaarmaken om Het Toneelstuk van Adam op te voeren. En ik was zenuwachtig, mijn borst was beklemd, mijn hoofd stond niet naar andere dingen. Maar de schaduw van deze misdaad hing al over ons heen, hoewel ik het toen niet wist. Hij hangt nog steeds over me.

Vijf

De problemen van die dag waren nog niet voorbij. Terwijl we bezig waren met de voorbereiding van ons spel arriveerde er een groep jongleurs bij de herberg, onder begeleiding van trommels en doedelzakken, en ze begonnen meteen hun plekje in te richten tegen de muur van de binnenplaats, tegenover de ingang – de beste plek. Martin, met het korte witte hemd van Adam voor de Val al aan, kwam uit de koeiestal te voorschijn en zag tot zijn verbazing een beer die aan de muur vastgelegd was, koorddansers die hun matten neerlegden en een sterke man die kettingen van een handkar laadde. Hij stond daar even, met blote benen in de kou, alsof hij zijn ogen niet kon geloven. Toen liep hij snel op hen toe. Stephen en ik volgden hem, hij had de lange jurk van God al aan. Zij waren met veel meer – er was ook een vuurvreter bij, druk doende zijn stoof aan te steken, en een acrobatengezin.

Jongleurs reizen in groepen en vermaken de mensen waar ze maar kunnen, in grote ridderzalen, bij toernooien en wedstrijden in boogschieten, op kermissen en marktpleinen. Hierin lijken ze op toneelspelers, maar zij hebben in tegenstelling tot ons geen leider en wat ze doen heeft geen samenhang of betekenis, ze kunnen samen iets doen of er tussentijds mee ophouden.

Omdat er geen leider was, kon Martin moeilijk iemand vinden om de plek te betwisten. Maar zijn keuze viel op de acrobaten, omdat zij een gezin waren – man en vrouw en twee rillende kaalgeschoren jongens. Hij zei de man dat de plek al bezet was, hij sprak eerst op een uitleggende toon, niet ruw, maar je kon zien dat hij zich in bedwang probeerde te houden. Maar de man begon tegen te sputteren en de vrouw viel hem met schelle stem bij om hem te steunen, en de sterke man liet, toen hij begreep wat er gaande was, zijn kettingen met een enorm gekletter op de kasseien vallen en kwam naar ons toe. Deze man was heel groot, langer dan Stephen en met een steviger lichaam, hoewel het voornamelijk vet was. Hij was kaal en heel lelijk en in één oor droeg hij een koperen ring. Toen hij dichterbij kwam, snoof hij als een worstelaar en hij stak zijn handen in de lucht alsof hij Martin wou vastgrijpen. Dit was volgens mij meer een dreigement dan dat het serieus was, bedoeld om ons bang te maken, maar toen hij nog op twee meter afstand was nam Martin een stap en schopte naar hem, waarbij hij zich een beetje omdraaide zodat hij het lichaam van de man het eerst met de hiel van zijn voet raakte, en het was heel hoog voor een schop uit stilstand – hij raakte de man aan de linkerkant, net onder het hart. Hij viel niet maar hij leunde zwaar naar voren en moest diep naar adem happen en dat konden we allemaal horen.

Hoe het gevecht hierna verder zou zijn gegaan weet ik niet. Stephen, die van nature een vechtersbaas was, had zich naar voren gewerkt. Martin had een vuist in de lucht gestoken en zou opnieuw hebben kunnen toeslaan nu hij aan de winnende hand was. Maar toen kwam de herbergier eraan met een potige bediende naast zich en hij zei dat de plek voor ons was omdat dat ons was toegezegd, ook omdat wij de koeiestal aan de binnenplaats hadden gehuurd en hij daar geld mee beurde terwijl hij van de jongleurs helemaal niks kreeg en hij bovendien wel wist dat hij van zulk volk geen cent wijzer zou worden omdat ze geen entree heffen maar met de pet rondgaan, wat wij ook deden als er geen omheinde ruimte was, maar op deze binnenplaats was er wel een toegang.

De koorddansers begonnen hun matten weer op te rapen, de acrobaten waren onder elkaar aan het mopperen. De sterke man liep terug naar zijn kar, terwijl hij ons vervloekte en verzekerde dat hij wraak zou nemen. De herbergier zag zijn kans schoon en vroeg ons om een kwart van de opbrengst omdat we de binnenplaats mochten gebruiken en omdat hij onze rechten verdedigd had.

Het bloed was uit Martins gezicht weggetrokken, maar of dat door de ruzie met de jongleurs kwam of door de eisen van de herbergier, dat kon ik niet vaststellen – hij werd emotioneel als het over geld ging, zoals hij overal emotioneel van werd. Ik verwachtte dat hij zich ertegen zou verzetten, maar zijn heftige emotie had hem tijdelijk onthand, zoals dat met sommige karakters gebeurt, en hij bleef staan, wit weggetrokken en stil.

De anderen stonden er nu ook bij en iedereen was op zijn eigen manier aangedaan. Springer, met het kostuum van Eva al aan, zijn ogen groot van angst onder de vlaspruik, probeerde onze aandacht van ruzie af te leiden door opgeprikt met zijn neus in de lucht rond te stappen. Straw zei geen woord, ik denk omdat hij heel erg met Martin meevoelde – hij trok van nature als een magneet de gevoelens van anderen aan, hij nam ze allemaal in zich op en het omhulsel van zijn lichaam was te klein voor ze. Hij stond nu te staren en greep zichzelf van opwinding vast en dat was vreemd om te zien, met dat gewaad en de vleugels van de Slang voor de Val aan. Tobias, die Martin beter kende dan wie dan ook, sloeg een arm om zijn schouder en sprak hem rustig toe. Het werd aan Margaret overgelaten om met de herbergier te onderhandelen. Ze zei dat hij niets meer kreeg omdat hij er niet eerder om had gevraagd, toen we het samen eens waren geworden over het gebruik van de schuur en van de binnenplaats. Hij antwoordde, met de redelijke houding van iemand die vindt dat hij het recht aan zijn kant heeft, dat hij toen nog niet wist dat er nog andere gegadigden voor de plek zouden zijn.

Daarop kon ik het niet nalaten me ermee te bemoeien. Deze herbergier belazerde ons niet alleen, hij kon ook niet eens logisch nadenken, een gebrek dat ik niet gemakkelijk door de vingers kan zien. 'Het ligt in de aard van alle overeenkomsten dat de betrokkenen een wederzijds begrip van zowel *posse* als *esse* moeten hebben', zei ik hem. 'Een belofte die valt of staat met de omstandigheden, terwijl die niet met name genoemd worden, is helemaal geen belofte, maar enkel vleierij en bedrog. Als iedereen zich gedroeg zoals u zou geen enkele overeenkomst betrouwbaar zijn.'

Als enig commentaar noemde hij me een wauwelende zot. Uiteindelijk ging hij akkoord met twee pence van elke shilling. Hij zei dat hij een van zijn mensen bij de ingang van de binnenplaats zou laten staan om dronkaards en iedereen die bekend stond als ruziezoeker te weren, maar zijn echte reden was natuurlijk een oogje op het geld dat geïnd werd te houden. Als deze diefachtige herbergier indertijd in Bethlehem was geweest, zou hij Jozef en Maria hun laatste stuiver hebben afgenomen, zelfs voor die armoedige stal waar Christus geboren werd. Judas werd diezelfde nacht geboren, zegt men...

We hadden hier tijd mee verloren en moesten voortmaken – er kwamen al mensen binnen. Naarmate het tijdstip naderde werd mijn angst dat ik het niet goed zou doen groter. Toen de avond viel hadden we toortsen tegen de muur gezet zodat de mensen ons omkranst door licht zouden zien, vlammende wezens. Dit was een idee van Martin. Voorlopig waren slechts twee van de toortsen, die in het midden, aangestoken. De Boom des Verderfs stond tegen de muur, met een papieren appel aan een takje. De schuur diende als verkleedruimte, wat betekende dat we tussen de mensen door moesten lopen.

Toen alles gereed was, kwam Martin als Adam tussen de mensen door naar voren om de Proloog uit te spreken. Hij kwam op en stond daar met de twee brandende fakkels vlak achter hem. Over zijn kiel droeg hij een zwarte mantel. Wachtend in de schuur konden we zijn heldere stem horen:

Ik bid u, richt uw ogen en uw oren
Zie hoe wij Eden door Satan verloren...

Ik keek langs de deur van de schuur en zag hem daar staan met het licht achter zich. Er klonk wat gepraat en gelach uit het volk, niet veel. Ze waren niet in groten getale komen opdagen, dat zag je in een oogopslag; de binnenplaats was voor minder dan de helft gevuld. Ik had de kleren voor mijn eerste rol aan, die van een toekijkende demon, met een gehoornd masker en een rode tuniek met een riem en een staart van touw eraan vastgemaakt, met aan het uiteinde een scherpe ijzeren punt. Ik droeg een drietand van de duivel om de verdoemden aan te roosteren. Bij deze eerste rol hoefde ik niets te zeggen, ik moest alleen bij Satan staan en uitvallen doen naar het volk, waarbij ik moest sissen en met mijn vork prikken om hen angst aan te jagen. Ik was hier wel blij mee, want daardoor kon ik voor mijn belangrijkere rol als Duvelstoejager alvast aan het openbare optreden wennen.

Toen Martin zijn tekst had gezegd ging hij snel uit het licht, liep naar de uiterste hoek van de speelruimte en ging daar liggen. Bedekt door de donkere mantel, met zijn gezicht verborgen, leek het of hij verdwenen was. Dit was ook een idee van hem geweest; het was meteen in hem opgekomen toen we zagen hoe de fakkels tegen de muur zaten. In alles wat de voorstelling betrof was hij slimmer en sneller dan alle anderen.

Nu was het de beurt aan Stephen om als God de Vader te verschijnen en zich langzaam en statig tussen de mensen door te bewegen. Om het effect van zijn aanwezigheid te versterken liep hij op stelten van zes duimen hoog, die onder de jurk aan zijn benen vastgebonden zaten. De gang van een steltloper heeft iets sierlijks en verhevens over zich, iets stijfs en ongemakkelijks, zoals God tussen de mensen zou kunnen lopen en de ruziezoekerige Stephen zag er echt uit als de Koning van de Hemel met zijn goudkleurige masker en driekroon, zoals hij van het licht naar het donker stapte en weer terug en daarbij zijn monoloog uitsprak.

Ik, God, groot in mijn waarde
In wie geen begin of eind kan zijn
Maar die er altijd was en zal zijn
Ik heb de hemel gemaakt en de aarde
Zo ik het wil zij daar nu het licht...

Hierop kwam Tobias, in zijn eerste rol als toekijkende engel, met een pruik en een half masker en vleugels die hij even van de Slang leende, met een vlam tussen de mensen door naar voren en stak alle toortsen langs de muur aan zodat alles in het licht baadde. God liep nu in het licht van zijn Schepping en in de hoek was de donkere hoop die Adam was te zien.

> Nu scheppen wij de mens naar ons beeld
> Met adem en lichaam toebedeeld
> Om over alle dieren, van aap tot zeelt
> De scepter te zwaaien...

Adam kwam onder zijn mantel uit gekropen, wreef in zijn ogen, zijn blote benen welgevormd, hoewel pukkelig van de kou. En nu verscheen Straw als de Slang voor de Vloek, met vleugels die hij haastig van Tobias had overgenomen en een rond en glimlachend zonnemasker voor. Hij liep tussen de mensen door naar voren en zong onderwijl, een half geneuried liedje dat vrouwen aan het spinnewiel zingen. Adam werd door dit lied in slaap gezongen, maar niet erg snel. Hij werd steeds weer met een schok wakker wanneer de Slang zijn lied onderbrak en de Slang werd hier ongeduldig van en draaide zich naar de mensen toe om het teken van ongeduld te maken, dat je maakt door de handen op schouderhoogte te houden met de vingers naar achteren en waarbij je het hoofd stijf van de ene naar de andere kant draait.

Terwijl de mensen keken hoe Adam in slaap werd gezongen, kwam Eva stilletjes aan de andere kant van de binnenplaats op met een donkere sjaal over haar hoofd. Toen Adam eindelijk sliep, schommelde God op zijn stelten naar voren en deed zijn rechterhand omhoog en draaide hem snel bij de pols om ten teken van tovenarij en hierop liet Eva haar sjaal vallen en stapte met haar gele pruik op en witte hemd aan in de lichtere ruimte en was geboren. Zij was ook blootsbeens. Ze lokte gelach en hitsigheid uit onder de mensen met haar ijdelheid en gekoketteer en door het geschommel met haar jongenskont toen ze voor Adam liep terwijl God niet keek. Toen God zich terugtrok om te rusten, zaten ze elkaar speels achterna, waarbij hij haar onhandig probeerde te pakken en zij ontsnapte.

Nu was het moment gekomen dat ik Satan moest volgen, gespeeld door Tobias in het rode gewaad waar ook Herodes in gespeeld werd en met een heel lelijk rood en geel masker met vier horens voor. Ik siste en prikte en deed uitvallen naar het volk en sloeg mijn puntige staart achter me omhoog. Ik deed erg mijn best bij deze vertolking en het had ook wel enig effect – een paar mensen uit het publiek sisten naar me terug, een kind begon luidkeels te huilen en de moeder van het kind riep scheldwoorden. Dit beschouwde ik als succes, mijn eerste succes als toneelspeler. Maar ik had de indruk dat er niet zoveel mensen waren, en ik wist dat de anderen dit ook dachten.

Ik moest snel naar de schuur terug en me verkleden met het masker en het narrenpak van de Duvelstoejager en ik moest de tamboerijn pakken, want Satan gaat terug naar de Hel en gaat zitten mokken als Eva aanvankelijk de vrucht weigert en dan moet hij getroost worden. De mensen deden vijandig tegen me. Een man probeerde mijn demonenmasker af te trekken toen ik langs kwam maar ik wist hem te ontlopen. Hoewel het een koude avond was, zweette ik.

In de schuur bevond zich alleen God, die op het stro bier zat te drinken. Hij leek terneergeslagen en sprak niet tegen me. Het kostte me iets meer dan een minuut om mijn demonengewaad uit te trekken en de tuniek van de Duvelstoejager en de schouderstukken en de hoed en de bellen aan te trekken. Maar het was lang genoeg om Brendans aanwezigheid onder zijn berg stro in de hoek weer op te merken. Ik droeg nu een effen, wit masker dat mijn hele gezicht bedekte, met een lang neusstuk dat op een vogelbek leek. Toen ik tussen de mensen door terugliep schudde ik mijn bellen en sloeg op de tamboerijn. Ik was nu iemand anders, ze hadden geen hekel aan me. Ze wisten dat ik een grappenmaker was, geen demon. Toen ik tussen de mensen door liep en mijn bellen schudde en hen zag lachen begreep ik wat alle toneelspelers vroeg of laat heel duidelijk te weten komen: hoe snel onze liefde en haat kunnen omslaan, hoe die afhangen van fopperij en vermommingen. Met een masker met horens en een houten drietand was ik hun angst voor het hellevuur. Twee minuten later, nog steeds hetzelfde bangelijke schepsel als daarvoor, met een zotskap en een wit masker, was ik hun hoop op plezier.

Ik ontdekte ook het gevaar van de vermomming voor de toneelspeler. Een masker verleent een angstaanjagende vrijheid, dan kun je heel gemakkelijk vergeten wie je bent. Ik voelde het nu, dit wegglippen van de ziel, en ik was in de war omdat mijn lichaam al te zeer aan banden was gelegd – mijn ogen kregen niet veel licht door het masker en ik kon aan de zijkanten helemaal niets zien. Vlak voor me zag ik, door mijn smalle gleufjes, het rijk versierde en afschrikwekkende masker van Satan en ik hoorde de stem van Tobias vreemd veraf en hol weeklagen over zijn mislukking en verlies.

Het geestelijk paradijs was mijn sponde
Tot ik viel door mijn zonde
Het aards paradijs heeft God gegeven
Aan man en vrouw om in te leven
Alles heb ik al vergeefs getracht
Om hen te brengen leed en smart...

Ik had Brendans liedje geleerd en ik zong het nu en ik schudde de tamboerijn op de maat van het liedje en zong zo lieflijk als ik kon, om de Duivel te troosten. Ik trilde aanvankelijk, van angst, en dat was aanleiding tot gelach. Maar mijn stem werd gaandeweg wat krachtiger en de angst week. Wanneer de angst sterft, wordt de moed geboren. Ik zong het lied uit, maar in plaats van de tekst te zeggen die ik had geleerd, maakte ik het gebaar met de drie vingers naar Tobias ten teken dat ik mijn eigen woorden wilde zeggen.

Als de wereld van u was
Zou u Heer van alle dingen zijn
Heer des levens...

De rollen waren omgekeerd, de Duvelstoejager probeerde de Duivel met de Wereld te verleiden. Iets nieuws. Tobias antwoordde ook met zijn eigen woorden, want hij had even tijd gehad om na te denken.

Als de wereld van mij was
Zouden alle vrouwen alras
Naar de Duivel luisteren...

Terwijl hij dit zei maakte hij met twee handen het gebaar van de geslachtsdaad. Door een of andere instinct begon ik, in plaats van stil te blijven staan, om hem heen te draaien, terwijl ik nu de tekst uitsprak die ik had ingestudeerd en me de bewegingen van handen en lichaam die men mij had geleerd, probeerde te herinneren. Hoewel Tobias van tevoren niet had geweten dat ik me zo zou gedragen, maakte hij er een komische vertoning van, hij reikhalsde langs zijn gehoornde masker heen om het getinkel van mijn belletjes te volgen, keek telkens de verkeerde kant op, schrok telkens als mijn stem uit een nieuwe richting klonk. Men moest erom lachen en ik lachte samen met hen de Duivel uit en wees en struikelde toen en viel, zoals men mij geleerd had te doen, maar ik bezeerde mijn linkerelleboog enigszins en daar werd nog harder om gelachen en ik vond het heerlijk, dat zal ik niet ontkennen. Toen ik me naar het licht draaide was ik verblind en een paar tellen zag ik helemaal niets en het gelach klonk in mijn oren...

Zes

Ik had het gevoel dat mijn eerste optreden als toneelspeler geslaagd was. Maar naderhand, in het bijzijn van de anderen, wilde ik geen opgetogenheid laten zien omdat hun stemming somber was. Margaret had de poort in de gaten moeten houden en het geld moeten innen. Ze had een shilling en elf pence binnen gekregen en daarvan had de herbergier drie pence en drie duiten genomen. De huur van de schuur bedroeg vijf pence. Onze triomfantelijke intocht in de stad was teveel geweest voor de kar: een wiel was ontzet en moest gerepareerd worden. Dit ging Tobias' vaardigheid te boven en hij dacht dat de reparatie minstens drie pence zou kosten. We zouden minder dan een shilling overhouden om aan de gemeenschappelijke pot toe te voegen. En we waren met zijn zessen en een paard. En we waren met Kerstmis al in Durham besteld.

Het was een heldere nacht en bitterkoud. Er lag al een bevroren laagje op de kasseien van de binnenplaats. Waar het licht viel had het een satijnen glans. Martin gaf ons ieder twee pence. Springer pakte de stoof en maakte met het hout dat we op de kar hadden meegenomen een vuurtje. Straw zat er vlakbij, ineengedoken onder een deken. Tobias had Satans jurk nog aan en de hond lag op zijn schoot. Niemand had het over Brendan. Toen ze het geld hadden gekregen gingen Stephen en Margaret samen weg.

We spraken wat over het spel. Straw, die nooit veel eigendunk had, beschouwde de magere opkomst als zijn fout en probeerde de schuld van zich af te schuiven. Terwijl hij zijn armen ongelukkig om zijn knieën sloeg zei hij dat hij vond dat God te lang van stof was geweest en Satan te glad. 'Er zat niet genoeg beweging in', zei hij. 'Zo lang kunnen mensen niet luisteren.'

'Als er iets is om naar te luisteren, kunnen ze wel luisteren', zei Tobias. Hij was boos om wat er over zijn spel gezegd was. 'Jullie willen dat alles met gebaren wordt uitgebeeld,' zei hij, 'maar een echt toneelstuk bestaat uit woorden én gebaren. Vanavond was het niet onze schuld, die jongleurs hebben onze klandizie ingepikt.'

'Eva kan zonder woorden gespeeld worden', zei Springer. Hij was naast Straw gaan zitten en samen deelden ze de deken. 'Zo heb ik haar gespeeld', zei hij.

'Eva wel, ja', zei Martin. 'En Adam ook. Dat zijn geen personages, dat zijn een man en een vrouw. Maar God en de Duivel hebben woorden nodig.' Zijn gezicht zag er in het licht van de toorts uitgehongerd en grimmig uit. De hoge jukbeenderen in zijn wangen en zijn smalle ogen deden hem lijken op een wolf en deze indruk werd nog versterkt door de manier waarop hij naar voren leunde en zijn schouders optrok tegen de kou. Ik werd getroffen door zijn eenzaamheid en zijn strengheid – twee zaken die onafscheidelijk in hem samengingen. De last van onze mislukking drukte op hem; toch wilde hij ons aanwijzingen geven, wilde hij duidelijk maken wat hij bedoelde. 'God en de Duivel zijn personages', zei hij. 'God is een rechter, Satan is een advocaat. Rechtspreken en pleiten vragen allebei om een andere manier van spreken. Het ware toneelspel ligt in dat verschil, als je iemand zou kunnen vinden om de juiste woorden op te schrijven.'

'Ja natuurlijk, daar zit iets in', zei Straw, wiens kijk op de zaak door zijn gevoelens van het moment werd gevormd en net zo snel als deze van richting kon veranderen.

Springers ogen begonnen dicht te vallen nu hij de eerste hitte van het vuur kon voelen. Vermoeidheid verzachtte zijn magere gezicht. 'Wat kunnen woorden doen?' zei hij. 'God en de Duivel weten allebei hoe het verhaal afloopt.' Hij sprak langzaam, als een slaperig kind. 'En de mensen weten het ook', zei hij.

'Ze weten hoe het verhaal afloopt', herhaalde Martin, en ook hij sprak langzaam, waardoor het eerst leek of hij de spot met hem dreef maar zijn ogen stonden strak en op zijn gezicht stond een half panische uitdrukking, alsof hem iets begon te dagen.

Hij wilde nog iets te zeggen maar ik wachtte niet, het had mij verdriet gedaan hem over onze Vader in de Hemel te horen spreken als een vast omschreven wezen, temeer daar ik Willem van Ockham, de Grote Franciscaan, volg in zijn overtuiging dat God zich buiten bereik van onze rede bevindt, in absolute vrijheid en macht. 'Woorden kunnen ons het wezen van God niet overbrengen', zei ik. 'Onze taal is menselijk, *wíj* hebben er de regels voor gemaakt. Zondige trots maakt dat wij denken dat wij door onze menselijke taal de Schepper kunnen leren kennen. Als je over de persoon van God spreekt zoals jij hebt gedaan, schend je het Zevende Gebod.'

Die vreemde alerte blik was nu van zijn gezicht verdwenen. Hij keek me aan met medelijden voor mijn begripsvermogen. 'We hebben het over *toneelstukken*, broeder', zei hij. 'De Kerk is ermee begonnen om van God een toneelspeler te maken. De priesters speelden Hem voor het altaar en dat doen ze nog steeds, net zoals ze Christus en zijn Heilige Moeder en anderen spelen, om ons het beter te laten begrijpen. Als toneelspeler kan Hij zijn eigen stem hebben, maar Hij kan de stem van anderen niet wegnemen. De Vader van de Leugen heeft meer voorrechten, want die kan de stem van de Slang lenen.'

'Het is verwerpelijk om zo over God te spreken, ware Hij niet meer dan een stem tussen andere stemmen.'

Toen hij mijn ontsteltenis zag, lachte hij maar hij maakte me niet belachelijk. Zijn lach was loom, kwam langzaam, paste niet bij de strakheid van zijn uitgestreken gezicht. 'Als we Hem in een toneelstuk laten voorkomen moeten we Hem op een of andere manier kunnen zien', zei hij. 'Laten we Hem dan zien als een groot edelman, eigenaar van enorme landerijen. Adam en Eva zijn Zijn pachters en moeten Hem dienen. Ze betalen niet met de gehoorzaamheid die zij verschuldigd zijn, ze willen hun pachtgoed in eigendom hebben. Als Hij hen alles toestaat wat ze vragen, valt er niks te straffen, en wat is er dan nog van Zijn macht over?'

Dit was nog erger en ik stond op, maar hij lachte weer en stak zijn rechterhand op zoals God om stilte gebaart en zei: 'Je hebt het goed gedaan vanavond, Nicholas, als je bedenkt dat het de eerste keer was. Aan het eind maakte je een lelijke smak, maar dat je Satan met zijn eigen woorden aanspoorde was een stoutmoedig idee en je hebt de gebaren duidelijk gemaakt en je bent mooi om hem heen gestapt. Dat vonden we allemaal.'

Na deze woorden vergat ik de ruzie en voelde ik mijn borst opzwellen van blijdschap. Het bewijs dat hij goed naar me gekeken had en had gezien wat ik deed betekende nog meer voor me dan de lovende woorden zelf. Martin maakte zichzelf geliefd, zelfs met zijn godslastering. En hij vond zelf niet dat hij godslasterlijk was, niet wanneer hij over het spelen sprak. De wereld van het toneelstuk stond voor hem buiten de echte wereld, met zijn eigen regels voor gedrag en woorden, waar iedereen, sterk en zwak, hoog en laag, aan onderworpen was. Ik zag daar toen het gevaar niet van in, God vergeve me mijn dwaasheid.

Stilte daalde op ons neer en we ontspanden ons in de warmte van het vuur. Ik dacht aan ons Toneelstuk van Adam en aan die Tuin die onze eerste ouders waren kwijtgeraakt door Satans verleiding. In tegenstelling tot de meesten weet ik waar hij ligt. In de bibliotheek van de kathedraal van Lincoln, waar ik onderdiaken ben geweest, bevindt zich een kaart waar de ligging van de tuin op staat, bij de uiterste grens van de oostelijke kant, door een grote berg van de rest van de wereld afgescheiden. God houdt het geheim en gaat daar soms 's avonds wandelen. In de tussentijd ligt hij leeg te wachten tot de Heiligen er weer gaan wonen. Ik bedacht hoe vreemd het eigenlijk was dat zo'n tuin onbewoond is en hoe heerlijk het moest zijn om in het gezelschap van de Gezegenden te verkeren, tussen huizen van jaspis en kristal te lopen, door bosjes waar alle soorten bomen en bloemen groeien en waar vogels met onvermoeibare keeltjes zingen, waar je duizend geuren ruikt die nooit vervagen en waar beekjes over met edelstenen versierde rotsen stromen en waar het zand stralender glanst dan zilver. Het is er nooit koud, er is geen wind en geen regen. Er is geen verdriet of ziekte of verval. De dood kan niet over die hoge berg heen komen. En dat allemaal hadden wij op de binnenplaats van een herberg met een uit bord gesneden boom en een rood geschilderde papieren appel voorgesteld en de mensen hadden het heel even voor het Paradijs aangezien. Ik heb weleens horen zeggen dat de berg waarachter de tuin ligt zo hoog is dat hij de ronde schijf van de maan raakt, maar dat is moeilijk te geloven want dat zou een verduistering veroorzaken...

Ik sliep bijna toen Martin opstond en naar me toe kwam en me vroeg of ik met hem mee wilde lopen, hij zei het zachtjes, zodat de anderen het niet konden horen. Ik stond meteen op.

'Ik kan na de voorstelling niet stil zitten of op één plek blijven', zei hij toen we de binnenplaats overstaken. 'Mijn geest is er nog veel te gespannen van, niet zozeer mijn lichaam, maar de geest trekt het lichaam met zich mee. Het is geen werk zoals land bewerken, waar je lichaam zwaar van wordt en wat je slaperig maakt, tenzij je zo bent als die arme Springer, die wel angsten heeft maar geen wilskracht en die pas vijftien is en nog volop in de groei. Vanavond is het erger, vanwege het geld.'

We liepen een tijdje door de straten van het stadje. Er was nu niet veel volk op de been. De modder werd hard van de vorst. Het was een pikdonkere nacht, je zag geen sterren – de helderheid die de lucht aanvankelijk had was helemaal verdwenen. We droegen een lantaarn aan een stok en dit schommelende licht was het enige waardoor we iets konden zien. Ik kon de sneeuw in de lucht ruiken en het samenpakken van de sneeuwwolken in de duisternis voelen, waardoor de nachtlucht dikker werd. We kwamen bij een kleine taveerne, één enkele armzalige kamer met banken en biezen matten op een vloer van aangestampte aarde. Het licht was er slecht en de rook prikte in onze ogen maar er brandde een vuur en je kon er bij zitten.

We dronken schraal bier en aten zoute vis – meer hadden ze niet te bieden. Martin zat aanvankelijk stil in het vuur te staren. Toen hij begon te praten ging het weer over toneelspelen en hij hield zijn stem gedempt zodat niemand kon meeluisteren – alles wat met zijn vak te maken had schermde hij hebzuchtig af. 'Mijn vader was toneelspeler', zei hij. 'Hij stierf aan de pest toen ik zo oud was als Springer nu. Als wij in een stad speelden kwamen de mensen in groten getale naar ons kijken. Nu kunnen een paar jongleurs en een dansende beer de helft van de mensen weglokken. We zijn maar met zijn zessen. Voor ons optreden in Durham voor de neef van onze dame kunnen we Het Toneelstuk van Adam en Het Toneelstuk van de geboorte van Christus doen, want dat hebben we geoefend. Als we genoeg voorbereidingstijd hebben kunnen we ook Het Toneelstuk van Noach doen, De Woede van Herodes en De Droom van de vrouw van Pilatus.'

Hij keek somber op en zocht mijn blik. 'We zijn maar met zijn zessen', zei hij weer. 'Wat kun je met zijn zessen nou doen? Al onze bezittingen passen achter op de kar. Er zijn tegenwoordig steeds meer van die grote reeksen toneelstukken die door de gilden worden georganiseerd. Dat heb je van Schotland tot Cornwall, overal waar veel mensen bij elkaar wonen. In Wakefield, of in York, brengen ze nu twintig voorstellingen, ze gaan van De Val van Lucifer tot De Dag des Oordeels en dat doen ze in een week. Ze kunnen al het geld van het gilde gebruiken en het maakt ze niet uit hoeveel het kost want het is allemaal ter meerdere glorie van de stad. Hoe kunnen we ons daar nou mee meten?'

Zijn ogen waren groter geworden. Hij sprak geëmotioneerd, maar zijn gezicht had een vage uitdrukking alsof de woorden die hij sprak niet de ware bron van zijn gevoel waren. 'We kunnen ons niet met hen meten', zei hij. 'In Coventry heb ik een wederopstanding van Christus gezien, met blok en wiel werd hij uit het graf de hemel in gehesen, waar wolken aan koorden hingen die je met het blote oog niet kon zien. Ik heb een onthoofding van Johannes de Doper gezien waarbij de speler met behulp van licht en valdeuren door een beeltenis werd vervangen en dat was zo knap gedaan dat de mensen er niets van merkten en gilden toen ze het onthoofde lichaam zagen. Ik wist het toen al, toen ik hen hoorde gillen om een bundel stro die droop van het ossebloed.

Het is gedaan met de arme toneelspelers die met de mysteriespelen rondtrekken. We hebben gewerkt en ons best gedaan en we kunnen het goed en we zitten hier maar en drinken verschaald bier. Van hier tot Durham hebben we niet veel meer dan eikeltjes om te eten, met ons eigen snot als saus, tenzij Tobias een konijn kan strikken, wat met deze vrieskou niet gemakkelijk is. Nee broeder, we moeten iets anders verzinnen. De anderen kijken mij aan, ik ben de eerste toneelspeler.'

Hij keek naar me en knikte ernstig, maar ik zag nu iets fonkelen in zijn blik. 'Springer had gelijk, ook al sliep hij terwijl hij het zei', zei hij. 'Het verhaal van de Val is al zo oud, de mensen weten hoe het afloopt. Maar stel je eens voor dat het verhaal nieuw is?'

'Een nieuw verhaal over onze voorvaders in het Paradijs?'

'Die moord waar je het over had,' zei hij, 'toen we op weg naar de priester waren hebben we er iets over gehoord.'

Ik ben gezegend met voorkennis, zoals ik aan het begin van dit relaas al gezegd heb. Soms weten we niet dat we aan het wachten zijn tot hetgene waarop we wachtten zich aandient. Met deze woorden van hem diende het zich nu aan, het had als een verrassing moeten komen maar dat was niet zo. Op dat moment voelde ik de eerste angst, in die armzalige ruimte, terwijl ik het schijnsel op zijn gezicht zag, het schijnsel van de roekeloosheid. 'De staljongen bij de herberg had het erover', zei ik. 'Ik dacht niet dat je dat gesprek had opgemerkt.'

'Natuurlijk', zei hij. 'Het is ons vak om zulke dingen op te merken. Het waren allemaal vrouwen. Ze hadden van die langgerekte stemmen, zoals vrouwen hebben als ze het over iets slechts met elkaar eens zijn en behagen scheppen in die gelijkgezindheid.' Hij sperde zijn ogen open en trok zijn mondhoeken naar beneden en met een stem die iets harder was dan gemompel deed hij het praten van de vrouwen na: 'Jaaaaa, ze was altijd zo fatsoenlijk, wie had zoiets nou van haar gedacht, ze keek nooit naar mannen... Nou, buurvrouw, welke man zou haar als vrouw willen?' Hij hield op en keek me ernstig aan. 'Alle stemmen waren hetzelfde', zei hij. 'Als een koor. Waarom zou niemand haar willen?'

'Als ze zoiets ergs gedaan had – '

'Nee,' zei hij, 'ze hadden het over de tijd vóór de moord. Misschien is ze lelijk, misschien is het een heks.'

Ik wilde hier niet over spreken maar zijn wil was sterker, vlakte de mijne uit – toen en later. Zijn verlangen, het schijnsel van nieuwsgierigheid op zijn gezicht, haalde me over. Ik voedde die belangstelling met de flarden die hij me zelf had gegeven. 'De biechtvader van de Heer vond het geld', zei ik. 'Hij vond het in haar huis.'

'Niet haar huis,' zei hij, 'dat van haar vader. Ze is een jonge vrouw, ongetrouwd. Ze heeft geen huis.'

'Hoe weet je dat?' vroeg ik hem, en zag hoe hij zijn schouders een beetje optrok. Er hing een sterke geur van het privaat buiten op de binnenplaats. De mensen die de beerputten legen waren nog niet langs geweest. Ik was moe nu, en bang, hoewel ik niet wist waarvoor. Opeens zag ik het gezicht van de staljongen weer voor me, toen hij zich uit de schaduw naar het licht keerde.

'Toen ik stond te wachten heb ik met de vrouw van de priester gesproken', zei Martin. 'Tobias bleef buiten omdat hij die hond bij zich had waar hij zo dol op is.'

'Heb je haar gevraagd...?'

'Een paar vragen, ja.'

Ik wachtte even maar hij zei niets meer. Zelfs op dat moment kon ik de kwestie niet laten rusten. 'Alles goed en wel,' zei ik, 'het blijft vreemd, ongebruikelijk, dat een vrouw op die manier zonder hulp een man kan doden.'

'Op welke manier? We weten niet hoe hij gedood is.'

'Ik bedoel, open en bloot op de weg. Een vrouw kan een man in woede of uit jaloezie doden, en een moment kiezen dat hij niet op zijn hoede is.'

'Het was geen man, het was een jongen van twaalf jaar.'

Hier had ik geen antwoord op. Thomas Wells was dus een kind. Kleine raadsels die worden opgelost betekenen niet dat het er minder zondig op wordt. Een vrouw kon gemakkelijker een kind doden, ja... Ik begreep dat hij de vrouw van de priester niet zomaar een paar vragen had gesteld.

Hij glimlachte nu en begon in gebaren tot me te spreken, iets was hij vaak deed, en altijd zonder het aan te kondigen, om me wat oefening te geven. Hij maakte het slangeteken van de tonsuur en buik voor monnik; toen de snelle hakkende bewegingen voor dak en muren; toen het teken voor een dringende vraag, waarbij je de duim en de eerste twee vingers van de linkerhand samen en de hand snel onder de kin heen en weer beweegt – een teken dat erg lijkt op het teken dat eten betekent behalve dat bij dit laatste de duim omhoog steekt met de elleboog naar buiten en dat de bewegingen dan wat langzamer zijn.

Waarom was de monnik in het huis?

Hij wachtte, hield zijn hoofd naar achter om te laten zien dat hij een antwoord wilde hebben. Het spijt me dat ik het moet zeggen, maar de waarheid dwingt me, ik stak mijn hoofd naar voren om te laten zien dat ik enthousiast was en deed mijn best om de snelle tongbewegingen voor geilheid te maken, maar ik kon het niet zo razendsnel als ik het Straw had zien doen.

Martin moest erom lachen. Hij leek nu in een uitstekend humeur. 'Maar ze keek niet naar mannen,' zei hij, 'als we die brave dames moeten geloven.' En hij perste zijn lippen samen en maakte het gebaar van de rechterhand tegen de wang dat blozen betekent, toen bewoog hij beide handen zo, alsof hij een sjaal dicht om zich heen trok, als de Kuisheid in het zinnespel.

Dat was alles wat er die avond over de kwestie gezegd werd. En omdat hij op het laatst had moeten lachen en er een grapje van had gemaakt, was mijn angst gesust. Voor de onbesuisdheid die ik in hem had gevoeld, voor zijn bereidheid om te zondigen, daar vond ik tijdelijke argumenten voor. Hij was teleurgesteld door de magere opkomst bij ons spel, hij was ongelukkig door onze armoede. Zo probeerde ik mezelf gerust te stellen. Ik kende hem nog niet goed, wist niet dat bij hem alles ernst was. Misschien was dat wel waarom hij die avond met mij een eindje wilde lopen, iemand die nog niet zo vertrouwd was met zijn karakter, zodat hij vrijuit kon spreken zonder te verraden wat hij van plan was. Ik weet nu zeker dat het plan toen al in hem leefde.

Ik weet dit door wat ik nu meer van Martin weet; op dat moment lag het buiten mijn voorstellingsvermogen. Maar het voorgevoel was er al. Met de hulp van mijn geheugen is het niet zo moeilijk om de gebeurtenissen in de goede volgorde te vertellen. Maar de vrees die mensen zoals ik voelen, is niet zo gemakkelijk op te sporen, hij beweegt zich slingerend, voorwaarts en achterwaarts, hij grijpt nieuwe dingen aan. De angst die ik in de taveerne voelde bij de macht van het menselijk verlangen, een macht voor goed of kwaad, die voel ik nog steeds. De aard van macht is altijd dezelfde, hoewel hij steeds een ander masker draagt. De maskers van de machtelozen zijn ook steeds anders. Ik herinner me wat er die avond tussen ons gezegd werd en de wisselende uitdrukkingen op zijn magere gezicht. Hij had al gedaan wat hij altijd met angstaanjagend gemak deed: hij was van idee naar plan naar strategie gegaan alsof daar geen gordijn tussen hing, zelfs geen scherm van mist.

Zeven

We waren allemaal bij Brendans begrafenis, zelfs de hond – Tobias hield hem kort aan een stuk uitgekauwd touw. Ik was eerst van plan geweest niet mee te gaan, omdat we ons hoofd zouden moeten ontbloten en ik nog steeds de piekerige tonsuur van mijn vorige leven had. Margaret vond er een oplossing voor – heel eenvoudig, hoewel niemand van ons eraan gedacht had, aangezien we aan het idee vasthielden dat ik steeds op de een of andere manier mijn hoofd bedekt moest houden. 'We zullen hem scheren', zei ze, op de vlakke toon waarop ze altijd sprak, met haar mond halfgesloten zodat de woorden er mompelend uitkwamen zonder haar gelaatstrekken te veranderen. Margaret had veel ontbering geleden en haar lichaam was vaak vernederd en ze was nu niet van plan de wereld meer dan het hoogst noodzakelijke te bieden. Desondanks had ze een heel behendige en zachte hand, die ik al kende door de manier waarop ze met de arme Brendan was omgegaan. Ik werd met Stephens scheermes en water uit de pomp op de binnenplaats zonder een schrammetje geschoren.

'En als iemand vraagt waarom, dan zeggen we dat het vanwege de ringworm is', zei Springer. Omdat hij een angstige en vredelievende ziel was bedacht hij altijd redenen en uitvluchten; en hij wist dat het een goed antwoord was omdat hijzelf als kind door deze ziekte was getroffen en zijn hoofd door een barbier had laten kaalscheren.

De kerk lag tegen een heuvel en vanaf het kerkhof konden we over het bosrijke dal waar de rivier doorheen stroomde kijken, tot het kale hoogland erachter, waarover een vaag zeelicht lag – van daar liep het land af naar de zee. Dit was een streek met lage heuvels en brede dalen. De bomen waren nu kaal, op het hardnekkige rood van de eiken na. De hellingen met varens aan de andere kant van de rivier waren roestkleurig. Alles was stil – het was een windstille dag. De lucht boven ons was donker, zwanger van sneeuw.

Brendan droeg als laatste kleren een armenlijkwade. Er was geen kist. We keken hoe Martin en Stephen hem in de aarde lieten zakken om daar op de Laatste Dag te wachten, die nu wel aanstonds komen zal. Onze hoop en ons gebed voor Brendan golden ook onszelf, dat hoewel zijn sterfelijk lichaam wegrotte, hij roemrijk zou herrijzen als de graven hun doden opgeven.

De vorst van die nacht had van de topjes van de grassprieten losgelaten en die zagen nu donkerder groen. Dit kerkhof had een vloedlijn van de dood, een opgehoogde lijn waar de slachtoffers van de pest van die zomer in een gemeenschappelijke kuil begraven lagen. De Zwarte Dood is na een adempauze van een jaar of twaalf in deze noordelijke contreien teruggekeerd. De Dood is nooit verzadigd. Nu zien we op elk kerkhof weer hoe die vloed langzaam terrein wint op het groen. Tegen de muur van de apsis verderop waren de vier schapen van de priester het gras aan het grazen dat op een beschutte plek had gegroeid en zo niet aan de vorst was bezweken. Aan de andere kant van de pestberg lag een enkel nieuw graf, heel klein, een kindergraf, met een geteerd houten kruis. Ik zag aan de andere kant, boven de bomen in het dal, een reiger met zware vleugels opvliegen.

De priester sprak de laatste zegen met een haastige, nasale stem uit en terwijl hij dat deed begon het te sneeuwen, grote, zachte vlokken die even in de stille lucht bleven hangen en naar opzij bewogen, alsof ze voorzichtig wilden vallen, zichzelf niet kapot wilden maken. Zodra hij de sneeuw voelde, liep de priester met ongepaste haast terug naar de kerk. Hij had zijn geld al in de sacristie in ontvangst genomen. Er viel steeds meer sneeuw en we konden nu alleen nog maar de eerste scheppen aarde over Brendan te gooien en dan weer terug naar de herberg gaan.

Maar Martin kwam niet meteen met ons mee. Hij treuzelde wat en ik zag dat hij naar de grafdelver ging en met hem sprak.

Toen we over het pad kwamen dat rond het kerkhof naar het kerkportaal liep, hield ik in en ging niet met de anderen mee en stak het bevroren gras en de lijn van de pestkuil over en kwam bij het kleine graf. Het was pas gegraven. Er stond geen naam op het kruis; er was waarschijnlijk nauwelijks tijd geweest om de letters te snijden. Wanneer had de staljongen ook alweer gezegd dat hij gevonden was? Eergisteren, 's ochtends. Snelle rechtspraak in dit stadje, zoals Straw had gezegd. Het slachtoffer was ook razendsnel geborgen. Maar misschien was dit toch het graf van iemand anders... Ik stond een tijdje te staren terwijl de sneeuw de aarde van het graf donker kleurde en terwijl ik dat deed raakte ik in een gemoedstoestand die veel bij studenten voorkomt, tegelijk aandachtig en vaag, als wanneer ze een of andere onjuiste of onvolkomen tekst voor zich hebben. Het is vaak zo dat wanneer je wacht, zonder je iets af te vragen, de ware bedoeling van de schrijver tot je begint door te dringen. Aarzelend, behoedzaam, zoals deze eerste sneeuwvlokken.

Ik bevond mij nog steeds in deze toestand toen ik me weer bij de anderen voegde. Bij het kerkhofportaal wachtten we op Martin, schuilend onder het dak van de poort. Ik stond enigszins terzijde, net onder het dak, aan de kant van de weg. Zonder daar een speciale reden voor te hebben ging ik een stukje naar voren en keek over de weg naar het stadje. De sneeuw maakte het nevelig en het ene moment was er niets behalve die nevel en het volgende moment waren er donkere vormen in te zien, die langzaam de heuvel op kwamen, twee ruiters die een groot zwart beest bij zich hadden wiens hoofd net zo hoog als dat van hen kwam en het had rode ogen en boven zijn hoofd bewoog tegelijkertijd een rode vorm, donkerrood tegen het wit van de sneeuw, en ik wist dat dit de vlam van de adem van het Beest was en ik wist welk Beest het was en wat voor ruiters zij waren en ik sloeg een kruis en van angst kreunde ik luid, omdat ik wist dat het Beest was gekomen en mijn ziel was er niet klaar voor.

Toen ze mijn gekreun hoorden kwamen de anderen om me heen staan en zij keken ook, maar wat zij zeiden en of ze sowieso iets zeiden, weet ik tot op de dag van vandaag niet; ik zag alleen dat Springer op zijn knieën viel, toen Stephen, een moment later. Mijn eigen benen trilden maar ik viel niet, ik worstelde zo goed ik kon met deze martelende angst omdat Christus heeft gezegd dat hij die overwint geen tweede dood zal sterven, hij zal in het Nieuwe Jeruzalem komen. En ik wist ook dat de ooggetuigen in de Openbaringen die door het Beest uit de Hellepit geveld werden, later ten Hemel waren opgestegen. Maar zij hadden hun geloof behouden en ik niet.

Ze kwamen met gestage tred naderbij en ik had er al mijn moed voor nodig om naar hen te blijven kijken en te bidden om van het kwaad verlost te worden. Maar ik had het Onze Vader nog op mijn lippen toen ik zag dat de zwevende, rode vorm zich boven het hoofd van de eerste ruiter bevond en terwijl hij bewoog steeds boven hem bleef; het was een soort tent of baldakijn. En toen hoorde ik de stem van Tobias zeggen dat het een ridder en schildknaap met een strijdros waren en ik zag dat Stephen overeind krabbelde en Springer omhoog wilde helpen, alsof het van begin af aan zijn enige doel was geweest om hem die dienst te bewijzen.

Tobias had de waarheid gesproken. Wat ik voor de ogen had aangezien waren rode kleppen waarmee het zijzicht van het dier werd afgesloten. En na nog een tijdje zag ik dat er een lange toernooilans langs zijn flank hing, die aan de achterkant en de voorkant uitstak. Boven het hoofd van de voorste ruiter was een overhuiving van een of ander rood spul, misschien zijde, het was nu nat geworden, heel dun – het schemerige licht viel er doorheen, op het bleke gezicht van de ruiter. Het paard waar hij op reed was een zwarte hengst, die zijn hoofd optilde en brieste toen hij de sneeuw voelde. Degene erachter hield zijn hoofd laag en de lange veer op zijn hoed hing over zijn voorhoofd, maar toen ze dichterbij kwamen zag ik dat het de schildknaap was die de avond ervoor bij de herberg had geholpen het paard op stal te zetten, diezelfde onhandelbare hakkenei. Hij reed op een grijze merrie en had het strijdros aan een kort touw vast, deze laatste was een enorm beest, het paard waar de staljongen over geklaagd had, ook zwart. Het schild lag op de zadelboog en ik zag weer het wapen met de kronkelende slang en de blauwe en zilveren banen. Maar het allervreemdste aan de Ridder was dat vierkantje zijde boven zijn hoofd, dat ik voor de vlammende adem had aangezien en dat me zo'n angst had aangejaagd dat mijn hart nog steeds tegen mijn ribben bonkte. Het zag eruit of hij het zelf gemaakt had, het lag op stokken die aan de sjabrak van het paard waren vastgemaakt, twee voor en twee achter, en aan de voorkant hing het in een franje omlaag, waardoor hij grotendeels tegen de sneeuw die tegen zijn gezicht kwam beschermd werd. De zijde was donker geworden van de nattigheid en gaf een roodachtige schaduw en daarbinnen zat de Ridder recht op zijn paard, met prachtige kleren aan, alsof hij op bezoek ging – hij droeg een roodfluwelen muts en een mouwloze, rode overjas van het soort dat tegenwoordig in de mode is, aan de voorkant open zodat je zijn hooggesloten witte tuniek kon zien. Hij was jong en zijn gezicht stond kalm onder zijn mooie muts en over de linkerkant van zijn gezicht liep van onder de slaap tot de kaaklijn een lang litteken. Toen hij voorbijkwam ging zijn blik heel even en rustig over ons heen en wij bogen ons hoofd. Toen waren ze voorbij, met diezelfde gestage tred gingen ze de heuvel op. Ik liep de weg op en keek hen na en de sneeuw lag koud op mijn ogen. Van ergens daarboven kringelde rook omhoog. Ik dacht dat ik de kantelen van de kasteelburcht kon zien maar met de sneeuw en de rook wist ik het niet zeker. Ridder en schildknaap gingen op in de nevel van rook en sneeuw, verdwenen uit mijn zicht.

Iedereen reageert anders op angst. Ik probeerde die van mij te verbergen door te praten. 'Ze zullen wel op weg naar het kasteel gaan', zei ik. 'Er is een tiendaags toernooi op komst, hoorde ik in de herberg. Het gaat tot Sint-Stevensdag duren. Ik heb nog nooit een ridder onder zo'n overhuiving zien rijden.'

'Ik ook niet', zei Tobias en hij spoog op de weg. 'Hij was zeker bang dat de sneeuw zijn muts zou verpesten. Hun hele leven is één grote vertoning.'

Straw liet die vreemde lach van hem horen, die altijd als een snik klonk. 'En daar gaat het ons niet om?' zei hij. 'Ze zijn net als wij, rondreizende toneelspelers.' Hij was ook bang geweest, ik merkte het aan zijn blije opluchting. 'Alles wat ze nodig hebben, dragen ze bij zich, net als wij', zei hij.

Springer was de enige van ons allemaal die toegaf dat hij bang was geweest, misschien omdat angst voor hem altijd zo'n intieme metgezel was. 'Ik dacht even dat de Antichrist eraan kwam', zei hij. 'Ik ben liever een toneelspeler die de mensen aan het lachen maakt, dan dat ik van de ene plaats naar de andere ga om mensen uit hun zadel te werpen.' Met kleine bewegingen van de schouders en rechterarm, de ogen geconcentreerd en de wenkbrauwen angstig opgetrokken, deed hij een bang uitgevallen ridder op een toernooi na. Het was grappig omdat hij ook zijn eigen angst en die van ons nadeed en iedereen moest lachen behalve Stephen, die net zo bang als wij allemaal was geweest maar dit nu probeerde te verhullen door zijn ongenoegen uit te spreken over ons gebrek aan respect.

'Ze kunnen heel goed vechten', zei hij. Als voormalig boogschutter had hij ridders in gevecht gezien, en wij niet. En hij sprong altijd ontzettend in de bres voor de adel, ik denk door een aangeboren ontzag voor de rijken en de machtigen – misschien was dit waarom Stephen, zo kwam het mij nu voor, met zijn stelten en zijn goudkleurige gezicht, de rol van God de Vader zo overtuigend speelde. 'Een halve centenaar aan pantser', zei hij terwijl hij met een duistere, afkeurende blik naar Springer keek. 'Op een warme dag is het net of je met je hoofd in een oven zit. Ze vechten van zonsopgang tot zonsondergang op hun paard, wat voor weer God het ook laat zijn. Ik heb mannen gezien die op een half dozijn plekken verwond waren, verblind door bloed, maar nog steeds aan het vechten. Jij, Springer, jij zou nog niet eens het zwaard van een ridder kunnen optillen, laat staan ermee slaan.'

'Als ze niet konden zien naar wie ze sloegen, hadden ze beter rechtsomkeert kunnen maken', zei Straw. 'Zomaar in het wilde weg om je heen zwaaien, dan waren ze net zo gevaarlijk voor hun eigen mensen als voor de vijand. En in feite zijn ze voor iedereen gevaarlijk.' In zijn gedachten en gevoelens was hij een veranderlijke, zwenkende vent, en gemakkelijk te beïnvloeden; maar hij stond steevast klaar om Springer te verdedigen. 'Waarom zou Springer in 's hemelsnaam een zwaard willen optillen?' zei hij nu. 'Het verbaast me dat je het zo hoog op hebt met ridders terwijl toch een van hen je duim heeft afgehakt.'

Stephen was beledigd door deze verwijzing naar zijn verminking en het had op een ruzie kunnen uitlopen, maar op dat moment kwam Martin terug en liepen we samen de heuvel af, met onze hoofden gebogen tegen de sneeuw. In de herberg leek het of Martin in een extravagante bui raakte. We aten een dikke stoofpot van erwten en schapevlees en broodpudding. We kregen boter voor op ons brood en goed bier. De hond kreeg ook lekker te eten, in bouillon gedrenkt brood, en Tobias gaf hem een schapebot. De rekening voor dit alles bedroeg elf pence, waardoor we bijna niks over hadden.

Stephen en Tobias begonnen de kar vol te laden maar Martin hield hen tegen. 'Er is iets wat we moeten bespreken', zei hij. 'Laten we een vuur maken – er is nog genoeg hout.'

We zetten de stoof bij de deur en lieten de deur open en gingen binnen in een halve kring zitten, terwijl we naar het vuur en naar de binnenplaats van de herberg daarachter keken. De sneeuw viel gestaag en gaf de kasseien een wit dekentje. Door de deuropening dreven vlokken binnen en die sisten in het vuur. We hadden goed gegeten en vooralsnog voelden we ons prettig daar op het stro, terwijl we naar de heldere vlammen keken. Er hing een damp van drogende kleren om ons heen en de geur van stro en koeiemest en de scherpe stank van het paard.

Hij begon met ons te vertellen wat we al best wisten: de opbrengst was mager geweest, we hadden heel weinig geld over en we hadden nog een paar dagen te gaan tot Durham, waar de neef van de dame ons verwachtte voor het kerstvermaak van zijn gasten. Het was niet te zeggen hoeveel dagen de reis nog zou duren: door die sneeuw waren de wegen nog moeilijker begaanbaar dan tevoren. 'En we hebben nauwelijks geld genoeg om twee dagen van te eten', zei hij – hij kwam steeds terug op onze armoede.

'Waarom hebben we dan zoveel geld aan dat schapevlees uitgegeven?' vroeg Springer, een kinderachtige vraag omdat hij van tevoren heel goed had geweten hoeveel dat kostte maar het vlees gulzig had gegeten. Nu, met zijn buik vol, maakte hij verwijten.

'We moeten moed houden', zei Martin. Ik ben ervan overtuigd dat hij het geld met opzet had uitgegeven met de bedoeling onze keuzemogelijkheden te beperken. Hij leunde nu naar voren en stak zijn handpalmen naar het vuur uit en dat zag er vreemd uit, alsof hij zich klaar maakte om te springen. Opnieuw realiseerde ik me dat hij iets van een wolf over zich had. Maar alleen de zondige en misdadige inborst van de mens kon zijn gezicht de uitdrukking geven die het nu had, opgejaagd door zijn plan, nog steeds afwegend wat de beste manier was om het ons te vertellen. 'Ik heb iets voor ons bedacht', zei hij. 'Het is iets dat wij kunnen doen en de jongleurs niet. Maar om het te doen moeten we iets langer in dit stadje blijven.'

'Waarom draai je eromheen?' Even stond Stephens donkere gezicht uitdrukkingsloos, toen zag ik hem zijn wenkbrauwen fronsen. 'Wat ben je met ons van plan?' zei hij.

Martin keek ons nogmaals, zij het kort, aan. Zijn gezicht stond nu rustig, en ernstig. 'Beste mensen,' zei hij, 'we moeten de moord opvoeren.'

Deze woorden hulden de wereld in stilte, zo kwam het mij tenminste voor. Niemand maakte geluid, onze lichamen bewogen niet. Het hoefgekletter en het geluid van stemmen buiten op de binnenplaats klonk ook gedempt – of ik werd er op dat moment doof voor. Als de stilte over de wereld neerdaalt is er altijd een klein geluid dat steeds luider wordt. Ik kon de sneeuw horen fluisteren en zuchten en dit geluid was binnen in mij en buiten mij.

Tobias was degene die de geluiden terugbracht; door zijn stem kwamen ze terug. 'De moord naspelen?' zei hij. Op zijn gezicht stond verbijstering te lezen. 'Wat bedoel je? Bedoel je de moord op de jongen? Je speelt toch geen dingen die in deze wereld gebeuren?'

'Het was voorbij toen het gebeurd was', zei Straw. Hij wachtte een paar tellen, keek met zijn uitpuilende en opgewonden ogen om zich heen naar de hoeken van de schuur. 'Het is van de gekke', zei hij. 'Hoe kunnen mensen nou iets spelen dat maar één keer gebeurd is? Daar zijn toch geen woorden voor?' En hij stak beide handen omhoog en fladderde met zijn vingers ten teken van chaos.

'De vrouw die het gedaan heeft leeft nog', zei Margaret. 'Als ze nog leeft, moet zij die rol krijgen, die is van haar, niemand anders kan hem spelen.'

Ik had Margaret nog nooit eerder iets horen zeggen over een kwestie die verband hield met het spel, maar Martin wees haar niet terecht; hij ging teveel op in zijn voorstel. 'Waarom zou dat wat uitmaken?' zei hij. 'Kaïn doodde Abel, dat was een moord, het is iets dat gebeurd is en het is maar één keer gebeurd. Maar we kunnen het wel spelen, we spelen het vaak, we spelen ook de manier waarop hij het deed, we doen een gebarsten kruik in Abels hemd om te laten horen hoe zijn botten breken. Waarom kunnen we dan de moord in deze stad niet spelen, als we toch hier zijn?'

Tobias schudde zijn hoofd. 'We kunnen ons nergens op beroepen', zei hij. 'Het staat nergens geschreven. Kaïn en Abel staan in de Bijbel.'

'Tobias heeft gelijk', zei ik. Ik kon mijn mond niet houden, ook al betekende het dat ik tegen Martin inging. Wat hij voorstelde was godslasterlijk en het maakte me bang. Wat dat betreft voelde ik dat er een verschil was tussen mij en de anderen. Zij waren verbaasd omdat het idee nieuw was maar hun ziel was niet in verwarring, behalve misschien die van Tobias – hoewel dit later wel bij iedereen het geval zou zijn. 'In de Heilige Schrift schuilt de rechtvaardiging', zei ik. 'Het verhaal van Kaïn en Abel wordt afgerond met de wijsheid van God, het is niet alleen een moord, het zet zich voort in de veroordeling. Het ligt besloten in de wil van de Schepper.'

'Deze ook, en alle moorden ter wereld ook', zei Springer en zijn magere gezicht – het gezicht van het eeuwige weeskind – droeg de glans van Martins plan al.

'Dat is waar,' zei ik, 'maar in dit geval is er geen gemeenschappelijke aanvaarding, God heeft ons dit verhaal niet gegeven om het te gebruiken, Hij heeft ons de betekenis ervan niet onthuld. Daarom heeft het geen betekenis, het is alleen maar een sterfgeval. Toneelspelers zijn net als andere mensen, ze moeten de betekenissen van God gebruiken, ze mogen niet hun eigen betekenissen maken, dat is ketterij, het is de bron van al onze ellende, het is de reden waarom onze eerste ouders verstoten werden.'

Ik keek om me heen naar hun gezichten en ik wist toen al dat mijn argument tekort zou schieten. Ze waren misschien wel bang, maar niet om God te beledigen, ze waren bang voor de vrijheid die Martin hen bood, de vrijbrief om wat dan ook te spelen wat zich in de wereld voordeed. Zo'n vrijbrief geeft macht... Ja, hij bood ons de wereld aan, daar in de benauwde ruimte van de schuur speelde hij Lucifer voor ons. Maar wat dat dicht bij huis op zou leveren hoefde hij ons niet te vertellen, dat speelde al door onze gedachten; de mensen zouden toestromen om het toneelstuk over hun moord te zien; en ze zouden betalen. Uiteindelijk gaf onze armoede de doorslag. Dat en de manier van denken van toneelspelers, die aan hun rol denken en hoe ze die het best kunnen spelen, en die naar de woorden van de eerste toneelspeler luisteren, maar niet vaak aan de betekenis in zijn geheel denken. Als ze dat wel hadden gedaan, dan hadden ze gezien wat ik, die meer gewend is aan gevolgtrekkingen, zag en waar ik voor sidderde: als wij onze eigen betekenissen maken zal God ons dwingen antwoord te geven op onze eigen vragen, Hij zal ons zonder de troost van Zijn Woord in de leegte achterlaten.

'Het is een sterfgeval, het betekent verder niks', zei ik weer, hoewel ik wist dat de zaak al beslist was. 'Er is geen tijd geweest om de bedoeling van God te kunnen doorgronden.'

'Mensen kunnen aan dingen betekenis geven', zei Tobias. 'Dat is niet zondig, want onze betekenissen zijn maar tijdelijk, ze kunnen veranderd worden.'

Ja, het was de slimme en gelijkmoedige Tobias die de Mensheid speelde, die zich als eerste ten gunste van Martin uitsprak, hoewel hij er aanvankelijk tegen was geweest. De anderen volgden.

'God kan niet willen dat wij verhongeren terwijl we wachten tot hij ons de betekenis geeft', zei de arme Springer – hij kende de honger maar al te goed.

'Voor we Gods betekenis vinden zijn we al langs de kant van de weg doodgegaan', zei Straw. Hij maakte het gebaar van de Man met de Zeis, een lang zwaaiend gebaar van rechts naar links met de handpalm omhoog. 'De Dood wacht niet op betekenissen', zei hij. 'Zwaard of touw of de pest, het maakt hem allemaal niks uit.'

Stephen leunde naar voren en de vlammen van het vuur deden zijn donkere gefronste gezicht oplichten. 'Het gaat niet zozeer om de betekenis', zei hij. 'Er is een kind, een vrouw, een monnik...' Hij wachtte even, kon moeilijk de juiste woorden vinden. 'Het is maar één ding', zei hij uiteindelijk. 'Het is bijzonder. Er komen geen Personages in voor.'

'Je kunt het op iedereen van toepassing laten zijn', zei Martin. 'Snap je dat dan niet? We hebben allemaal het zinnespel gespeeld, waarin we degene die van het pad af raakt Elckerlyc of de Mensheid of de Koning van het Leven noemen. En de Deugden en de Ondeugden vechten om zijn ziel. Dus we maken er een Personage voor iedereen van. Maar in elke afzonderlijke ziel is hetzelfde gevecht gaande, in die van ons en in die van de vrouw die Thomas Wells heeft beroofd en hem heeft gedood. Het is een heel oude vorm van toneelspel en het is de vorm die het langst zal bestaan.'

Hij gebruikte de redenering van bijzonder naar algemeen en dat is in de logica wel toegestaan maar nooit in een morele discussie. Toch was hetgeen hij over de vorm zei waar. Al duizend jaar, sinds de *Psychomachia* van Prudentius, heeft het verhaal over het Gevecht van de Ziel bestaan.

'We kunnen het als een zinnespel spelen', zei hij.

Springer blies tegen zijn vingers, volgens mij meer uit gewoonte dan wat anders, want we hadden het daar, dicht bij het vuur, niet zo koud. 'Maar we hebben er geen woorden voor', zei hij. 'Er zijn wel wat stukjes tekst van de engelen en demonen die we kunnen gebruiken, maar die herinner ik me niet zo goed, ik zou het zonder souffleren niet kunnen.'

'Ik ook niet', zei Straw. 'En we hebben nauwelijks tijd om het te leren.'

'We kunnen het als een gebarenspel doen en de tekst zeggen die in ons opkomt, het hoeft niet te rijmen', zei Martin. 'Iets dergelijks hebben we al eerder gedaan. Het spel zal niet langer dan een half uur duren, misschien niet eens zo lang.' Zijn woorden klonken nu vol vertrouwen, hij voelde dat hij had gewonnen. 'Daarna doen we De Geboorte van Christus', zei hij. 'Die twee passen prima bij elkaar, een kind dat uit hebzucht gedood is, een kind dat geboren wordt om ons van onze zonden te verlossen. Denk eens aan het geld dat we zullen verdienen, beste mensen, denk daar eens aan. We zullen de hele binnenplaats vol krijgen.'

Hij keek ons aan om te zien of we instemden. Niemand sprak hem tegen, zelfs ik niet, maar ik sloeg mijn ogen neer omdat ik wist dat het een goddeloze onderneming was. We zouden ons het lichaam van levende mensen toeëigenen, we zouden onze winst te danken hebben aan het vloeien van kinderbloed.

'We zullen het Het Toneelstuk van Thomas Wells noemen,' zei Martin. Even was het stil, toen sprak hij weer, maar zijn stem klonk heel anders: 'Kom,' zei hij, 'ga bij het vuur zitten, goede man.'

Ik keek op om te zien tegen wie hij sprak. De sneeuwvlokken dansten en vervaagden in de lucht die boven de stoof zinderde. Het leek of ze niet vielen maar in die trillende lucht zweefden en een glinsterend scherm vormden. En in deze glinstering, alsof de vlokken daar aan elkaar vastzaten en klonterden, was een wit maangezicht te zien, glimlachend met open mond. Ik zag hoe de mond zich slap bewoog, alsof de woorden eerst gekauwd moesten worden voor ze zacht genoeg waren om uitgesproken te kunnen worden. Dicht om zijn gezicht zat een gerafelde kap. Zijn dunne baard was nat en nat blonken zijn wimpers. Ik had dit idiote gezicht eerder gezien, maar kon me niet herinneren waar. Hij was gekomen om bij ons vuur te gaan zitten.

'Hij wil iets tegen ons zeggen', zei Tobias. 'Wat is het, vriend?'

Opnieuw begon de mond te bewegen maar nu kwamen er woorden, zacht en mompelend maar duidelijk genoeg, de woorden van de naam van de jongen. 'Thomas Wells', zei hij en staarde ons over de gloeiende sintels van het vuur met heldere ogen aan. 'Thomas Wells, die ze gevonden hebben.'

Toen hij dit zei, dacht ik dat hij misschien een demon was en het was net of ik de vorm van de horens onder zijn kap kon zien zitten. De adem stokte in mijn keel en ik sprak een paar woorden maar ik weet niet meer welke. Springer deinsde achteruit. 'God bescherm ons allen', zei hij en sloeg een kruis.

'Het is een bedelaar die soms op de binnenplaats van de herberg komt', zei Margaret op haar gebruikelijke vlakke, mompelende toon. 'Ik heb hem ook buiten op straat gezien', zei ze. 'Beste man, wat is er?'

'De jongen die ze gevonden hebben voor de engelen hem vonden', zei hij. 'Vroeg in de ochtend brachten ze hem naar huis. De zoon van Robert Moore en de jongste van Simon de smid en de jongen die de schapen hoedde, John Goody. Die de engelen het eerst vonden.'

'Wat bedoel je?' zei Martin. 'Waren er nog anderen? Wie heeft hem gevonden? Wie heeft Thomas Wells gevonden?'

'Jack Flint heeft hem gevonden.' De ogen van de idioot straalden. Zijn mond was een poel vol spuug. 'Zonden zijn als stenen', zei hij. 'Maar kinderen zijn licht genoeg, zij kunnen vliegen. Met deze ogen heb ik ze gezien.' Hij stak een hand omhoog, met de palm naar buiten, de vingers gespreid en hield die even voor zijn lachende gezicht, alsof hij zijn ogen tegen onverdraaglijk sterke stralen moest beschermen maar tegelijkertijd toch door de openingen naar iets wilde turen dat hij niet mocht missen. 'Ik keek over de huizen heen. Het licht deed pijn aan mijn ogen. Ik heb Jane Goody gezegd dat haar kind bij de engelen in de Hemel is, maar ze vond geen troost bij die woorden. Ze is hem overal gaan zoeken.'

'Arme man, je bent bedroefd', zei Tobias en hij stond op om de man wat van het brood dat over was te geven, maar de beweging was te plotseling, de man schoof op zijn hurken achteruit en kwam toen overeind. Binnen een tel was hij verdwenen, er was alleen nog de hete lucht die boven het vuur trilde en de vallende vlokken en het geluid van scheppen die tegen de kasseien sloegen omdat ze de sneeuw van de binnenplaats haalden.

'Nou, hij is weg', zei Martin. 'Die Flint, die volgens hem de jongen heeft gevonden... We moeten zoveel mogelijk te weten zien te komen. Als we dit gaan doen moeten we er alle omstandigheden van weten. We moeten ieder afzonderlijk de stad ingaan en met de mensen praten, maar dan als mensen van buiten, zonder dat het lijkt dat we er iets mee op het oog hebben.'

'Ze zullen weten dat we toneelspelers zijn', zei Straw.

'Nee, dat zullen ze niet, de meesten van ons droegen een masker en ze zagen ons bij het licht van de toortsen, waardoor een gezicht er anders uitziet.' Dit zei Stephen en op zijn gezicht stond nu iets van dezelfde glans te lezen die ik op dat van Springer had gezien. Martins plan verspreidde zich over ons als een bundel licht.

'We trekken de stad in en proberen zoveel mogelijk te weten te komen', zei hij nu. 'Als we de klokken voor de vespers horen, komen we meteen hier terug. Iedereen vertelt de anderen dan wat hij over de zaak te weten is gekomen en dan bedenken we het toneelstuk en beslissen wie welke rol krijgt. Dan maken we te voet een processie, bij toortslicht, ieder in zijn eigen rol en kondigen we de mensen aan wat we van plan zijn te doen. Naderhand oefenen we het toneelstuk om onze rol te leren, voor zover de tijd dat toelaat. Morgen is het marktdag, dan zal het druk zijn in de stad.'

Hier moest hij al eerder achter zijn gekomen, voordat hij onze instemming had. 'Waar had je het met de grafdelver over?' zei ik. De vraag kwam er snel uit, voor ik besloten had dat ik het zou vragen.

'Wat?' Even leek hij uit zijn doen, alsof ik hem op iets verkeerds betrapt had.

'Vanochtend, toen je achterbleef.'

'Ik vroeg hem of hij het lichaam van de jongen had gezien, maar hij zei van niet aangezien hij niet door een houten kist heen kon kijken en dus vroeg ik hem wie die gemaakt had en hij zei dat er drie timmermannen in de stad waren, het zou dus wel een van hen zijn. Ik vroeg hem ook of hij wist wie er voor dat werk betaald had maar hij zei van niet.'

'Dus toen speelde je in gedachten al met dit plan?'

Hij keek me rustig aan. 'Ik speel al jaren met het idee dat we toneelstukken kunnen maken van de verhalen die in ons leven gebeuren. Ik denk dat de toneelstukken in de toekomst op die manier gemaakt zullen worden.'

Op dat moment vatte ik dat op als een oprecht antwoord maar niet als een volkomen eerlijk antwoord, want ik dacht dat tussen waarheid en eerlijkheid de hoop op een volle beurs lag. Hij keek nu van me weg en sprak tot de anderen: 'Goed, dan zijn we het dus allemaal eens?'

We waren een tijdje stil. Toen gaven we een voor een, te beginnen met Tobias, te kennen dat we instemden. Ook ik, als laatste. Ik werd gegrepen door het stoutmoedige ervan. Ik zag angst en uitgelatenheid op de gezichten om mij heen. We gokten allemaal op dit ene paard. En dan was er nog het licht dat van hem uitging, we baadden er allemaal in. Ik denk nu dat hij door zijn trotse karakter geleid werd, dat is erger dan geldzucht. Aan trots kun je je alleen maar branden. De hars van de verziekte tak zorgt ervoor dat hij feller brandt en even lijkt het of hij de duisternis verlicht; maar hij brandt snel op, waarna de wereld nog donkerder is dan tevoren. Hoewel ik me ertegen had verzet, stemde ik in. Deze troep toneelspelers was mijn beschutting, ik wilde niet uitgestoten worden. En dan was er nog Martins gezicht en zijn stem. Hij overtuigde ons niet, hij besmette ons met zijn gevoel. Alsof we daar besmet met licht...

Ik sprak mijn verschil van mening niet meer tegen hem uit – het was toch zinloos. Misschien had hij wel gelijk in wat hij zei over de aard van toneelstukken en toneelspelen in de toekomst. Hij was zo iemand die zonder te weifelen vooruit kon blikken en hij voelde geen wrok jegens de tijd dat hij niet meer in de wereld zou zijn en daardoor was zijn blik helder. En misschien veranderen alle rangen van de mens in de loop der tijd wel. Dat die zo kunnen veranderen zien we aan de Orde der Benedictijnen, die zich niet aan de wet van hun Stichter houden maar naar het buitenland reizen zoals deze ene die de gestolen beurs had gevonden en die de biechtvader van de Heer was en bij hen in het kasteel woonde. We zien het ook in de ridderorde. Toen we daar rond het vuur zaten, en de beslissing was gevallen, dacht ik weer aan de Ridder, hoe die langzaam in de vallende sneeuw de heuvel op kwam rijden met de rode adem van het Beest boven hem. Ik zag die eerste ruiter voor de Dood aan, maar ik weet nu dat het zijn eigen dood was die hij met zich meebracht. Ik herinnerde me zijn bleke gezicht, de kalme, roekeloze blik, het lange litteken over zijn wang, dat verwijfde vierkantje zijde om zijn mooie kleren tegen de aanraking van de sneeuw te beschermen. Ridders vormen een dodende klasse, van jongs af aan leren ze met wapens omgaan en ernstige verwondingen toebrengen. Maar als we onze vaders moeten geloven, of daarvoor hun vaders, dan had die oefening ooit een doel, zoals het werk van toneelspelers een doel heeft. Zoals het doel van de Duvelstoejager is de Duivel te troosten, waardoor hij een vrijbrief heeft voor zotternij, zo was het doel van de ridder de zwakken tegen de verdrukking van de macht te beschermen en om voor Christus in het Heilige Land te vechten en hieraan ontleende hij de vrijbrief om te doden en het recht om land te bezitten. Maar misschien zeggen de vaders van onze vaders alleen wat ze van hun vaders voor hen hadden gehoord en is het nooit waar geweest dat de ridders deze functie hadden, was het de Kerk die dat zei, in de hoop hun gedrag goed te praten of de koning die dat zei, om uit te leggen waarom hij land aan hen afstond. Ze waren nodig en daarom moesten ze een of andere rol krijgen. Hoe het ook zij, als ze ooit een rol te vervullen hadden, dan zijn ze die nu kwijt, zelfs in de strijd – het zijn de gewone mensen die de gevechten winnen, de boogschutters en de piekeniers, zoals onze tijd overvloedig heeft aangetoond, terwijl de ridders en hun strijdrossen in bloed baden en samen in de pan gehakt worden. En daarom stappen ze over op de sport. Ze dossen zich uit om in een spel iemand te doden, zoals deze ridder was uitgedost.

Acht

We gingen volgens Martins plan te werk. Ik bracht mijn tijd door tussen de stalletjes rond het marktkruis en in een naburige taveerne. Er viel geen sneeuw meer maar de wolken waren er nog zwaar van. Ik probeerde zo slinks mogelijk roddel uit te lokken en probeerde hen daarbij aldoor niet te laten merken dat ik van buiten de stad kwam. Martin had het wat dat betreft bij het verkeerde eind gehad; als blijkt dat je er niks van weet, vallen mensen stil of wenden zich af, net als de stalknecht had gedaan. Er was iets, een of andere angst of wantrouwen, wat ze ervan weerhield te praten. Iets dergelijks deed zich voor toen ik een man die eieren verkocht vroeg of de vrouw die veroordeeld was de misdaad ook bekend had. Hij keek me even met iets van een glimlach aan, alsof ik een oude grap had verteld. Toen betrok zijn gezicht en keek hij stuurs de andere kant op.

Toch kwam ik een paar dingen te weten, het belangrijkste was dat de vrouw op de avond dat de jongen gedood was in de buurt van de weg was gezien – men nam aan dat hij 's avonds of ergens in die nacht gedood was. Ze was vlak bij de plek waar men hem had gevonden gezien, door diezelfde Benedictijn, degene die de volgende ochtend naar het huis was gegaan en daar het gestolen geld had gevonden.

Dit vertelde ik de anderen toen we weer in de schuur bij elkaar waren. De duisternis begon al te vallen. Net als tevoren zaten we rond het vuur, maar het was nu een schamel vuurtje, we moesten zuinig omspringen met het hout dat nog over was, want we hadden geen geld voor nieuw – we hadden bijna alles besteed aan het huren van de schuur voor deze nacht.

Omdat ik het laatst bij de troep was gekomen en het onbelangrijkst was, moest ik als eerste zeggen wat ik te weten was gekomen. Ik begon met datgene waarvan ik dacht dat iedereen het onderhand al wel wist en bewaarde de bijzondere dingen voor het laatst. De jongen, Thomas Wells, was twaalf jaar oud en klein voor zijn leeftijd, hij lachte niet vaak en dat kwam door het feit dat hij vaak door de dronken man met wie zijn moeder samenwoonde werd geslagen. Zijn eigen vader was dood of weggegaan.

'De vader is er op een mooie morgen vandoor gegaan', zei Springer. Hij zat in kleermakerszit, maar met een of andere kronkelende beweging van zijn lichaam en door eerst zijn ene en toen zijn andere schouder te bewegen, was hij een man die frank en vrij wegliep. Toch was er geen lach op zijn gezicht te zien. 'Hij ging weg om in de oorlog te vechten, zeggen ze. Dat zeiden ze ook over die van mij, maar ik heb het nooit geloofd.'

'Ze zijn arm', zei Stephen. 'De man moet als lijfeigene voor de Heer de Guise op het land werken. Hij heeft een stukje akkerland, niet meer dan drie acre.'

'Hij heeft wel geld voor bier', zei Martin. 'Hij was dronken op de dag dat de jongen stierf. Dronken en ruziezoekerig. Op het laatst wilde de herbergier hem niks meer schenken.'

'Gaan we dat naspelen?' Springers sperden zijn ogen open. 'Stel je voor dat hij er is, tussen de mensen?'

'De duivel hale hem, wij gaan het spelen', zei Stephen. 'Als hij ruzie met me zoekt zal het hem nog berouwen.'

'Hij probeert te doen of hij niet dronken is, dus de herbergier schenkt hem nog meer bier. Hij verzamelt al zijn krachten.' Straw ging rechtop zitten en hield zijn lichaam in een wankel evenwicht en zijn hoofd trilde van de inspanning om nuchter te lijken. Toen rilde hij en het was een echte rilling. Het was koud in de schuur, maar ik wist dat Straw bang was.

'De herbergier wacht', zei Martin. 'De man houdt het niet vol, zijn benen worden pap.' En hij deed het allebei om de beurt na, de blik van de herbergier en het instorten van de man en het was heel grappig.

'Ze hadden hun koe verkocht', zei ik, toen het lachen was verstomd. 'Ze moeten wel arm zijn, als ze in de winter een vaars verkopen. Hun hooi was niks waard door de regen en ze konden het beest niet het hele voorjaar voeren. Daar kwam het geld vandaan dat de jongen bij zich had. Ze moeten hem ergens buiten de stad verkocht hebben...'

'Ze hebben het beest zes mijl verderop verkocht,' zei Tobias, 'in een dorp dat Appleton heet, aan de rand van het moeras. De man en de vrouw zijn daar gebleven, ze zaten in een taveerne te drinken. Althans, de man dronk en de vrouw bleef bij hem. Ze gaf het geld, zoveel ze te pakken kon krijgen, aan de jongen in bewaring en stuurde hem ermee naar huis.'

'Maar hij is nooit thuis gekomen', zei Martin. 'Hij is 's middags gezien, twee of drie mijl verderop, door iemand die aan de rand van het bos hout aan het sprokkelen was.'

'Hij is een halve mijl buiten de stad gevonden,' zei Stephen, 'waar de weg onder de meent loopt. Ik ben ernaartoe gelopen. De weg is daar smal, aan de ene kant staat het bos er dicht op en aan de andere kant ligt woeste grond die tot de meent omhoog loopt. Het huis waar de vrouw woonde ligt aan de rand van de meent, iets dichter bij de stad.'

'Ze woonde daar met haar vader, die wever is', zei Straw. 'Waarom hebben ze hem niet ook meegenomen, als het geld daar gevonden is?'

Niemand wist hier antwoord op.

'De biechtvader van de Heer zag haar', zei ik. 'De Benedictijn.' Ik wachtte even en had het prettige gevoel van iemand die op het punt staat iets gewichtigs mede te delen. Ik was opgewonden – dat waren we allemaal. Opgewonden en bang. Deze dingen waren gebeurd. Met onze woorden lieten we ze nu opnieuw gebeuren, zoals we dat later met ons lichaam zouden doen. 'Hij zag het meisje die avond op de meent. Ze was vlak bij de weg op de plek waar de jongen is gevonden.'

'Wat deed ze daar?' zei Stephen. 'Was ze daar op Thomas Wells aan het wachten? Misschien had ze gezien dat hij eraan kwam. De grond is daar wat hoger, je kunt een stukje de weg af zien.'

'Waarom zou ze op Thomas Wells wachten?' zei ik.

'In dat geval zou de Monnik de jongen ook gezien moeten hebben', zei Martin. Op zijn gezicht stond iets van die stralende abstracte uitdrukking te lezen die hij de eerste keer had toen hij ons over zijn plan vertelde. 'Het lijkt erop dat Thomas Wells voor het laatst in leven is gezien door de man die hout aan het sprokkelen was en dat was zo'n drie mijl van de plek waar hij gevonden is.'

'Daarom zal de Monnik wel naar het huis gegaan zijn', zei Margaret, die nu voor het eerst sprak. 'Hij zag haar vlak bij de plek, en toen de jongen gevonden was herinnerde hij zich dat hij haar gezien had en ging ernaartoe, naar het huis, en daardoor vond hij het geld.'

Als je in gedachten achteruit blikt is het altijd moeilijk zeker te weten wanneer de dingen anders werden, wanneer een gedachtengang duisterder of helderder werd, wanneer woorden of blikken de stemming deden veranderen. In mijn voorstelling was dat het moment waarop de schaduw viel, terwijl Margaret aan het praten was. Het is of ik me herinner dat het licht wat roder werd, alsof de laatste armzalige gloed van ons vuur zich om ons heen verspreidde en we zaten daar in dat licht terwijl buiten de duisternis samenpakte en we waren dezelfde mensen, maar toch anders. Op dat moment kregen we door dat deze zaak niet zo eenvoudig was als we gedacht hadden. Deze drie dingen over de Monnik – dat hij de vrouw zag, dat hij hoorde dat de jongen dood was, dat hij het geld vond – riepen meer vragen op dan ze beantwoordden, ook al had het er aanvankelijk op geleken dat ze alles verklaarden.

'Misschien zijn er nog anderen geweest die haar daar gezien hebben', zei Martin langzaam. 'Het is in elk geval de meent dus ze kon tal van redenen hebben om daar te zijn en de Monnik moet dat geweten hebben.'

'Wat had de Monnik daar te zoeken, op de weg?' zei Tobias.

Er viel een stilte, toen hikte Straw en lachte en het klonk hard daar in de schuur. Hij was altijd gevoelig voor stemmingen, meer dan alle anderen, en altijd licht ontvlambaar en wankelmoedig, als een windvaantje, nu eens de ene, dan weer de andere kant op draaiend. 'Hij was waarschijnlijk op pad om iets voor de Heer te doen', zei hij.

Ik probeerde me het gezicht van de Monnik voor te stellen, die ik nog nooit had gezien, om hem tastbaar te maken, maar in plaats daarvan doemden andere gezichten op: Martins gezicht met de glans van zijn plan erop, het geschrokken gezicht van de idioot toen hij de namen van de verdwenen kinderen noemde, het getekende, minachtende gezicht van de Ridder toen hij onder zijn baldakijn voorbijreed. De Monnik, ook al was hij iets voor de Heer aan het doen, had toch gelegenheid gezien om een jonge vrouw op te merken en zich haar te herinneren, terwijl hij haar maar heel even op de meent had gezien...

'Hoe werd Thomas Wells gedood?' De vraag leek uit ons midden te komen, we wisten even niet wie hem gesteld had. Maar het was Tobias, de praktische, de reparateur. 'Op wat voor manier is hij gestorven?' zei hij nu, met iets van ongeduld in zijn stem.

'We weten nog niet – ' begon Martin.

'Hij is gewurgd', zei Margaret. 'Thomas Wells werd gewurgd.'

We keken naar haar, zoals ze daar zat, met haar stevige benen wijd onder de vaalbruine rok. Ze had haar blonde haar gekamd en het met een reepje rood lint samengebonden.

'Hoe weet je dat?' zei Stephen, want hij had het recht haar die vraag als eerste te stellen.

'Ik heb die man, Flint, gevonden', zei ze, terwijl ze hem met opgeheven kin aankeek – haar bewegingen hadden vaak iets uitdagends. 'De man die het lichaam van de jongen gevonden heeft. Hij is weduwnaar, een zachtmoedige man hoor. Hij woont alleen.'

We waren een tijdje stil. Niemand vroeg wat voor middelen

ze had gebruikt om deze informatie van Flint los te krijgen. Toen vroeg iemand – ik denk dat het Stephen weer was – of het met een touw gedaan was en ze zei nee, hij was met blote handen gedood.

'Flint zag de blauwe plekken die door de duimen waren gemaakt', zei ze. 'De tong van de jongen hing uit zijn mond. Verder lag hij keurig op zijn rug langs de kant van de weg, waar hij de wagens niet hinderde.'

'Een jongen van twaalf', zei Martin. 'Hij moet voor zijn leven gevochten hebben. De vrouw zal wel sterk zijn.'

'Misschien heeft ze hem vanuit een of andere schuilplaats plotseling aangevallen', zei Springer en hij keek de schuur rond alsof die plek daar ergens te zien was.

Stephen schudde zijn hoofd. 'Er is daar geen schuilplaats die behoorlijk dicht bij de weg ligt. Het bos is verder naar beneden, op vijftig meter afstand.'

'Misschien heeft ze hem mee het bos in genomen?'

'Waarom zou hij met haar meegaan?' zei Tobias. 'En als hij dat gedaan heeft, en zij hem daar gedood heeft, waarom zou ze hem dan terug naar de weg hebben gebracht?'

Niemand kon hier een antwoord op bedenken en weer werd het muisstil. Toen hief Martin zijn hoofd en schudde hij zichzelf een beetje door elkaar, alsof hij een visioen verdreef. 'Het verhaal luidt dus als volgt,' zei hij, 'voor zover wij het kennen althans. De man en de vrouw gaan met de jongen naar het dorp Appleton en daar verkopen ze hun koe. De man begint te drinken. De moeder geeft het geld aan de jongen, laten we zeggen in een beurs, en zegt hem dat hij hem rechtstreeks naar huis moet brengen en dat hij onderweg met niemand mag praten. De jongen gaat op pad, maar hij komt nooit thuis aan. Op ongeveer drie mijl van de stad wordt hij gezien door een man die hout aan het sprokkelen is. De vrouw wordt op de meent gezien, vlak bij de plek waar de jongen werd gevonden. Ze wordt gezien door de biechtvader van de Heer, die voor de Heer op pad is. Verder ziet niemand haar. Dit gebeurt 's middags, vlak voor het donker wordt. Maar pas vroeg in de volgende ochtend wordt de jongen gevonden door een zekere Flint. Hij was gewurgd en er is geen beurs te bekennen.'

Hij was even stil en keek naar Margaret. 'Wat was Flint daar aan het doen?' zei hij.

'Hij was op weg naar de plek waar zijn schapen in de schaapskooi zitten', zei ze. 'Hij legde de jongen op de rug van zijn ezel en bracht hem naar de stad.'

'Later op diezelfde ochtend hoort de Monnik over de moord. Hij gaat naar het huis waar het meisje woont en neemt wat mensen van de Heer als getuigen met zich mee, dat neem ik tenminste aan. Hij vindt de beurs. Het meisje wordt naar de gevangenis afgevoerd. In de loop van die dag en de volgende dag wordt ze voor de rechtbank van de drost verhoord, die eigenlijk de rechtbank van de Heer is, en ze wordt veroordeeld. Ze is veroordeeld maar nog niet opgehangen.'

Hij was even stil, terwijl hij recht voor zich uit keek. Toen zei hij op gedempte toon: 'Daar moet een reden voor zijn. Al het andere is zo snel afgehandeld, zelfs het begraven van de jongen. Hij werd gisteren ter aarde besteld, nauwelijks twee dagen nadat hij was gevonden. Toch werkt het in ons voordeel, beste mensen. Zolang het nog niet voltrokken is, zal de belangstelling voor ons toneelstuk groter zijn. We zullen onder de galg spelen.'

Dit was iets dat alleen Martin gezegd kon hebben en er sprak een soort vastberadenheid uit die onder ons bij hem alleen hoorde. Hij had tegenstrijdigheden die me nog steeds niet loslaten. Als het erom ging wat hij wilde, dan zette hij al het andere aan de kant en dat deugt niet, wie het ook doet. Hij kende geen piëteit. En toch was hij van nature heel zachtmoedig, en loyaal voor iedereen die vertrouwen in hem stelde.

'Misschien proberen ze haar te laten bekennen, voor haar zieleheil', zei Springer.

'Ik heb geprobeerd erachter te komen of ze bekend had', zei ik. 'Degene aan wie ik het vroeg dacht eerst dat ik spotte, maar hij wou me geen antwoord geven. Er is een Rechter uit York in aantocht, hij werd gisteravond in de herberg verwacht. Misschien wachten ze daarop.'

'Hij is in ieder geval geen gast van de Heer,' zei Tobias, 'anders zou hij wel in het kasteel logeren.' Hij aarzelde even en zei toen: 'Er is nog iets... Het gaat niet over deze moord, maar ik heb de naam van John Goody nog een keer gehoord, die naar het schijnt net zo oud was als de vermoorde jongen.'

'Nog een keer?' Stephen trok zijn dikke wenkbrauwen op. 'Wanneer hebben we die dan eerder gehoord?'

'Vanochtend', zei Springer. 'We hebben hem vanochtend gehoord. Hij was een van degenen over wie die arme, simpele man het had, de man die op ons vuur afkwam. Hij zei dat hij engelen had gezien en dingen die zijn ogen verblindden.' Hierop stak hij om het gebaar van de bedelaar na te doen zijn rechterhand omhoog, met de palm naar buiten, zijn vingers gespreid en zijn gezicht glurend achter dit scherm alsof hij een verbijsterend en aanlokkelijk visioen zag. 'Hij sprak onsamenhangend, behalve de namen', zei hij. 'Die waren heel duidelijk.'

'Zonder dat hebben we onze handen al vol genoeg', zei Martin. Hij sprak ongeduldig, maar ik had niet de indruk dat deze woorden zijn gevoel ten volle uitdrukten. Maar het was waar dat we onze handen vol hadden. We moesten een optocht door de stad houden en ons toneelstuk aankondigen terwijl er nog mensen op de been waren.

We gingen te voet want we wilden de kar er niet nog een keer aan wagen. We hadden toortsen bij ons en liepen als één man bij elkaar, dit keer zonder veel kabaal, want Martin had besloten dat dit een plechtige optocht moest zijn, alsof hij naar de plek van executie ging. Om genoeg mensen te hebben moesten we Margaret gebruiken, hoewel Martin daar met tegenzin mee instemde, aangezien ze geen deel uitmaakte van de troep. Ze droeg haar gebruikelijke gerafelde, mooie blauwe jurk met de mouwen met split en voor haar gezicht het afzichtelijke masker van Avaritia, de oorzaak van de misdaad. Stephen ging voorop als God, die alles ziet, in zijn lange, witte jurk en hoge hoed en goudkleurige masker. Springer droeg een rode jurk en dezelfde vlaspruik die hij voor Eva gebruikte maar zijn gezicht was nu onbedekt, aangezien het de veroordeelde niet is toegestaan zich te verschuilen of zich aan het oog te onttrekken. Rond zijn nek hing een strop en een kort stuk touw, dat voor hem bungelde. Tobias liep er als beul achter, met een soort helm met gaten voor de ogen die Margaret van een of ander zwart spul had gemaakt. Onder zijn borst hing een trommel en onder het lopen sloeg hij met zijn rechterhand steeds één keer op de trommel, op de maat van onze passen. Straw was de Dood, met een gewaad met een kap aan, zijn gezicht was met krijtsmeersel wit gemaakt. Martin had het duivelsmasker voor gedaan, het masker dat ik in Het Toneelstuk van Adam had gedragen, en hij huppelde en danste om te laten zien dat de Hel zich erop verheugde deze vrouw te ontvangen. Ik was de Goede Raadsman, en had weinig te doen, aangezien mijn raad in de wind was geslagen, ik hoefde alleen zo nu en dan het gebaar van verdriet te maken. Ik had voor deze rol weer mijn priestergewaad aangetrokken, dat voor het laatst door Brendan gedragen was en waar voor mijn gevoel nog steeds iets van Brendan aan hing, hoewel het de hele nacht in de schuur te luchten had gehangen. Zo werd ik dus een priester die een priester speelde, ik was voor deze rol in mijn eigen gewaad gekleed. De jongen, Thomas Wells, voerden we niet ten tonele, omdat we nog niet besloten hadden hoe we hem zouden spelen.

Zo stapten we dus op dit plechtige geluid van de trommel voort, door de eerste vlagen van een nieuwe sneeuwbui. De vlokken vielen schuin naar beneden en sputterden zachtjes in onze toortsen. Bij het gebaar voor verdriet moet je naar de hemel kijken en mijn gezicht was al snel nat. Ik zag dat Springer ook vegen op zijn gezicht had, als van tranen, en dat kwam omdat hij, als de veroordeelde vrouw, ook zijn gezicht naar de lucht moest opheffen teneinde om genade te smeken, een gebaar dat krachtiger is als het zonder de handen te bewegen wordt gedaan. De demon danste, de Dood stapte uit het gelid en maakte daarbij het gebaar van maaien met de zeis en zo nu en dan stopte Stephen en dan stopten wij allemaal ook en zette hij zijn handen aan zijn mond en riep dat Het toneelstuk over Thomas Wells opgevoerd zou worden en vermeldde er de aanvangstijden voor de volgende dag bij – de eerste voorstelling zou 's middags om twaalf uur zijn. En de sneeuw doemde uit de duisternis op, als een zwerm wezentjes die door ons licht aangetrokken werden.

Zelfs toen moeten er al twijfels door ons hoofd heen en weer geschoten zijn, midden in onze optocht, terwijl we naar de trommelslag luisterden en de sneeuw op ons gezicht voelden en stilstonden om naar het roepen van God te luisteren. Dat is de enige manier waarop datgene wat zich de volgende dag tussen ons afspeelde verklaard kan worden.

We kwamen bij een plek waar de straten elkaar kruisten, de een ging links weer naar het marktplein, de andere voerde de stad uit. Hier werden we genoodzaakt tussen een mensenmenigte te blijven wachten. Bedienden te paard, in livrei, versperden ons de weg door hun paarden naar opzij te laten bewegen en zo de straat van muur tot muur te blokkeren. Daar stonden we en wachtten. We waren aan alle kanten omringd door mensen en ik wist niet of ze zich bij onze optocht hadden gevoegd of dat wij ons bij hen hadden gevoegd. Een stem in de menigte zei dat het de Rechter van de Koning was die in de stad was aangekomen.

Na een paar minuten kwamen ze voorbij, ze keken naar rechts noch naar links, met een kap op en een mantel aan tegen de sneeuw, zodat je de Rechter niet kon onderscheiden van zijn gevolg. Tobias, die hoewel hij in zijn gewone doen vrij geduldig is, maar zich snel ergert aan beteugeling door het gezag, sloeg één keer op de trommel en hierdoor schrok een van de paarden zo dat hij schichtig opsprong en de man vloekte naar ons en Tobias sloeg nog een keer op de trommel en toen waren ze voorbij.

Dit had ervoor gezorgd dat het ritme van onze optocht was verstoord en dat wij waren opgegaan in de mensen. Bovendien begon de sneeuw dichter te vallen. We namen de kortste weg terug, liepen in stilte achter de succesvollere optocht van de Rechter en kwamen bij de herberg aan terwijl hun paarden op stal werden gezet. Op de binnenplaats van de herberg was het een drukte van belang, maar de Rechter zelf was nergens te zien.

We konden niet uitrusten want we moesten nu ons toneelstuk oefenen. We zouden het in de vorm van een zinnespel brengen, met wat vaste tekst die de spelers, ieder voor zijn eigen rol, al kenden, maar waarbij veel van gebaren en mimespel afhing, met tekst die naar inzicht van de spelers tussengevoegd werd. Martin had in Londen een keer Italiaanse spelers een dergelijk stuk zien opvoeren, waarbij sommige tekst vast bij de personages hoorde en andere naar believen werd tussengevoegd.

'Als we op de handeling gericht zijn', zei Martin, 'en door de maskers vrijer zijn, dan kunnen we op deze onverwachte manier veel effect sorteren. Het hangt van het specifieke moment af en de mensen die kijken zullen verrast zijn, ze zullen niet weten wat hen te wachten staat. Zelfs als we sommige dingen onhandig doen, dan is het toch nog verrassend. Maar als iemand van ons van plan is de loop van het verhaal te veranderen, moet hij van tevoren het teken geven, zodat de anderen het weten en er klaar voor zijn.'

Ik kende dit teken niet en ze deden het me voor: de hand wordt bij de pols gedraaid alsof je een bout aandraait en dit kan je langzaam of snel doen, ongeacht de stand van de arm, zolang de draaiende beweging van de hand maar duidelijk te zien is.

Het verdelen van de rollen leverde wat moeilijkheden op. Het Toneelstuk van Thomas Wells kende drie handelingen: het op pad gaan, de ontmoeting onderweg en het vinden van het geld. Hier waren zes spelers voor nodig, zonder de Deugden en Ondeugden mee te rekenen. Sommigen van ons moesten dus een dubbelrol spelen. Maar het grootste probleem was Springer. Aangezien hij pas vijftien was en klein van stuk, lag het voor de hand dat hij Thomas Wells zou spelen. In feite was hij de enige van ons die dat kon. Maar dat betekende dat hij geen van de vrouwenrollen kon spelen, aangezien zij allebei tegelijk met de jongen voor de mensen verschenen.

'Straw zal het moeten doen', zei Martin. 'Hij kan de moeder zonder masker spelen en de schuldige vrouw met twee maskers –

een engelenmasker om de jongen te misleiden en een demonenmasker om hem te doden. We zullen Avaritia en Piëtas om de ziel van de vrouw laten strijden. Ik zal daar de eerste van spelen en Tobias de tweede, want wij weten al iets van die rollen doordat we Het Tussenspel genaamd De Boer hebben gedaan. Ik zal ook de Monnik spelen. Stephen zal de dronken man in de taveerne spelen.'

'Een heel toepasselijke rol', zei Margaret. Sinds haar onthulling over Flint was ze in algehele achting gestegen, en niemand berispte haar, zelfs Stephen niet, hoewel hij boos keek.

'Hij zal ook de bediende spelen die de Monnik naar het huis van het meisje vergezelt', zei Martin. 'Nicholas zal de Goede Raadsman zijn. Hij geeft de jongen een preek om hem ertoe over te halen op de weg te blijven.'

'Je mag er wat Latijn in stoppen', zei Straw en hij draaide zijn ogen naar boven en reciteerde met een nasale stem: *'Hax, pax, max, Deus adimax.* Wat bedoel je, op de weg blijven?' zei hij tegen Martin.

'De weg is de levensweg, er voor verleiding vanaf wijken is de weg van de dood. Dat hebben we al eerder in zinnespelen gedaan. Het enige verschil is dat de dood die de ziel bedreigt nu ook de dood van het lichaam betekent. De vrouw verleidt hem met beloften en hij volgt haar.'

'Volgt haar?' Straw lachte onzeker. 'Maar hij volgde haar niet. Ze hebben hem daar op de weg gevonden, die arme ziel.'

Martin keek hem een paar tellen stil aan. 'Nee,' zei hij rustig, 'hij moet met haar meegegaan zijn, begrijp je dat niet? Toen ze elkaar tegenkwamen, daar op de weg, was het nog niet helemaal donker. Ze was van de meent naar beneden gelopen omdat ze de jongen gezien had, of misschien om een andere reden. Er waren nog mensen in de buurt. De Benedictijn was kort daarvoor langs gekomen. Als het met een slag was gebeurd, dan misschien wel ja. Maar om de jongen op die manier te doden, op de open weg, terwijl het nog licht was... Nee, ze nam hem mee naar haar huis en daar pleegde ze de daad.'

Straw schudde zijn hoofd. 'Op die manier liep ze het risico met hem gezien te worden', zei hij.

'En naderhand?' zei Stephen. 'Droeg ze hem midden in de nacht terug naar de weg?'

'Ze kende het terrein', zei Tobias. 'Maar dan nog, het moet een zware vracht geweest zijn voor een vrouw, en gevaarlijk op de helling, ze zal geen licht hebben durven maken.'

'Nou, zo moet het gebeurd zijn', zei Martin. 'Een andere manier is ondenkbaar. Ze nam hem ergens mee naartoe. En aangezien wij er een scène over moeten maken, zeggen we maar dat het haar huis was.'

Dit was weer iets wat hij als enige van ons gezegd kon hebben. In de stilte die hierop volgde keken we hem allemaal aan zoals hij naar voren gehurkt zat met zijn armen om zijn knieën geslagen. Het was alsof we nog iets verwachtten, misschien een woord van spijt. Maar het gezicht dat hij naar ons toe draaide, met zijn lange smalle ogen en de scherpe botten in zijn wang en slaap, drukte niets anders uit dan zijn eigen overtuiging en onverschilligheid. Hij wist niet waar de vrouw de jongen mee naartoe had genomen; maar ze waren nu personages in een toneelstuk en wat hem meer aan het hart ging dan de waarheid van de plek was de waarheid van het spel. 'Het was een slimme zet om hem weer naar de weg te brengen', zei hij. 'Het zou lijken of een of andere voorbijganger het gedaan had. Veel mensen maken gebruik van de weg en waar er velen verdacht worden kan de ware dader misschien wel ontkomen.'

Tot deze versie besloten wij en op die manier wilden we ons toneelstuk brengen. We oefenden tot laat op de avond, repeteerden de bewegingen en de woorden. Toen we ermee ophielden waren we moe, maar ik kon een hele tijd niet slapen. Er zat ongedierte in het stro en ik had het koud, hoewel ik het hoofddeksel van de Duvelstoejager droeg en de jurk van Eva over mijn habijt had aangetrokken. Martin en Tobias hadden dekens en Straw en Springer deelden er één en sliepen er samen onder. De rest van ons behielp zich met wat we op de kar bij ons hadden.

In de stilte van de nacht kreeg ik het gevoel van angst weer. Ik zag in gedachten de vrouw met haar last, terwijl demonen haar door het donker begeleidden. Deze nachten waren zonder sterren, door de sneeuwwolken in duisternis gewikkeld. Maar ze had haar weg gevonden, demonen hadden haar begeleid. Dezelfde demonen door wie wij nu werden begeleid.

Negen

Bij het krieken van de dag, in de bittere kou, werd ik wakker. Het vuur was uit en ik hoorde Stephen in een of andere nare droom kreunen. Toen was het stil en ik voelde de stilheid en wist dat er een dik pak sneeuw lag. Ik ging naar buiten om mijn blaas op de binnenplaats te legen en de hond liep met me mee, jankend en snuivend alsof hij van dat opstaan en te voorschijn komen van mij iets verwachtte. Toen ik weer bij de schuur terug was hoorde ik een haan kraaien en in de verte honden blaffen. Twee bedienden met leren voorschoten kwamen met bezem en schep de binnenplaats op om het nieuwe pak sneeuw weg te ruimen. In de koude lucht rook je de stank van de paarden en achter de daken van de stad zag ik een witte helling van de heuvel. Achteraf herinnerde ik me die dingen heel duidelijk, met dat verlangen dat we soms voelen naar een omstandigheid in ons leven die we voor altijd verloren hebben, hoewel haar waarde misschien schuilt in het feit dat we haar kwijt zijn.

Die koude ochtend kwam mij voor als vrede, met die stille laag sneeuw over de stad en over heel het omringende land. Het is vreemd dat dat zo op mij overkwam, want voor het oog had ik problemen genoeg, en mijn zonden stapelden zich op. Ik had het overschrijven van Pilato niet afgemaakt, ik bevond mij zonder toestemming buiten mijn bisdom, ik had in taveernen gezongen en mijn heilige relikwieën vergokt, ik had overspel gepleegd met een vrouw, ik had me bij een troep rondreizende toneelspelers gevoegd, iets dat geestelijken, ongeacht hun stand, uitdrukkelijk verboden is. In dit alles had ik God beledigd en de Bisschop van Lincoln leed berokkend, die als een vader voor mij was geweest. En toch was deze tijd vrij van problemen, vergeleken met wat zou volgen nadat we Het Toneelstuk van Thomas Wells hadden opgevoerd.

Ik hield het hoofddeksel van de Duvelstoejager op en bedekte mezelf zo goed ik kon met de jurk van Eva en zat binnen met mijn rug tegen de muur terwijl het lichter werd en uit de kamers boven geluiden en stemmen begonnen te klinken. Ik bedacht plotseling dat ik op kon staan, deze vermommingsspullen kon laten liggen en in mijn eigen priestergewaad de stille ochtend in kon lopen, net zoals ik eruitzag toen ik hen voor het eerst had gezien. Mijn omstandigheden waren hetzelfde: ik had het koud en had honger en geen geld, nu net als toen. Maar ik voelde me heen en weer geslingerd tussen het spelen van het voorval en het beleven ervan; het doet me verdriet dat ik het moet zeggen maar ik ben vastbesloten de waarheid te spreken, het priesterhabijt leek ook een vermomming, niet minder dan de witte jurk die Stephen als God de Vader droeg of het paardeharen pak van de Antichrist. Of misschien was ik alleen maar gehecht aan mijn zonde. In ieder geval ging dat moment weer voorbij.

Ik zag Straws verfomfaaide hoofd van het bundeltje waar het op gelegen had omhoog komen en zich vaag van de ene naar de andere kant draaien. Naast hem maakte Springer geen enkele beweging. Margaret lag voor dood onder een berg rood gordijndoek. Toen stond Martin van zijn plek op en kreunde en mompelde wat in de kou en zei goedemorgen tegen me. En zo begon de dag.

De ochtend brachten we door met oefenen, hoewel er niet genoeg ruimte was in de schuur om de bewegingen naar behoren te doen. Tobias en Margaret zetten samen met stro van de vloer van de schuur en draad en wat kledingstukken een beeltenis van Thomas Wells in elkaar en ze zetten hem het witte masker op dat Straw soms droeg als hij de Man van de Wereld speelde, en dat geen uitdrukking heeft, niet goed en niet slecht. Het was noodzakelijk dat deze beeltenis gemaakt werd om er de verandering van de dood mee uit te drukken en ook om de last zo licht te maken dat hij gedragen kon worden.

Martin was eerst van plan om te doen wat we ook in Het Toneelstuk van Adam gedaan hadden, namelijk om ons in de schuur te verkleden en dan tussen de mensen door weer terug te komen. Maar Springer, die na zijn dood als Thomas Wells de engel zou zijn die de Monnik wees waar het geld verborgen lag, wilde hier niet mee akkoord gaan. 'Ik ga niet zo vlak tussen hen door lopen', zei hij. Springer was een bangelijke ziel en soms net een meisje: hij schaamde zich er niet voor te laten zien dat hij bang was. En de rest van ons was hem hier heimelijk dankbaar voor, want we waren allemaal net zo bang. Een toneelspeler is altijd in zekere mate bang, omdat hij open en bloot te kijk staat en zich niet kan verbergen zonder uit het toneelstuk te lopen; maar nu was het erger, we wisten dat we het leven van de mensen dicht zouden naderen. Dus besloten we onderling dat we in de hoek vlak bij waar we aan het spelen waren, met gordijnen een ruimte zouden maken tegen de muur van de binnenplaats.

Toen de klokken het middaguur begonnen te slaan waren we hier nog druk mee bezig. De gordijnen werden aan stokken geregen en de stokken rustten op hoekstijlen, waarbij twee zijkanten door de engel op de hoek werden gevormd. Terwijl dit karwei door Stephen en Tobias en mij werd geklaard, deden de anderen trucjes om de mensen te vermaken – er was al meer volk op de binnenplaats dan er voor het toneelstuk van de avond ervoor was gekomen, en er bleven mensen komen. Straw en Springer deden radslagen, verschillende kanten uit, terwijl Martin op zijn handen stond met op de zool van beide voeten een gekleurde bal, de ene wit, de andere rood – dezelfde die bij wijze van test naar mij gegooid waren – en hij liep op zijn handen over de beijsde kasseien, waarbij hij zijn benen zo recht hield dat de ballen er niet af vielen, iets dat ik nog nooit eerder in mijn leven had gezien.

Toen was ons werk met de gordijnen klaar en iedereen behalve Martin en Tobias dromde samen in de ruimte die we hadden gemaakt en we begonnen ons klaar te maken. Martin en Tobias gingen nog een paar minuten langer voor de mensen door, de een gooide de ballen op en de ander maakte een salto om ze te vangen.

Toen kwam Tobias bij ons. 'De binnenplaats is vol', fluisterde hij. We stonden daar in die benauwde ruimte, terwijl we eerst naar de ademhaling van zijn inspanning luisterden en toen naar de stem van Martin, die de Proloog begon voor te dragen:

> Waarde mensen, we vragen uw geduld
> En dat u uw oor lenen zult
> Voor dit ons spel...

Dit waren de regels waar we het over eens waren geworden, uit Het Tussenspel genaamd De Levensweg, met een paar veranderingen om het meer op de teneur van ons spel af te stemmen. Maar toen Martin ze had uitgesproken kwam hij niet meteen naar ons toe maar bleef daar voor de mensen, terwijl we van tevoren niet hadden geweten dat hij dat zou doen en ik denk dat hij het ook niet geweten. Het was een paar seconden stil. De mensen waren muisstil. En toen sprak hij weer, maar met zijn eigen stem:

'Leen ons uw oor, waarde mensen. Dit is het toneelstuk dat zich nu in uw stad afspeelt. Het is van u, en dat is iets nieuws, een toneelstuk maken dat aan een stad toebehoort. En dit toneelstuk is een eerbetoon aan uw stad, omdat het laat zien dat misdadigers hier met rasse rechtspraak worden gestraft.'

In onze tent van gordijnen keken we elkaar zwijgend aan. Tobias fronste terwijl hij zich klaarmaakte om het masker van de Piëtas voor te doen. Ik zag dat Straws onderlip een beetje trilde. De anderen heb ik niet van nabij bekeken maar ik denk dat we allemaal bang waren. Ik ging naar het gordijn en deed de kier een stukje open en keek naar buiten. Op dat moment was de rand van de zon boven de muur te zien, aan de kant richting zee, en een zwakke schittering viel over de binnenplaats en glansde op de natte stenen. Er lag een vreemd licht op de dingen, een sneeuwlicht, hoewel de binnenplaats schoongeveegd was; en dit licht was zacht en tegelijkertijd meedogenloos; het kende geen schaduwen. Het was of het licht van al die mijlen sneeuw buiten zich hier verzameld had voor ons toneelstuk. En het lag over de gezichten van de mensen zoals ze daar dicht bij elkaar stonden, gekleed voor de marktdag, grove gezichten van boerenmensen, blekere gezichten van bedienden en dienstmeiden, met hier en daar het scherpere en statigere voorkomen van meer welgestelde mensen. Deze gezichten waren allemaal op Martin gericht en zijn stem vulde de binnenplaats.

'Door een toneelstuk over een zondige daad op te voeren maken we ruim baan voor Gods medelijden, zowel voor degenen die erin spelen als voor degenen die toekijken. Als u dus medelijden zoekt, zult u dat zeker voelen voor ons, arme toneelspelers, en voor degenen wier rol wij vertolken.' Met een plotseling gebaar deed hij zijn armen zijwaarts omhoog, met de palmen naar de mensen gekeerd en boven zijn schouders. 'Beste mensen,' zei hij, 'wij spelen voor u Het Toneelstuk van Thomas Wells.'

Hij kwam nu bij ons terug en zijn gezicht stond kalm maar zijn adem stokte een beetje. Straw en Springer en Stephen stapten naar voren om het toneelstuk te beginnen, Straw met de muts van een boerenvrouw op en met kussentjes onder zijn lange rok om hem mollig te maken, Stephen met zijn eigen gerafelde wambuis aan – die hij bij onze eerste ontmoeting aan had, toen hij me met zijn mes bedreigd had. Springer, als Thomas Wells, droeg zijn eigen vaalbruine wambuis en hoos.

Tobias had van zwart vilt een beurs gemaakt, een flinke grote die iedereen kon zien. En Stephen gooide hem omhoog opdat de mensen hem goed zouden zien en hij lachte als een boer, ho-ho-ho, waarbij hij de handen losjes opzij in het middel hield en zijn romp naar voren en naar achteren bewoog. Martin had hem dit geleerd en hij deed het goed. De mensen moesten lachen bij het zien van een man die zo lachte terwijl hij een slechte koop had afgesloten, want iedereen wist dat de koe uit armoe was verkocht, en een of twee mensen riepen het, maar niet uit boosheid leek me – als de man zich zelf onder hen bevond, gaf hij dat niet te kennen. Het gelach verstierf snel tot stilte en dit snelle versterven had iets onrustbarends.

Ik keek tussen het gordijn door terwijl het toneelstuk verder ging. Het ging zoals we van plan waren geweest en het geoefend hadden, de dronkenschap van de man, de vrouw die de beurs inpikte, haar gebarenspel van de gevaren die haar zoon op zijn reis van zes mijlen terug naar de stad te wachten stonden. Ondanks de lange rok en het volume van zijn opvulling, slaagde Straw er goed in de gevaren van beren en wolven en dieven na te bootsen en Springer volgde al deze bewegingen door als een gans met zijn hoofd te draaien om te laten zien dat hij aandachtig luisterde en goede voornemens had.

Toen kwamen Stephen en Straw terug om zich te verkleden en stapte ik naar voren in de onbeschutte ruimte en begon mijn preek tot Thomas Wells.

'Ik ben de Goede Raadsman en sommige mensen noemen me Geweten; het is mijn taak en ook mijn genoegen om jou en ieder mens te bidden en ertoe aan te zetten goed op de weg van het leven te blijven, de weg die door het lijden van Christus voor ons is geopend...'

Ik sprak de woorden zoals ze me in de zin kwamen, terwijl ik mijn ogen de hele tijd kalm op Springer gericht hield en van tijd tot tijd het gebaar van vermaning maakte, rechterhand omhoog en de drie middelste vingers uitgestrekt. Er klonk wat onderling gepraat tussen de mensen en geschuifel van voeten, ze vonden de preek te lang. Toen was er opnieuw die plotselinge stilte en ik keek weg van Thomas Wells en zag de vrouw naar voren komen met de jurk en pruik en het masker van de verleidster – Straw had het ronde zonnemasker van de Slang voor de Val op gedaan.

Even was ik mijn tekst kwijt. In dat volle schaduwloze licht daar op de binnenplaats zagen de rode jurk en de gele pruik en de onveranderlijke glimlach van het witte masker met zijn ronde roze wangen er heel opvallend uit. Ik voelde dat mijn ademhaling sneller ging, alsof ik een schok had gekregen. En ze kwam niet dichterbij, maar bleef op afstand staan en aanvankelijk zonder te bewegen, terwijl ik verder ging met mijn goede raad voor Thomas Wells, nu met wat vaste tekst die ik onthouden had:

Wees voor kwaad en zonde niet blind
Zie af van aards gewin mijn kind.
Christus stierf om jou te laten leven...

Maar de ogen van de mensen waren niet op mij gericht. Ze keken naar de vrouw, die geneugtes begon na te bootsen. En ook dit was Martins idee geweest, dat de vrouw op afstand moest blijven en een gebarenspel van genietingen moest opvoeren, terwijl ik nog steeds met mijn preek verder ging, zodat de woorden van de geest en de gebaren van het vlees het tegen elkaar moesten opnemen.

Martins idee, ja; maar Straw had er iets van gemaakt dat alleen hij kon. Van ons allemaal was hij de begaafdste toneelspeler. Martin had een grote vaardigheid en veel meer gevoel voor de voorstelling en de hele vorm en de betekenis van het toneelstuk dan wie dan ook van ons. Maar Straw had een instinct voor toneelspelen, of meer een combinatie van instinct en kennis, een aangeboren neiging van het lichaam, ik weet niet hoe je het moet noemen, maar het is iets dat je niet kunt leren en niet onderwezen kunt krijgen. Voor de rol van de verleidster had hij een vreemde en beangstigende manier verzonnen om zijn lichaam stijf opzij heen en weer te bewegen waarbij het hoofd een moment onderzoekend stond en de handen vlak boven het middel, met de palmen naar buiten en de vingers stijf naar buiten wezen, in een gebaar dat hij zelf bedacht had. Hij stond dus even in een verdorven vraag bevroren, terwijl hij wachtte om te zien welk effect zijn verleiding had. Toen barstte hij weer in een slingerende beweging los en maakte de gebaren van de geneugtes die Thomas Wells te wachten stonden als hij haar maar zou volgen: taart en koek en lekkere drankjes en de warmte van het haardvuur en nog iets anders – er lag ook een kronkelende suggestie van geilheid in.

Die omslag van de vloeiende bewegingen van het plezier naar de stramme houding van het observeren had iets angstaanjagends, zelfs voor mij, terwijl ik het hem toch alleen in een hoek van de schuur had zien oefenen. De mensen waren doodstil. Toen ik naar de kamers boven keek, zag ik open vensters en gezichten die naar ons keken, een ervan was een wit gezicht met een nauwe zwarte kap eromheen en ik had de indruk dat dit de Rechter wel eens kon zijn. Ik naderde nu het eind van mijn vermaning:

In het begin lijkt de zonde heerlijk zoet
Maar de vergelding komt met gezwinde spoed.
Als je onder de grond ligt...

Thomas Wells stond met zijn eenvoudige, vale hemd tussen ons in en keek van de een naar de ander. Hij zette grote ogen op en keek ernstig en draaide zijn lichaam bij het middel naar degene naar wie hij keek toe, waarbij hij hoofd en lichaam in een rechte lijn hield en ik zag dat hij zijn best deed diep genoeg adem te halen en ik voelde zijn angst ook in mij, misschien vanwege de stilte – de mensen kletsten niet en maakten geen geintjes, ze waren muisstil.

Straw moet dat ook gevoeld hebben. Hij werd altijd door gemoedsaandoeningen beïnvloed en was onvoorspelbaar in de manier waarop hij erop reageerde. Nu deed hij iets dat we helemaal niet geoefend hadden. Van tevoren waren zijn bewegingen in zekere mate wellustig geweest, en wel meer ten behoeve van de mensen dan van de jongen. Maar nu bewoog hij zijn handen in een langgerekte beweging van eigenliefde van voren langs zijn lichaam naar beneden en draaide ze in de vorm van een speerpunt en liet die speer over de lijnen van zijn lendenen lopen en hield daar stil om de vorm van de venusheuvel aan te geven en dat deed hij voor Thomas Wells, en onderwijl bewoog hij zijn lichaam heen en weer en het gebaar was trots en machtig en verschrikkelijk uitnodigend. Ik was aan het eind van mijn tekst gekomen terwijl de vrouw daar nog de plaats van genot stond te laten zien en de stof van de jurk was over de vork van haar lichaam getrokken en het mannelijke deel was eronder te zien.

Thomas Wells ging naar haar toe, hij speelde nu ook op ingeving, en hij bewoog als iemand die zich tussen waken en slapen bevindt, nam hoge stappen alsof hij betoverd was. Ik draaide me naar de mensen toe en haalde mijn schouders op bij wijze van spijtige berusting, met half opgeheven armen. Maar nu, met dat de jongen zich naar voren bewoog, klonk er tussen de mensen plotseling een stem, een schreeuw van boosheid of verdriet. De stem van een vrouw – doordat hij uit de stilte opdook klonk hij heel krachtig. Straw draaide zich om om te zien waar de schreeuw vandaan was gekomen en ik hoorde zijn ademhaling stokken en zag zijn borst op en neer gaan. Ik stapte naar voren en deed mijn hoofd omlaag en maakte weer het gebaar van spijtige berusting, in de hoop dat dit Springer en Straw de tijd zou geven zich achter het gordijn terug te trekken en zich op de scène van het doden voor te bereiden. Maar de vrouw schreeuwde weer, en nu met woorden. 'Zo is het niet gegaan', schreeuwde ze. 'Mijn jongen is niet met haar meegegaan.' Haar stem was luid, hoewel hij verstikt was door tranen. Ze keek niet naar ons, ze keek naar de mensen om haar heen, en dat was nog erger. 'Mijn Thomas was een brave jongen', riep ze hen smekend toe.

De mensen riepen nu nog meer dingen. Er was beweging in het publiek, er ruiste geweld. Voor toneelspelers komt het gevaar voor verwondingen opzetten als het geluid van wind in de bomen. Als je het eenmaal gehoord hebt, vergeet je het nooit meer. We stonden alle drie als aan de grond genageld. We konden niet tegen het geroep in doorgaan, we konden ons niet terugtrekken anders zou het toneelstuk ineenstorten. Toen kwam Martin vanachter het gordijn naar voren en hij had de kap van de Mensheid opgezet, maar die trok hij snel naar achteren toen hij tegenover de mensen stond, waarbij hij zijn pols draaide ten teken dat hij het betoog ging veranderen. 'Beste mensen, waarom ging hij met haar mee?' riep hij. 'Thomas Wells werd niet langs de weg gedood.'

Dit geroep boven het roepen van de mensen uit, zorgde voor een korte stilte en Martin sprak luidkeels door de stilte heen. Zijn gezicht was wit, maar zijn stem was vol vertrouwen en kalm. 'In 's hemelsnaam, toch niet op die manier', zei hij. 'Daar zou ze het toch niet doen, op een weg waar mensen langs zouden kunnen komen.' Het bleef stil. Met een zo kort mogelijke onderbreking draaide hij zich naar mij toe, zijn arm uitgestrekt in het gebaar voor aanwijzen: 'Jij, Goede Raadsman, vertel ons waarom Thomas Wells jouw raad in de wind sloeg.'

Ik wist dat ik snel moest antwoorden, nu we nog verstaanbaar waren. Ik sprak de woorden zoals ze mij in de zin kwamen uit: 'Helaas, heer, de mens jaagt zijn genoegens na...'

Onder Martins ogen zette Springer zich nu op gedenkwaardige wijze over zijn angst heen. Hij deed een paar stappen naar voren en maakte daarbij het gebaar dat de biecht van Adam altijd vergezelt: 'De vrouw verleidde mij en ik ging met haar mee', zei hij. Terwijl hij sprak draaide hij zich naar Straw toe en bewoog de vingers van zijn rechterhand heel kort en snel heen en weer, hetgeen hij met zijn lichaam aan het zicht van de mensen onttrok. Ik kende dit teken toen nog niet, maar het is het teken waarmee je vraagt of iets herhaald kan worden door degene die je aankijkt. 'Ze verleidde me met haar lichaam', zei hij.

Straw bleef stilstaan. Het zonnemasker van de Slang keek ons en alle mensen met zijn onwankelbare glimlach aan. Met dezelfde kronkelende beweging als eerst streelde de verleidster zichzelf, maakte de speervorm op de plaats van de lust, deinde machtig en trots met haar schouders. En weer was het zo doodstil onder de mensen dat ik de vleugels van een duif die van het dak van de herberg opvloog, kon horen.

Nu konden we ons tenminste terugtrekken, iedereen behalve Thomas Wells, die daar moest blijven staan terwijl Avaritia en Piëtas zich klaarmaakten om om de ziel van de vrouw te gaan vechten. En dus waren we gered, en door onze eigen inspanning. Maar diezelfde inspanning, dat we maar net een ramp wisten te voorkomen, maakte iets in ons los dat van tevoren gevangen had gezeten.

De eerste die hier blijk van gaf was Springer, die daar alleen voor de mensen was blijven staan. Als angstige zielen hun angst overschreden hebben, komt er een soort wanhopige stoutmoedigheid over hen en dat was waar Springer nu door gedreven werd. Hij was van plan geweest, om de stemming van de mensen voor het opvoeren van de moord wat op te vrolijken, om het oude gebarenspel te doen van de dief die eieren in zijn kleren heeft die breken. Dat was wat hij geoefend had en hij had ons er in de schuur allemaal mee aan het lachen gekregen. Maar in plaats daarvan begon hij rechtstreeks tot de mensen te spreken. Terwijl we daar bij elkaar stonden, hoorden we zijn stem, hoog en duidelijk, met nog iets kinderlijks erin. We hoorden hem een vraag stellen die, zo eenvoudig als hij was, bij niemand anders van ons was opgekomen.

'Ik weet een raadseltje, beste mensen', hoorden we hem zeggen. 'Hoe wist de vrouw dat ik de beurs bij me droeg? Is haar dat door een of andere demon ingefluisterd? Heb ik hem onder het lopen in de lucht gegooid? Als ik dat deed, zou ze dat dan gezien hebben vanwaar ze stond, op de meent aan het eind van een winterdag?'

Stephen boog zijn grote lijf om door de kier in het gordijn te kijken. 'Hij loopt voor hen heen en weer en gooit de beurs op', zei hij hees fluisterend. Zijn donkere ogen stonden groter dan anders, duidelijker aanwezig in zijn gezicht.

'Ga op en spreek tegen hem, Stephen,' zei Martin, 'voor ze weer kwaad worden. Zeg maar wat er in je hoofd opkomt. Dan komen Tobias en ik op voor de scène van de ruzie.'

Stephen was een minder bekwame toneelspeler, maar hij had een bepaalde onversaagdheid die hem nu te stade kwam. Hij had zijn stem en zijn zenuwen volledig onder controle toen hij op Springer toe liep. Zelfs zonder Gods verguldsel had hij een waardig voorkomen en dat ondanks zijn brute karakter. 'Thomas Wells, je hebt erover opgeschept', zei hij met zijn lage stem. 'Je hebt tegen de vrouw opgeschept over de beurs...'

We hoorden Springer het kraaiende geluid van onecht gelach maken, toen klonk er uit de menigte een stem, de stem van een man, ruw en luid: 'Stomme toneelspeler, hoe kwam het dat ze zo dicht bij de jongen was dat ze hem kon horen opscheppen?'

Maar nu kwamen Avaritia en Piëtas met de vrouw tussen hen in naar voren en ze liepen langzaam heen en weer, hielden stil om hun tekst uit te spreken, gingen dan weer verder. Bij het Gevecht om de Ziel blijven de toneelspelers meestal op dezelfde plaats staan en spreken om de beurt. Maar Martin had er meer beweging in willen brengen en had met Tobias dit lopen en stilhouden geoefend.

Dus we gingen een tijdje verder en deden het zoals we het geoefend hadden. Maar we waren niet dezelfde mensen als degenen die geoefend hadden... Straws wisseling van maskers ging goed en het was erg verrassend voor de mensen. Hij deed het achter de rug van Avaritia en Piëtas, die naar voren kwamen en met hun gezicht naar de mensen naast elkaar stonden en hun mantels uitspreidden, wit voor de Deugd, zwart voor de Ondeugd. Toen gingen ze links en rechts naar opzij en stond daar plotseling de vrouw met het demonenmasker en ze stak haar handen omhoog en haakte de vingers in elkaar en siste naar de mensen en sommigen sisten terug. Dit was om te laten zien dat het Kwaad had overwonnen. Ze had het zonnemasker achter de tailleband van haar jurk verborgen.

Het wurgen van Thomas Wells werd als gebarenspel opgevoerd. Straw deed het en hij stond alleen voor de mensen, zonder de jongen. Hiertoe hadden we fluisterend achter het gordijn besloten. Martin was ervoor om het te doen zoals we van plan waren geweest, waarbij de jongen voor iedereen zichtbaar werd gewurgd, omdat dat een sterke scène was, en dat betekende meer voor zijn fanatieke inborst dan het gevaar. Maar de rest was ertegen – we wilden de mensen niet nog een keer op stang jagen. Dus gingen we meteen verder met het naar de weg terugdragen van de beeltenis en vandaar naar het vinden van het geld.

Deze scène van het vinden ging niet zo goed als we gedacht hadden. Sommige dingen pakken beter uit bij het oefenen dan in de voorstelling. Martin deed als de Monnik wat hij kon, zocht in alle hoeken, hield toen hij hem gevonden had de beurs triomfantelijk omhoog, terwijl Straw, nog steeds met zijn demonenmasker voor, in elkaar gedoken tegen de muur zat. Desondanks ontbrak het aan kracht en dat voelden we allemaal. Wat er hierna gebeurde was misschien te wijten aan dit tekortschieten en aan ons verlangen om dat goed te maken. Of misschien kwam het omdat Martin de beurs in zijn mouw had moeten verstoppen tot hij gevonden werd, omdat hij nergens anders op die kale plek verborgen kon worden. Stephen als de bediende van de Monnik begon ermee, en dan ook nog op een manier die verrassend was, want hoewel hij tijdens besprekingen weerbarstig was, was hij beslist niet iemand die aan de vorm van het toneelstuk zou tornen als die eenmaal vastgesteld was. Misschien zat het hem dwars dat hij voor gek uitgemaakt zou worden, maar dat heeft hij nooit toegegeven. Toen hij sprak was dat in verzen, en zo ging het bij ons allemaal, en de verzen kwamen gemakkelijk, als vanzelf, moeiteloos – we waren bezeten.

Martin hield de beurs triomfantelijk omhoog. Stephen maakte er het gebaar van aanwijzen naar, dat je met de rechterarm helemaal uitgestrekt maakt. Straw zat schuldbewust en angstig in elkaar gedoken. Ik was vanachter het gordijn naar voren gekomen om voor de mensen een preek te houden op het thema van de Goddelijke Rechtvaardigheid. Tobias kwam achter me staan met het masker van Piëtas voor, terwijl hij zijn handen wrong en jammerde. De beeltenis van Thomas Wells lag op de natte kasseien voor ons, zijn witte masker keek zonder uitdrukking, goed noch slecht, in de richting van de mensen. Plotseling, zonder enig teken of waarschuwing, deed Stephen zijn arm omlaag, zette twee stappen in de richting van de mensen en sprak:

Mensen, na een misdaad wreed en slecht
Waarom het geld niet beter weggelegd?

Meteen ging Straw rechtop staan, alsof deze woorden verwacht werden, en met een snel gebaar deed hij zijn masker af en was zijn starende gezicht eronder te zien:

Wie het raadsel weet, zo hij het zegt.
Wat had de Monnik in dat huis te zoeken?

Piëtas, achter me, was opgehouden te jammeren. Even later sprak hij en ik hoorde zijn stem trillen en doordat het geluid duidelijker klonk, wist ik dat ook hij zijn masker had afgedaan:

Omdat hij het gezicht van de vrouw had gezien.

Zonder dat we het van tevoren hadden afgesproken en zonder dat we goed begrepen hoe het zo was gekomen, stonden we nu alle vijf tegenover de mensen naast elkaar, en de beeltenis van de jongen lag daar voor ons. En ik voelde hoe ik van binnen trilde en ik zette me eroverheen en sprak:

In de kou ziet men haar gezicht niet rap
Want in winterkou dragen wij een kap...

Ik zag de rijen gezichten voor me en de gezichten die van de galerijen boven toekeken. Mijn zicht was wazig, al die gezichten vloeiden samen, uit de menigte klonk lawaai. Martin stond in het midden met aan weerszijden twee van ons. Hij hield de beurs nogmaals omhoog en stak hem met hetzelfde triomfantelijke gebaar in de lucht. Maar er was nu een verschil en het verschil was verschrikkelijk. Het was godslasterlijk. Hij speelde het als het hoogtepunt van de Mis, waarbij hij de zwarte beurs met beide handen en met zijn armen helemaal uitgestrekt vasthield, alsof het de Hostie was, en hij riep tegen het gemompel van de mensen in:

Alleen hij zoekt die hoopt dat hij iets vinden mag,
En ik wist al lang waar wat ik zocht dan lag...

We waren van plan geweest om met een tableau van de terechtstelling af te sluiten, maar het was ons nu allemaal duidelijk dat we aan het einde van Het Toneelstuk van Thomas Wells waren gekomen. We wachtten nog even, liepen toen allemaal samen terug en gingen achter het gordijn staan en bleven daar in stilte wachten. De gezichten van mijn kameraden stonden bevreesd, alsof ze een of ander visioen hadden gezien of wakker waren geworden uit een droom vol rampspoed, en ik nam aan dat het mijne net zo stond. Het gordijn dat ons aan het zicht onttrok was een bescherming, hoewel het behoorlijk versleten was. Er kwam niemand aan die ons kwaad wilde doen. Langzamerhand werd het lawaai minder naarmate de mensen de binnenplaats verlieten. Toch stonden we daar nog, zonder te bewegen of te spreken. Deze trance werd door Margaret verbroken, die er met het geld aan kwam. We hadden tien shilling, zes pence en een halve penny verdiend, niemand kon zich herinneren dat er ooit met een enkele voorstelling zoveel verdiend was.

Door het geld werden we aangemoedigd, of zo leek het toen tenminste. Ik herinner me hoe we daar stonden en ernaar staarden. Het is alweer een tijd geleden, het is moeilijk om nu zeker te weten of het het geld was of een andere kracht die het geld als lokmiddel gebruikte. Als de Machten die dag om onze ziel streden, leek het er misschien op dat Avaritia zowel voor ons als voor de vrouw aan de winnende hand was geweest. Maar het was winter, we moesten nog een paar dagen over slechte wegen reizen, waarbij het zeker niet uitgesloten was dat we zouden verhongeren. Het is niet verbazingwekkend dat het geld ons lokte. Ik durf in elk geval te beweren dat we hierin niet verschilden van de Monnik, de biechtvader van de Heer, Simon Damian, zoals hij later bleek te heten – de man die Martin speelde toen hij de beurs met geld omhoog hield alsof het de Heilige Hostie was, in dat vreemde einde van ons toneelstuk. Want waarom was hij daar, in het kasteel, om de familie van De Guise bij te staan, anders dan om de toekenningen en voorrechten voor zijn Orde veilig te stellen, geheel onverdiend aangezien monniken niet langer de voorschriften van hun regels gehoorzamen, die bepalen dat ze geen privé-bezit mogen hebben, zich van slagersvlees moeten onthouden, gestaag handenarbeid moeten verrichten en strikt binnen de kloostergrenzen dienen te blijven. Ze hebben een paard en een hond en wapens, ze eten zich rond met rund- en schapevlees, hun bedienden doen het werk op het land, ze begeven zich voor zaken in den vreemde, net als deze Monnik. Vreemd te bedenken dat ik zijn gezicht nooit in leven voor me zag, net als bij Brendan...

We stonden daar nog steeds, wij alle zes, dicht bij elkaar. Straws ogen puilden uit zijn hoofd en Springer zag rood en huilerig. Ondanks de kou stond er zweet op Martins voorhoofd, maar toen hij het geld zag glansden zijn ogen. 'Nu kunnen we onze eigen shillingen in de beurs van de Monnik doen', zei hij – hij hield hem nog steeds in zijn hand. 'Beste mensen, jullie hebben nog nooit van je leven zo goed gespeeld.'

Margaret was met de doos boven naar de galerij gegaan en had geld gevraagd aan de mensen die vandaaruit het toneelstuk bekeken. Dat had meer dan drie shilling opgeleverd. 'De Rechter heeft iets tegen me gezegd', zei ze, en dat was zo vleiend geweest dat haar masker van onverschilligheid gesmolten was, haar gezicht zag er jonger uit en ze deed haar hoofd omhoog en terwijl ze sprak deed ze haar mond verder open. 'Hij stelde me vragen', zei ze. 'Hij hield me lang aan de praat. Hij zei dat ik er leuk uitzag en dat ik vast goed was.'

'Hij weet wel wanneer hij een hoer voor zich heeft', zei Stephen.

Onder de door jarenlange zon bruinverbrande huid was het gezicht van Tobias nu askleurig en zijn magere kaken stonden strak. 'Broeders, we hebben hier iets wakker geroepen', zei hij. 'Laten we het geld in onze zak steken en vertrekken. Ik wist vanaf het begin dat dit van de gekke was.'

'Jij was de eerste die ervoor was', zei ik en hij staarde naar me. We waren allemaal in die staat van uitputting waarin een omhelzing of een ruzie net zo vanzelfsprekend lijken te zijn.

'Waarom hield de Goede Raadsman zich niet aan het toneelstuk?' zei hij. 'Je bevond je op het toneel. Maar in plaats daarvan bazelde je iets over koud weer en een kap.'

'Ik bazelde niet', zei ik. 'Stephen begon ermee door de mensen te ondervragen over het verbergen van het geld. Hierna kwam Straw, zonder respijt te geven.'

Maar het had geen zin om de schuld te proberen af te schuiven. Er was iets in ons gevaren en we wisten het allemaal.

'Wat voor vragen stelde de Rechter je?' zei Martin.

'Hij vroeg waar we vandaan kwamen en waar we naartoe gingen. Hij vroeg wiens idee het was geweest de moord na te spelen en hoe we er zoveel in zo korte tijd over te weten waren gekomen.'

'En jij, wat zei jij?'

'Ik gaf hem antwoord op zijn vragen. Waarom niet? Ik zei hem dat het jouw idee was en hij vroeg je naam en die heb ik hem verteld. Dat kan toch geen kwaad?'

Martin glimlachte. 'Dat kan geen kwaad', zei hij. 'Je hebt er goed aan gedaan de doos mee naar boven te nemen, Margaret.'

'En we zouden er allemaal goed aan doen als we deze stad verlaten zolang het nog kan', zei Springer.

Martin glimlachte nog steeds. 'De stad verlaten?' zei hij. 'Maar we hebben beloofd om het toneelstuk nog een keer op te voeren.'

We keken naar hem zoals hij daar stond, glimlachend in het rossige licht dat door de gordijnen naar binnen viel, met de lege beurs in de ene hand en de doos met geld in de andere. Ik kon op niemands gezicht een speciale uitdrukking lezen. We stegen boven de verbazing uit, denk ik nu.

'Het toneelstuk nog een keer opvoeren?' zei Stephen. 'Hoezo beloofd? Bedoel je toen we het aankondigden? Een toneelstuk aankondigen betekent nog geen belofte.'

'We hebben meer dan tien shilling verdiend', zei Martin. 'Morgenavond verdienen we nog meer.'

'Maar we hebben genoeg', zei ik. 'We hebben al genoeg om tot Durham te komen, meer dan genoeg.'

'We kunnen nog een keer zoveel verdienen', zei Stephen en hij maakte het teken voor geld, dat gedaan wordt door de hand heel snel te openen en te sluiten. Dat het Stephen was die zich er zo snel voor uitsprak te blijven, was niet verrassend, zo komt het me nu althans voor. Hij had een robuust lichaam maar zijn verbeelding was zwak en zijn gevoel voor dingen grof.

'Nog een keer zoveel? We zullen twee keer zoveel verdienen', zei Martin. 'Iedereen zal over ons toneelstuk praten. En in het donker, met de toortsen tegen de muren...'

'God bewaar ons, dat zal een mooie voorstelling worden', zei Straw. Toneelspelers zijn vreemde wezens. Zo bleek en bibberig als hij nog was, klapte hij in zijn handen bij de gedachte eraan, die de gedachte aan zijn eigen rol was. Straw keek nooit veel verder dan zijn eigen rol.

'We zullen goed leer kopen en Tobias zal onze schoenen maken zodat we onderweg droge voeten hebben', zei Martin. 'Margaret krijgt stof voor een nieuwe jurk. We zullen goede gevoerde mantels tegen het weer hebben, ieder zijn eigen mantel, en vlees en bier, van nu tot kerst. Jij krijgt wildpastei, Springer.'

Die arme Springer moest hierom glimlachen, met de vegen van de tranen nog op zijn gezicht. Zo haalde Martin ons wederom over. Maar het ging niet alleen om geld en ik denk dat we dit in ons hart al wisten.

'Het toneelstuk is nu niet meer wat het was', zei Straw. 'En wij zijn niet meer hetzelfde, de rollen zijn veranderd.'

'De Monnik kan haar gezicht niet gezien hebben', zei Tobias plotseling luidkeels. 'Geiten hoeden is koud werk, Nicholas had gelijk, ze moet een sjaal of een kap gedragen hebben.' En hij glimlachte naar me en knikte en we waren weer vrienden.

'Misschien herkende hij haar aan haar jurk', zei Springer.

'Dat zou betekenen dat hij haar goed kent', zei Martin. 'Hoe goed zal hij haar kennen, de dochter van een arme wever?'

'Hoe goed kent ze hem?' zei Stephen.

'Liep ze daarom de weg af?' zei Springer. 'Niet om de jongen te zien, maar om de Monnik te zien?'

'Aan de andere kant is er vlakbij een bos', zei Stephen. 'Ik ben erheen gegaan om te kijken. Dat zou als ontmoetingsplaats kunnen dienen.'

Ik heb het al eerder gezegd, we waren bezeten. We zagen het gevaar dichterbij komen maar we konden ons niet van dit raadselspelletje losmaken, we konden er niet even mee stoppen. Ik speelde ook mijn rol, ik zei mijn tekst zoals de souffleur het me ingaf. 'Hij reed alleen', zei ik. 'Er was niemand bij hem.'

'Als ze naar beneden kwam om de Monnik te zien,' zei Straw, 'waar was de jongen dan, waar was Thomas Wells? Zag hij ze samen?'

'We moeten meer te weten zien te komen', zei Martin. 'Dan kunnen we een toneelstuk maken waar ze in deze stad altijd over zullen praten.'

Zijn gezicht was bleek, zijn lichte huid bijna doorschijnend, de mond met zijn volle onderlip ingetrokken zoals hij deed als hij in een opgewonden of verrukte stemming was. Niemand bracht hier verder nog iets tegenin. We stonden nog steeds in die kleine kring, als samenzweerders die op het punt staan een eed af te leggen. Toen huiverde Straw en greep zichzelf beet. 'Het is van de gekke', zei hij en ik zag dat Springer zijn hand vastpakte.

'We moeten meer te weten zien te komen', herhaalde Martin. 'We moeten weer de stad ingaan.' Hij keek meteen naar Margaret. 'Kun je die man, Flint, weer vinden, degene die de jongen heeft gevonden?'

'Ik kan naar hem vragen', zei ze. 'Ik weet waar hij woont.' Ze wachtte even en zei toen: 'Hij heeft ons toneelstuk gezien, hij heeft zijn penny bij de poort betaald.'

'Kun je weer met hem doen wat je al eerder hebt gedaan en hem in ruil daarvoor een vraag stellen?'

'Wat voor vraag is dat?'

'Vraag hem of hij zich kan herinneren of het lichaam, toen ze de jongen vonden, berijpt was.'

'Berijpt?'

'Ja, ja', zei hij, plotseling ongeduldig. 'Vraag hem of de kleren van de jongen met een wit laagje van de vorst bedekt waren en of dat een lichte vorst was of dat zijn kleren er hard van waren geworden. Hij is vroeg in de ochtend gevonden, vlak na zonsopgang. De grond was al die dagen hard van de vorst. Weet je nog dat we het erover hadden wat we met Brendan moesten doen? We moesten Brendan mee hiernaartoe nemen omdat we hem zonder houweel en spade niet in die harde grond konden begraven.'

'De reden dat we Brendan hierheen brachten was dat jij wilde dat hij een kerkelijke begrafenis kreeg.' Stephen koesterde zijn wrok altijd lang en hij had gelegenheid gezien om deze te luchten. 'Toen moesten we de priester betalen', zei hij. 'En toen moesten we dit toneelstuk maken om het geld terug te verdienen.'

'En dat is ons toch gelukt? Wat je zegt mag dan waar zijn, broeder, maar het verandert niets aan het feit dat het toen 's ochtends hard vroor. Als de jongen de hele nacht langs de weg lag, met alleen de duisternis om hem te beschutten, dan zou er ijs in zijn ooghoeken gezeten hebben, de plooien van zijn kleren zouden hard van de rijp zijn geweest. Als dat niet zo was, moet hij daarheen gebracht zijn of daar vroeg in de ochtend gedood zijn, niet lang voor Flint hem zag liggen.

'Vroeg in de ochtend? Maar wie zou er dan op de weg geweest zijn?'

'Degene die hem gedood heeft', zei Martin. In de stilte die hierop volgde, keek hij om zich heen naar onze gezichten. 'We trekken eropuit en proberen meer te weten te komen', zei hij. 'Het toneelstuk dat we opgevoerd hebben was Het Onechte Toneelstuk van Thomas Wells. Vanavond spelen we het echte stuk. En zo zullen we het de mensen aankondigen. En morgen, als we naar Durham vertrekken, zal ieder van ons genoeg geld voor een maand hebben.'

Genoeg geld voor een maand. Voor arme toneelspelers is dat genoeg geld voor eeuwig. Soms zie ik het weer voor me, zijn triomf toen hij de beurs met beide handen omhoog hield, met precies hetzelfde gebaar als een priester die de mis opdraagt. In hoeverre geloofde hij wat hij ons vertelde? Hij had het over echt en onecht maar hij bedoelde die woorden niet zoals ze meestal bedoeld worden. Hij wilde een toneelstuk met sterke scènes, dat de mensen in verwarring zou brengen en waardoor ze na afloop veranderd zouden zijn. Is dat een echt toneelstuk? En hij wilde geld. Hij wist ons te overtuigen, maar ons overtuigen was dan ook zijn rol. Hij werd gedreven door de woorden die hij sprak, zoals wij allemaal. Een of andere machtige bekoring zorgde ervoor dat wij door dit Toneelstuk van Thomas Wells gevangen werden.

Tien

We gingen weer allemaal op eigen gelegenheid de stad in. Niemand zei tegen de anderen wat hij ging doen. Ik ging het marktplein op, waar het een drukte van jewelste was met kippen en ganzen en rondreizende ketellappers die hun waar luidkeels aanprezen. De sneeuw was platgetrapt en lag in hopen tussen de kraampjes en er zaten pisplekken in en veren en stukjes kool en wortel. De lucht was helder en bleek, met zo hier en daar een wolk die op een plukje schapewol leek. Door de menigte liep een man op stelten die riep dat het badhuis van de stad lekker warm water had. Een haveloze man zat geknield in de sneeuw met drie messen te jongleren.

Ik zag de bedelaar die op ons vuur was afgekomen en over verdwenen kinderen had gesproken. Onder de kraam, waar de sneeuw was platgetrapt, was een ei gevallen en kapotgegaan. De dooier gaf een gele vlek op de sneeuw en een broodmagere hond zag hem op hetzelfde moment als de bedelaar en allebei gingen ze erop af en de bedelaar schopte de hond, die jankte en wachtte maar niet wegrende, want van de honger was hij brutaal geworden. De bedelaar maakte van zijn handen een kom en schepte het ei in de sneeuw op en deed het in zijn mond en at het allemaal op, het ei en de stukjes schaal en de sneeuw. Hij zag dat ik naar hem keek en hij glimlachte diezelfde glimlach, op zijn onnozele gezicht glinsterde de nattigheid van de sneeuw en het ei. Toen herinnerde ik me dat hij namen paraat had gehad, alsof namen voor zijn eenvoudige geest een soort lesje waren dat hij geleerd had, en ik ging naar hem toe en vroeg hem de naam van de vader van de vrouw. Hij gaf hem meteen, nog steeds glimlachend: 'Zijn naam is John Lambert, heer. De vader van degene die opgehangen zal worden, heet John Lambert.'

Ik gaf hem een penny en hij keerde zich om met het muntje stevig in zijn linkerhand geklemd. Met dat hij dat deed, stak hij heel even zijn rechterhand omhoog en hield hem met datzelfde verbijsterde gebaar voor zijn gezicht. 'Ze zou wel vertellen waar de anderen zijn, als ze haar aan het praten konden krijgen', zei hij. Toen liep hij schuifelend bij me weg en verloor ik hem tussen de mensen uit het oog.

Ze woont aan de rand van de meent... Dat had iemand gezegd, een dag eerder toen we het er onder ons over hadden. *Haar vader is wever...* Ik dacht dat hij op deze marktdag waarschijnlijk de deur uit was, maar er was kans dat ik hem thuis zou treffen en ik wist niet wat ik anders moest doen. Maar het had geen zin me aan hem als priester of toneelspeler voor te stellen. Toen bedacht ik dat ik me kon voordoen als een klerk van de Rechter. Bij toeval had ik de zwarte mantel van Avaritia aangetrokken toen we de schuur uit kwamen, omdat er niets anders was dat enige bescherming tegen de kou bood. En ik droeg mijn ronde zwarte hoed die ik altijd in het openbaar op had om mijn kaalgeschoren hoofd te bedekken.

Ik ging het marktplein af naar de weg die de stad uit liep, langs die kruising van wegen waar we de avond tevoren door de mannen te paard waren tegengehouden en waar we de Rechter met zijn gevolg langs hadden zien komen. Vanhier liep een pad omhoog, dicht om de meent heen. Op de velden lag sneeuw, ongerept. Toen ik omhoog klom fonkelden de kristallen op de helling. De zilveren bast van de berkebomen die langs de ophoging aan de rand van de meent staan, leek door die spierwitte sneeuw donkerder en de schapen staken er vuil tegen af.

Ik herinner me deze wandeling goed. Even leek het of ik vrij was en weer op pad, zonder die nachtmerrie van de dood van de jongen. Ik liep snel de heuvel op en voelde hoe jong mijn bloed was. Ik had stukjes canvas om mijn schoenen gebonden en mijn benen onder de knie met doek omwikkeld, zoals we allemaal gedaan hadden voor we op weg gingen, en tot nu toe waren mijn voeten redelijk droog gebleven. Ik zag het spoor van een trippelende vos in het struikgewas verdwijnen.

Ik kwam een man tegen die een bos gedroogde heestertwijgen op zijn rug droeg, aanmaakhout dat hij uit het midden van de struiken had gesprokkeld, waar het droog blijft, en ik vroeg hem of hij wist waar het huis van John Lambert was. Ik vond dat hij me vreemd aankeek en ik vroeg me af of hij zich mijn gezicht van het toneelstuk herinnerde. Maar mijn mantel was ruim, dat was nodig voor Avaritia, er hadden twee man van mijn postuur in gekund, en hij was van een ouderwetse snit. En de menselijke blik is eigenlijk altijd vreemd. Hij wees verder omhoog, naar een stenen huisje met een houten hek eromheen. Het was een huis met een koeiestal en woonhuis naast elkaar en met de ingang in het midden. Uit een gat in het strodak kwam een dun kringeltje rook omhoog. Ik liep het erf op en de ganzen deden hun kop omlaag en hieven een kabaal aan. Ik riep en bleef daar wachten, op de leisteen onder de trap. De sneeuw was weggeveegd en er lag een vliesje gedroogd bloed op de leisteen, waar een varken geslacht was. Nadat ik even gewacht had hoorde ik hoe de houten grendel werd weggeschoven en toen stond er op de drempel een lange man met een grimmig gezicht niet al te vriendelijk naar me te kijken.

'Wat is er?' zei hij. 'Wat wilt u van me?' Zijn stem was krachtig, met iets rauws erin, alsof hij veel gebruikt was.

'Ik ben gestuurd door de Rechter die in de stad is gearriveerd', zei ik. 'Hij wil zich ervan overtuigen dat uw dochter schuldig is. Ik ben gestuurd om verdere inlichtingen over de zaak in te winnen en verslag uit te brengen.'

Zijn ogen gleden langzaam over mijn verschijning, de hoed, de mantel, de stukjes stof die om mijn voeten en benen gebonden zaten. Hij had lichte ogen, bijna kleurloos, alsof ze gebleekt waren en ze lagen diep in zijn hoofd.

'Van de Rechter van de Koning?' zei hij. 'Nou, kom dan maar binnen.'

In het huis was het bijna net zo koud als buiten. In het midden van de kamer brandde in een bakstenen haard een klein vuur van houtschilfers en de rook hing in de lucht. Zijn weefgetouw stond vlak bij het enige raam en zijn smalle strozak lag tegen een muur. Aan de andere kant was een deur, waarvan ik vermoedde dat hij toegang gaf tot de kamer waar de vrouw had geslapen.

De Wever stond me aan te kijken. In de kamer stond een stoel met een hoge rugleuning maar hij vroeg me niet te gaan zitten. Hij had een groot postuur, maar hij was onderkomen, van ziekte of ondervoeding. Hij stak zijn handen omhoog en boog de vingers, die donkerrood van de kou waren. Het ware dikke, sterke vingers – sterk genoeg om een jongen of een man te laten stikken. Op de een of andere manier vulde hij de kamer, ik had ergens het gevoel dat ik niet genoeg ruimte had. Ik hield de mantel stevig om me heen, want ik wilde niet dat hij Brendans gerafelde wambuis eronder zag. 'Mijn meester stuurt mij', zei ik, 'om naar de feiten van die ochtend te informeren, toen de kapelaan van de Heer hier naar uw huis is gekomen en het gestolen geld heeft gevonden. De vraag is gerezen waarom – '

'De Monnik heeft hier geen geld gevonden.' Hij sprak de woorden zonder haast, met die lichte rauwheid in zijn stem. Het was een stem die gewend was om te praten. Zonder zijn ogen van me af te wenden gebaarde hij de kale kamer rond. 'Kijk om u heen, jongeman die door de Rechter wordt gestuurd. Als je geld gestolen hebt en als je iemand gedood hebt om het te kunnen stelen, zou je het dan in je eigen huis verbergen als er in de wijde omtrek overal velden en bossen zijn?'

'Maar de beurs kan hier best verborgen zijn geweest', zei ik. 'Omdat ze wantrouwig waren, kwamen ze met de bedoeling om te zoeken.'

'Ze kwamen met de bedoeling om te vinden', zei hij. 'Hoe heet uw meester, de Rechter?'

Ik was niet op een dergelijke vraag bedacht geweest, omdat bedriegen nieuw voor me was. 'Stanton', zei ik – de eerste naam die me te binnen schoot. 'Hij heet William Stanton.' Ik had niet snel genoeg geantwoord, maar hij gaf er geen blijk van in de gaten te hebben dat er iets niet klopte. Hij bleef me op dezelfde talmende manier aankijken, maar nu vreemd onaangedaan, zoals je naar een dwarrelend blad of een vreemd gevormde wolk in de lucht zou kijken. Dit bracht me van mijn stuk en ik maakte een blunder. 'Waar werd het geld precies gevonden?' vroeg ik hem.

Hij was een ogenblik stil, toen zei hij, maar heel rustig, 'Van dit alles heeft die duivelse ploert van een Benedictijn getuigenis afgelegd voor de Drost van de Heer. De Rechter kan de geschriften inzien als hij dat wenst. Het is niet nodig dat een man hier door de sneeuw heen komt om me een dergelijke vraag te stellen. U leek te twijfelen over de naam van uw meester. Kunt u me de naam van de Monnik noemen?'

Hier had ik geen antwoord op en ik keek hem sprakeloos aan.

'Simon Damian is zijn naam en God zal hem ontmaskeren', zei hij. 'U komt niet namens de Rechter, broeder, of wel soms?

'Nee,' zei ik, 'het is waar dat ik niet namens hem kom.'

'God laat mij alle leugens zien omdat Hij een en al waarheid is en Hij in mij is', zei hij op dezelfde toon. 'De Kinderen des Gemenen Levens zijn de aard van God deelachtig. Ik wist van meet af aan dat u niet was wie u zei te zijn. Als ik had gedacht dat het waar was, had ik mijn lippen niet van elkaar gedaan.'

Ik begon te praten maar hij onderbrak me. 'Ik zou niks zeggen tegen iemand die namens een rechter kwam', zei hij. 'De rechters zijn net als priesters, gebroed uit de Hel, vraatzuchtige wolven die de schapen opjagen en zich te goed doen aan het bloed van de armen. Maar de tijd zal komen, de mensen zullen omslaan. Ik zeg altijd tegen de mensen, wees goed van hart, doe als de wijze landman die de tarwe in zijn schuur verzamelde maar het onkruid met wortel en al uitrukte en verbrandde.' Hij keek me nu aan en in zijn fletse ogen stond een lichtje. 'We kennen dat onkruid', zei hij. 'Laten ze zich bergen, laten ze oppassen, want de oogsttijd is in aantocht.'

Ik wilde hem bijna onthullen dat ik een geestelijke was en dus beter dan hij wist waar God Zijn onderkomen kiest. Maar als ik dat had gedaan, had hij me eruit gegooid. Toch wilde ik die ketterij niet zomaar ongestraft aan me voorbij laten gaan. En door tegen hem in te gaan leek het of ik in die kamer voor mezelf meer ruimte zou maken. De Wever was een nadrukkelijke aanwezigheid en op de een of andere manier ontnam hij me alle lucht.

'Het is niet aan ons te bepalen wie er zal branden', zei ik. 'God is de rechter en Hij woont ergens anders. U hebt me niet ontmaskerd omdat God in u woont, broeder, maar omdat ik niet goed genoeg loog. Als ik een betere leugenaar was geweest zou u me geloofd hebben.' Zo wendde ik mijn leugenachtigheid ten dienste van God aan, verdedigde ik Zijn bestaan in volstrekte afzondering. Pas later bedacht ik dat ik me beter stil had kunnen houden en berouw had moeten tonen over mijn leugens. 'De mens is van nature verdorven,' zei ik, 'en dat is al zo sinds het verlies van Eden. Hij mag dan verlost zijn, maar God zal je beslist niet in hem vinden. Onze weg naar de verlossing loopt via de Heilige Kerk, er is geen andere weg. *Extra ecclesiam nulla salus.*'

'U praat net als die dienaar van de Antichrist die hier kwam en mijn dochter meenam en mij achterliet met de geiten en de ganzen om voor te zorgen, afgezien van mijn weefgetouw', zei hij. 'Bent u door hem gestuurd? Bent u ook iemand uit het gevolg van de Antichrist? U draagt geleende kleren en dat duidt er al op.' Hij spoog opzij en sloeg een kruis. 'Wie u ook bent,' zei hij, 'en wie u ook gestuurd heeft, ik zeg nogmaals dat hier geen geld gevonden is. Ze haten me omdat ik rondreis, waarbij ik tegen de rijken en de priesters getuigenis afleg en kwaad van hen spreek. Ze weten dat hun dagen geteld zijn... Ze proberen me voor de rechters te brengen maar ze zijn bang dat de mensen in opstand komen als ze dat zonder goede reden doen. Er is alleen nog maar een vonkje nodig. Ik ben een van de voorlopers. Net als het onkruid dat uitgerukt wordt en verbrand in het vuur, zo zal het einde van de wereld zijn, en de slechte mensen zullen voor altijd jammeren in de Hel.'

'Maar ze hebben u niet meegenomen', zei ik. 'Zij is het, uw dochter, die de doodstraf heeft gekregen.'

'Mij? Hoe zouden mij nou mee kunnen nemen?'

Even dacht ik dat hij aanspraak wilde maken op de speciale bescherming van God. Ik wilde net iets zeggen maar hij stak zijn hand op om het me te verhinderen – het gebaar van de redenaar die de interruptie uitstelt, de arm bij de elleboog gebogen en in een flauwe hoek omhoog gehouden met de palm naar buiten. Ik besloot het te onthouden. 'U weet er niks van', zei hij. 'U bent niet van hier. Waarom komt u me vragen stellen?'

Toen vertelde ik hem dat ik een toneelspeler was, dat we Het Echte Toneelstuk van Thomas Wells wilden maken en dat we de dingen die echt gebeurd waren, te weten probeerden te komen om ze aan de mensen te laten zien.

'Willen jullie het in een toneelstuk laten zien?' zei hij. 'Willen jullie van iets echts een toneelstuk maken?'

'We kunnen laten zien dat het waar is door er een toneelstuk van te maken', zei ik.

Aan zijn gezicht was duidelijk af te lezen dat hij dit een verderfelijke gang van zaken vond, wat ik maar al te goed begreep aangezien ik er zelf deels net zo over dacht. Hij was even stil en keek met gebogen hoofd somber voor zich uit. 'En willen jullie die duivelse verlokker, die monnik, Simon Damian, willen jullie hem laten zien... Gaat een van jullie hem voor de mensen spelen?'

'Natuurlijk.'

'Toneelspelers zijn satansgebroed', zei hij op nadenkende toon.

'We zullen er een waar toneelstuk van maken,' zei ik, 'voor zover we achter de waarheid kunnen komen.'

'Nou,' zei hij, 'we sturen er dieven op uit om dieven te vangen. Ik zal het u vertellen. Ze kwamen voor mij. Ze kwamen om het geld in mijn huis te vinden, maar ik was er niet.'

'Waar was u dan?'

'Ik was in het huis van vrienden in het gehucht Thorpe, op drie uur lopen van hier. Ik ben daar die nacht gebleven. Er waren Broeders des Gemenen Levens die van ver waren gekomen – ze waren uit Chester gekomen. We waren samen in het huis, we hebben gebeden en getuigenis afgelegd. Velen kunnen dit bevestigen. Ik heb het aan de Drost van de Heer verteld maar het mocht mijn dochter niet baten; de Monnik ontkende dat hij voor mij was gekomen.'

'Dus toen hij kwam, was alleen uw dochter in het huis?'

'Ja, alleen mijn dochter.'

'En dat wist hij niet?'

'Hoe kon hij dat weten? Als hij het had geweten was hij niet gekomen.'

'Maar zo draaien we in een kringetje rond', zei ik, beledigd in mijn gevoel voor logica.

'Luister, eerste toneelspeler of boodschapper van de duivel of wie je ook bent. Ze willen me al jaren te pakken krijgen omdat ik kritiek heb op de monniken en broeders en met name op de benedictijnen, die de vadsigste en liederlijkste van allemaal zijn. Die Simon Damian is een prediker uit de Hel, hij dient de Heer en helpt hem om van ons werk en onze goederen een heerlijk leven te leiden. Wij verhongeren terwijl zij zich te goed doen, wij kreunen terwijl zij dansen. Maar zij zullen op hun beurt kreunen als de dag – '

'Wat zal er met hen gebeuren?' zei ik.

'Ze zullen branden', zei hij. Hij staarde voor zich uit alsof hij daar de vlammen al zag. 'Ze zullen het vuur in gaan, met hun honden en paarden en hun hoeren die ze van ons werk voeden en kleden. De joden zullen ook het vuur in gaan, zij die Christus gekruisigd hebben en die leven van het woekeren met geld. Ook de kleermakers en lakenhandelaren die onderling de prijzen bepalen en de wevers de vruchten van hun arbeid onthouden, zullen het vuur in gaan. Waarom zou hij alleen maar voor het meisje komen, zij die ook nog getroffen is? Wat heeft hij daaraan?'

'Getroffen?'

'Ik moet aan het werk', zei hij bitter, en hij gebaarde naar het weefgetouw.

'Toen de Monnik het geld gevonden had, dacht hij toen nog steeds dat u ergens in huis of in de buurt was?'

'Als hij dat niet gedacht had, zou hij het nooit gevonden hebben.' Weer voelde ik hoe mijn geest zich aan de stenen logica van de Wever bezeerde. Alles sloot zich in een kring om hem heen. Hij was ingewijd in alle snode plannen, die van de Monnik om hem voor de moord te veroordelen, die van God om de rijken te straffen.

'Tegen die tijd was het te laat', zei hij. 'Toen het geld eenmaal ontdekt was moesten ze wel iemand inrekenen.'

'Is uw dochter ook een Kind des Gemenen Levens?'

'Zij kan geen getuigenis afleggen', zei hij. 'Ze is weleens met me mee geweest naar een samenkomst van de Broeders.'

Ik draaide me om en wilde gaan. 'Hoe heet ze?' zei ik.

'Ze heet Jane.' Zijn gezicht kreeg een zachtere uitdrukking toen hij haar naam uitsprak. 'Zo heette mijn moeder ook', zei hij. 'Mijn vrouw en een zoon zijn aan de pest gestorven en mijn oudste zoon stierf twee jaar later in de hongersnood van dat jaar, toen we allemaal bijna zijn doodgegaan. Er zijn er hier meer van de honger doodgegaan dan aan de ziekte.' Zijn stem ging sneller en zijn oogleden trokken omhoog toen hij naar me keek. 'Ik vervloek hem, die haar heeft meegenomen en mij alleen heeft achtergelaten', zei hij. 'Dat hij een bloedige dood moge sterven. Ik vervloek degenen die feestvieren en het volk van God uitbuiten en ons een stukloon betalen in plaats dat we ons eigen laken mogen verkopen. De Afrekening is in aantocht, de tijd naakt...'

Bij de deur keek ik even om. Hij had zich niet bewogen. Ik keek hem in de ogen en dacht dat ik er tranen in zag glinsteren. Maar zijn stem klonk hetzelfde, geoefend, rauw van het vele spreken. 'Zij kan geen getuigenis afleggen', zei hij. 'Maar ik ken haar. Ze zou nog geen muis doden, of een wesp die haar gestoken had, laat staan een mensenkind.'

Elf

Door de sneeuw liep ik terug, terwijl ik nadacht over de Wever en wat hij gezegd had. Er kwam een wind opzetten, die de losse sneeuw in vlagen deed opstuiven. Ik was van plan om naar de herberg terug te gaan en nam dus de weg over de markt, omdat die de kortste was. De klokken waren aan het luiden en een paar van de rondreizende mensen waren hun kraam aan het afbreken. Het was nog niet donker maar het was aan het schemeren en de lucht werd kouder. Ik zag Martin onder de verhoging staan van een man die geneesmiddeltjes verkocht. Hij zag me niet, totdat ik daar schouder aan schouder met hem stond, want hij was heel aandachtig aan het luisteren. 'We zouden iets van deze vent kunnen opsteken', zei hij. 'Kijk eens hoe hij spreekt en beweegt en zijn stiltes in acht neemt. Hij heeft de mensen in zijn macht, hij weet ze ervan te overtuigen dat ze voor twee pence het onsterfelijke leven kunnen kopen.'

De manier waarop hij sprak had iets opgewondens over zich, meer dan bij het onderwerp paste. 'Aangezien we elkaar zo tegen het lijf zijn gelopen', zei hij, 'mag je met me meegaan.'

'Met je meegaan waar naartoe?'

'We gaan de vrouw ontmoeten', zei hij. 'We gaan naar de gevangenis, Nicholas. Kom, laten we nu gaan. De klokken zijn gaan luiden.'

En toen we over de markt terugliepen vertelde hij het me. Er was een opzichter in de gevangenis en twee bewakers. Martin had gesproken met degene die nu dienst had en voor een shilling zou hij een persoon binnenlaten, hem toestaan de cel binnen te gaan en met de vrouw te praten, zolang hij daar zelf bij aanwezig was. En hij zou er tegen niemand iets over zeggen.

'Die laatste belofte kunnen we vertrouwen', zei Martin. 'Het zou meer kosten dan zijn betrekking waard is, als hij sprak.'

'Een shilling?' zei ik. Het was een weekloon voor een gevangenisbewaarder. 'Uit de gemeenschappelijke pot?'

'Ja, ja, een shilling', zei hij plotseling boos en ongeduldig. 'Dit is niet het tijdstip om op de penny's te letten. Wat moet ik dan doen, naar jullie toekomen en een vergadering beleggen?'

Hij hield stil, daar aan de rand van de markt en draaide zich naar me toe. 'Waren we het niet allemaal eens?' zei hij. 'We zaten bij elkaar en iedereen heeft zijn zegje gedaan. Zijn we niet overeengekomen en hebben we ons er niet in goede harmonie volmondig achter geschaard dat we het echte toneelstuk van de dood van de jongen zouden maken?'

Ik knikte, maar hij had geen gelijk met te zeggen dat er onder ons een rationele samenspraak was gehouden. Natuurlijk hadden we ingestemd. We waren erin gestapt – net alsof we een ommuurde ruimte waren binnen gestapt en de deur niet meer konden vinden die ons naar buiten zou laten.

'Het is een goed bestede shilling', zei hij. 'We zullen er het relaas van het meisje voor krijgen.'

De gevangenis had aan de straatkant een blinde muur. Er liep een steegje langs en er was een trap die naar een zware deur leidde. Boven de latei stond een in steen gehouwen blazoen, een liggend luipaard en drie duiven in een schuine lijn. We lieten de ijzeren deurklopper vallen en wachtten en na een tijdje keek het afstotelijke gezicht van de gevangenisbewaker ons door het kleine traliewerk dat in de deur zat aan. Hij glimlachte toen hij Martin zag en deed de deur voor ons open.

We liepen door een gang en staken een ommuurde binnenplaats over met aan de ene kant lege stallen en met in het midden een zonnewijzer. Toen waren er weer gangen en uiteindelijk de trap die naar de kerkers onder de grond ging waar de gevangenen vastzaten. Toen we voorbijkwamen klonk er een stem en gekletter van kettingen uit het schemerduister.

'Wie zijn dat die hier vastgehouden worden?' vroeg ik hem,

terwijl de vochtige en duistere ruimte me deed gruwen.

Hij hield zijn lantaarn omhoog, grijnsde naar ons en liet daarbij een mond vol rotte tanden zien. 'Gasten van de Heer de Guise', zei hij. 'Dit huis is van hem. Er zijn er twee bij die zijn land zonder toestemming verlieten. Dit gebeurt tegenwoordig om de haverklap, maar Heer Richard is iemand die de wet handhaaft. Niemand die hem op enige manier kwaad heeft gedaan ontsnapt hem. Deze twee vroegen een hoger loon en toen de Heer hen dat weigerde, zoals zijn recht is, verlieten ze zijn land en gingen bij iemand werken die meer bood. Hij liet hen door gewapende mannen terugbrengen.'

'En de landeigenaar naar wie ze toe waren gegaan? Degene die hen het loon gaf waar ze om vroegen, wat deed hij?'

De gevangenisbewaker stopte bij het einde van de gang en spoog op de stenen tegels. 'Wat had hij kunnen doen?' zei hij minachtend. 'Een oude man zonder kinderen die nog in leven zijn, met honderd acre land, een rentmeester en een stuk of twaalf gewapende mannen... Ze staken zijn bos in brand om hem te leren geen arbeid te stropen.'

'En dat vindt u wel een rechtvaardige gang van zaken?'

De gevangenisbewaker spoog weer en keek me met een smerige blik aan. Hij was een potige kerel met plekken van oude wonden op zijn gezicht. Alleen de gedachte aan zijn shilling zorgde dat hij beleefd tegen ons bleef. Daar vroeg hij nu dan ook om, hij hield zijn hand ervoor op.

'Waar is de vrouw?' vroeg Martin.

'Hier is ze.' De gevangenisbewaker gebaarde met zijn duim naar het eind van de gang, waar een flauw licht op de rand van de stenen tegels viel. 'In de laatste cel. We kregen opdracht haar licht te geven...' Zijn hand sloot zich om de shilling. 'Nu kan je je gesprek gaan voeren', zei hij, en er kwam een glimlach op zijn gezicht. 'Je hebt flink betaald voor het genoegen om naar je eigen geleuter te mogen luisteren.'

Hij bewoog zich naar voren en deed de deur met een zware sleutel uit zijn riem open. 'Jij,' zei hij tegen me, 'jij blijft hier buiten met mij. Hij is degene die betaalt, met hem heb ik het afgesproken. Jij mag kijken, als je daar zin in hebt, hier vanaf de deur.'

Hij zei het alsof ons een spektakel te wachten stond. In de deur zat op hoofdhoogte een schuifpaneel. Martin ging de cel binnen en de deur werd gesloten en ik keek door deze opening toe. In een houder tegen de muur hing een kaarslicht afgeschermd door glas en dat gaf een bleek schijnsel. De cel lag onder de straat; ik kon het geluid van de wind buiten horen en door de tralies van het hoge raam kwamen sneeuwvlokjes binnen en zweefden langzaam naar het licht omlaag. Hoewel hij afgeschermd was flikkerde de vlam van de lamp een beetje en schaduwen bewogen over de muren.

Martin liep met zijn lichte tred de kamer in. 'Ik kom als vriend', zei hij. De dochter van de Wever bewoog zich tegen de muur en ik hoorde het geluid van glijdend metaal en zag dat ze aan één enkel vastgeketend zat, hoewel de ketting zo lang was dat ze door de kamer kon bewegen.

Weer hoorde ik Martins stem, die zijn naam noemde, en toen van de vrouw een geluid, niet als de stem van een mens; en op dat moment realiseerde ik me, net als Martin zich moet hebben gerealiseerd, wat de glimlach van de gevangenisbewaker betekende toen zijn vingers zich om het geld heen sloten: de vrouw kon met haar tong geen woorden vormen.

Ik zag dat Martin zich inhield en bleef staan. 'Kun je horen wat ik tegen je zeg?' zei hij. Zijn stem klonk vriendelijk maar helemaal niet medelijdend. Ze keerde zich naar hem toe en hief haar hoofd op en het licht viel op haar schouders en gezicht en op de donkere pieken van haar haar. De ogen waren overschaduwd maar ik zag ze glanzen. Haar mond was vol van vorm zonder grof te zijn, ze had lieve lippen zelfs in die erbarmelijke toestand, zelfs toen ze meer van die vreemde klanken uitstiet die alles waren waartoe haar keel in staat was en die ze niet kon horen.

Ik hoorde de gevangenisbewaker naast me gniffelen. Toen begon Martin gebaren te maken, eerst het slangeteken van tonsuur en buik, toen het buigen van de vingers om geld te laten zien, toen twee snelle stappen en de draaiende bewegingen van zoeken en vinden. Toen hij dat gedaan had nam hij de houding van vragen aan, het hoofd stijfjes naar links gebogen, de rechterhand ter hoogte van het middel met duim en wijsvinger uitgestrekt. En in al die bewegingen werd hij door zijn gebochelde schaduw op de muur nageaapt.

De gebaren waarmee ze antwoordde waren snel, te snel voor mij om ze aldoor te kunnen volgen. Ik zag dat ze haar hoofd schudde en het gebaar van de kring maakte, niet die langzame die de eeuwigheid betekent, maar haastig achter elkaar en met beide handen gedaan die boven en beneden samenkwamen en weer uit elkaar gingen. Ik kende dit teken niet, en misschien is het niet een teken dat door toneelspelers gebruikt wordt. Hierna deed ze een paar stappen van de muur af en de ketting rinkelde op de stenen vloer. Ze bleef op een meter van hem staan en sloeg met de wijsvinger van haar rechterhand hard op de palm van haar linker, wat ik aanzag voor het teken van de waarheid spreken.

Martin maakte het teken van vleselijke betrekkingen, niet dat bruuske teken van copuleren, maar het teken dat ook een teder gevoel suggereert, met de vingers ineengestrengeld en recht. Ik denk weer dat dit een teken is dat alleen toneelspelers gebruiken, want ze kende het niet en liet dat weten door te fronsen en te wenken. Hij maakte het teken weer, waarbij hij dit keer ook met zijn mond de vorm van een kus maakte. Ze maakte een heftig gebaar van ontkenning, als een slag opzij met de vlakke hand en ik zag haar ogen vlammen – het zou best waar kunnen zijn wat haar vader zei, dat ze zelfs het laagste schepsel Gods geen kwaad zou doen, maar er brandde woede in haar. In de bewegingen van haar lichaam, in de manier waarop ze plotseling haar handen voor zich uitstak, alsof er iets smerigs was, zo liet ze haar afkeer van de Monnik zien.

Ze bewogen nu allebei, ze kwamen niet naderbij maar zetten stappen en draaiden met een soort overeenstemming, als een dans, bespot door hun eigen schaduw, vergezeld van de melodie van de kettingen en de mysterieuze geluiden die de vrouw maakte. Toen ze zich in deze dans omdraaide, zag ik haar even wat duidelijker en ze had zware wenkbrauwen en donkere ogen en was tenger gebouwd, met rechte schouders – zelfs in die verwaarloosde en smerige ruimte was ze prachtig om te zien. Maar toen raakte ik de draad van hun gesprek kwijt, ik was niet bekwaam genoeg in die gebarentaal; op het laatst was het allemaal spektakel, zoals de gevangenisbewaker had beloofd, de stand van het hoofd, de beweging van de handen, het wiegen van het lichaam, de schaduwen die in dat flakkerende licht stilhielden en dan plotseling weer bewogen.

Ook begreep ik het einde ervan niet, tenminste, toen niet. De vrouw stak haar armen uit, hield ze dicht tegen elkaar aan en liet hem haar open handen zien. Hij stapte naar voren en nam ze in de zijne en keek omlaag naar haar handpalmen. Zo stonden ze daar een korte wijl samen en toen liet hij haar handen los en draaide zich om en kwam naar ons toe, maar onzeker, als iemand die te lang in het licht heeft gekeken en niet goed ziet waar hij loopt.

Hij zei geen woord tegen me, toen niet en op de weg terug naar de herberg niet. Ik keek zo nu en dan even naar zijn gezicht maar dat was uitdrukkingsloos. De anderen, behalve Stephen, waren al terug op de binnenplaats van de herberg. Het was nu bijna donker en in een wolkenbank stond een lage maan. We moesten praten over wat we hadden ontdekt en de veranderingen voor ons toneelstuk bedenken en daar was niet veel tijd voor. Martin verraste ons door als eerste te spreken en de volgorde te doorbreken.

'Ze is onschuldig', zei hij. 'Op die afstand, in dat licht... hij kan haar gezicht niet gezien hebben.' Op zijn eigen gezicht lag een licht, stralend van gedrevenheid, net als erop had gelegen toen hij voor Brendan sprak, die ook zonder woorden was geweest. 'Vanwege het weer droeg ze een kap', zei hij. In een rap gebaar trok hij een kap dicht om het gezicht heen, maar hij deed het op zo'n manier dat het leek of het niet tegen de bijtende kou was maar meer uit angst voor verblinding, zoals bij een schoonheid of schittering die te heftig is voor de ogen, en ik herinnerde me het gebaar dat de bedelaar had gemaakt en ik wist dat Martin liefde voor dit meisje had opgevat, hij had haar gezicht en gestalte nog voor ogen. 'Ze zegt dat ze helemaal niet in de buurt van de weg is geweest', zei hij.

'Zegt?' Ik keek hem even aan, keek toen om me heen naar de anderen. 'Het meisje kan horen noch spreken', zei ik. 'We zijn naar de gevangenis gegaan om haar te zien. Haar vader zegt dat er daar geen geld gevonden is. Hij was er niet die avond, hij was niet thuis en er zijn getuigen om dat te bewijzen.' Ik vertelde hen van mijn bezoek aan de Wever, wat hij had gezegd, wat voor soort man hij was. 'Hij zegt dat ze voor hem kwamen, dat ze niet wisten dat hij niet thuis was. Hij predikt de Laatste Dagen en heeft volgelingen onder de mensen.'

'Toen de Monnik de beurs omhoog hield, was het te laat om de opzet te veranderen.' Straw deed de verbijstering van de Benedictijn na, waarbij hij zijn armen uiteenwierp, zijn handen uitstrekte. 'O wrede Fortuna', zei hij. 'Lang op een goede gelegenheid wachten, haar dan net op een tijdstip vinden dat de Wever er niet was.'

Springer lachte om het gebarenspel en even later lachte Straw ook, maar hij keek ongemakkelijk om zich heen. 'Maar hoe deed de gelegenheid zich dan voor?' zei hij.

We bewogen ons stap voor stap richting het kwaad en allemaal wisten we het. Terwijl we door elkaar geholpen en aangemoedigd werden, in die schuur met ronddraaiende vormen en schaduwen van maskers en hangende kostuums en wapens die geen wonden zouden slaan, op het geluid van de klokken van de kerk boven ons en het gekletter op de binnenplaats buiten, bewogen we ons richting de kennis van het kwaad.

'Dus toen moest de Monnik,' zei Martin, 'toen hij de beurs gevonden had, een reden geven, uitleggen waarom hij naar het huis was gegaan en een man met zich mee had genomen, en dus zei hij dat hij haar vlak bij de weg had gezien. Het zijn allemaal leugens, ze is daar helemaal niet geweest.' Hij keek ons een voor een aan en er lag iets smekends in zijn blik; hij smeekte ons in te zien dat het meisje onschuldig was. 'Men had haar een lamp gegeven', zei hij, alsof hij tegen zichzelf sprak. 'Misschien is er iemand...'

'Martin, ze gaan haar ophangen, wat we ook doen', zei Tobias, en er klonk medelijden in zijn stem, hoewel die niet het meisje gold.

'Op de jongen was nergens een teken van rijp of bevriezing te zien', zei Margaret. 'Ik heb Flint weer gevonden en hij heeft mij gevonden, en hij was maar al te blij. Toen Flint Thomas Wells vond was hij stijf en koud maar hij droeg geen spoor van rijp. Het gras was erdoor aangetast maar er was geen spoor op de jongen. Flint merkte daar toen niks van, omdat het vinden van het lichaam hem in beslag nam, maar als hij eraan terugdenkt weet hij het zeker.'

'Brave zielen,' zei Tobias, 'als het geld alleen afgenomen is om weer gevonden te worden, dan is hij niet vanwege de beroving gedood.'

'De Monnik en de jongen reisden samen over dezelfde weg op hetzelfde tijdstip van de dag', zei Springer met zijn hoge, heldere stem. 'Het zou kunnen zijn dat de Monnik hem ondervraagd heeft. Thomas Wells zou de waarheid hebben gesproken tegen een man met gezag, hij zou de beurs hebben laten zien, hij zou trots zijn op het vertrouwen dat in hem gesteld was...'

'Dus zag de Monnik een manier om de Wever het zwijgen op te leggen', zei Straw. 'Dat zou de wurgplekken verklaren. Dat is een manier van doden die de Wever toegepast zou kunnen hebben.'

'Het meisje heeft me haar handen laten zien', zei Martin. 'Ze zijn ruw van het werken, ruwer dan de mijne.' Hij deed zijn handen open en keek naar hen omlaag. 'Haar handen zijn smal en de botten klein', zei hij.

Door de bedwelming op zijn gezicht wist niemand hoe hij hier het beste op kon antwoorden. En misschien waren we blij om niet verder te denken, voor zolang het duurde tenminste, over de scène die we met elkaar in het leven hadden geroepen: de eenzame weg, het gevoel dat de duisternis aanstonds zal vallen, de vriendelijke vragen van de Monnik, de jongen die gretig antwoordt...

Springer en Straw waren samen naar het kasteel gegaan en hadden bij de poorten en in de eerste voorhof gespeeld en gezongen. Ze hadden met de vrouwen die kleren aan het wassen waren gesproken en met de soldaten in het wachthuisje binnen de poorten.

'Niemand maakte zich erg druk om de dood van de jongen', zei Straw. 'Ze wisten ervan, maar ze leiden daarboven een ander leven. Ze spraken allemaal over het toernooi dat morgen begint en het bal dat op kerstdag gehouden zal worden.'

'Heer Richard en zijn dame zullen zodra ze terugkomen van de mis het bal openen', zei Springer. 'Daar had iedereen het over, en over het wegkwijnen van de jonge heer, dat is de enige zoon des huizes en hij heet William. Ze zeggen dat hij knap is en een heel dapper ridder en dat hij goed viola speelt.'

'Hoezo kwijnt hij weg?'

'Ze weten niet wat het is. Sommigen zeggen dat hij verteerd wordt door liefde. Hij heeft zich al een paar dagen niet laten zien maar blijft in zijn kamer. Hij is niet te voorschijn gekomen om voor het steekspel met zijn paard te lopen of om voor zijn wapens te zorgen, en dat is vreemd voor iemand van wie iedereen zegt dat hij een groot liefhebber is van deze toernooien en die bekend staat om zijn behendigheid erin – en des te vreemder aangezien dit een kans zou zijn om eer te behalen, omdat er ridders uit vele streken meedoen.'

'Nou, de koksjongens stellen meer belang in de grillen van de adel dan in de moord op een kind', zei Martin, en voor de eerste keer sinds we terug waren raakte zijn gezicht die liefdesbedwelming kwijt en kreeg een verbitterde uitdrukking. 'Ja,' zei hij, 'dus hij blijft op zijn kamer als zijn stemming daarnaar is. Vergeleken met de ongesteldheid van deze heer betekent het niets dat zij naar aanleiding van de verklaring van een liegende monnik opgehangen zal worden.' Hij kreunde plotseling en deed zijn hand beschermend voor zijn gezicht. 'Ze zal opgehangen worden', zei hij.

Op dit moment, midden in onze ontsteltenis over zijn lijden, kwam Stephen binnen en vloekte toen hij zijn voet tegen de deur stootte. Hij was dronken en stond niet erg stevig op zijn benen maar zijn stem klonk vrij helder toen hij ons groette. Hij had een tijdje door de stad gedwaald en was toen een bierhuis niet ver van de kerk binnengegaan, naar het scheen zonder speciale reden, alleen om te drinken. Dat deed hij als hij zich zorgen maakte of bang was. Hij vond het niet mannelijk om zulke gevoelens op te biechten en had niet de toevlucht die Springer of Straw of zelfs Tobias hadden, die verlichting vonden in grappenmakerij.

Terwijl hij daar zat had hij de grafdelver herkend, de man die Brendans graf had gemaakt en ook dat van Thomas Wells. Hij had met deze man gesproken en ze hadden samen gedronken, grotendeels op Stephens kosten, en waren vertrouwelijk geworden.

'Er is voor het graf van de jongen betaald', zei hij nu, terwijl hij zijn lange benen voor zich uit gestrekt had en met zijn rug tegen de muur zat. 'Die grafdelver zegt dat de rentmeester van de Heer de priester betaald heeft. Hij zegt dat hij ze samen gezien heeft. De kerkdeur stond een beetje open en zij waren binnen, ze stonden bij het doopvont. Hij zag dat ze met elkaar spraken, hij zag dat er geld uitgewisseld werd. Naderhand gaf de priester hem twee pence voor het werk. Hij heeft het graf gegraven maar heeft niet gezien dat de jongen in de aarde werd gelegd.'

'Hoe kon dat?' Springers ogen waren zo rond als die van een uil. 'Was het hekserij?' zei hij.

'Het was de dag voor wij Brendan begraven hebben.' Stephen wachtte even en het licht glinsterde op zijn donkere stoppels. 'De dag dat we in deze vermaledijde plaats zijn aangekomen', zei hij. 'Hij werd gebracht en dezelfde avond begraven. Toen de grafdelver de volgende ochtend kwam om het graf van Brendan af te maken, was het lichaam van de jongen al bedekt. Hij weet niet wie dit gedaan heeft, en ook niet of de jongen in lijnwaad of in zakkengoed begraven is. Niemand heeft er tegen hem iets over gezegd en hij durfde het niet te vragen, omdat hij de rentmeester van de Heer daar gezien had.'

'Ze vrezen het misnoegen van de Heer en daar hebben ze alle reden voor', zei ik, terwijl ik aan de twee boeren dacht die in de kerker vastgeketend zaten. Het kwam me opeens heel vreemd en angstaanjagend voor dat terwijl wij hier aankwamen, misschien tijdens onze optocht door de stad, of later toen we Het Toneelstuk van Adam aan het opvoeren waren, dat iemand de jongen in de duistere nacht naar beneden had laten zakken, grond over hem heen gegooid had en dat wij daar al die tijd geen weet van hadden. De zaak was zo haastig afgehandeld; het lijk van Thomas Wells was nauwelijks twee dagen boven de grond geweest. Wie had het lichaam van de jongen gezien? De moordenaar, Flint en de rentmeester van de Heer. De moeder had het vast en zeker ook gezien...

'Hij heeft me nog iets anders verteld.' Stephen bewoog zijn tong in zijn mond zoals dronken mensen dat doen. 'In de afgelopen twaalf maanden zijn er uit deze stad en het omliggende platteland vier jongens verdwenen.' Hij wachtte even en keek voor zich uit en weer bewoog zijn tong langzaam in zijn mond. 'Vier die bekend zijn en van wie men de naam weet', zei hij. Hij schoof naar voren en maakte het redenaarsgebaar voor een nadrukkelijke mededeling, de rechterarm voor zich uitgestrekt terwijl hij hem krachtig voor het lichaam van links naar rechts bewoog. 'Daarvoor, niks', zei hij.

Even zei niemand een woord. Net als voorheen, toen Martin er voor het eerst over gesproken had om van deze moord een toneelstuk te maken, leek er een stilte over ons neer te dalen, waarin kleine geluiden harder klonken, het bewegen van beestjes in het stro, het ademen van de hond die over Tobias' benen lag te slapen. Toen leunde Springer in het licht naar voren. 'Verdwenen?' zei hij. 'Verdwenen waarheen?'

'In het niets verdwenen', zei Stephen, en zijn woorden klonken dikker, vermoeidheid had zich bij de dronkenschap gevoegd. Hij stak zijn handen omhoog en maakte de bewegingen van bezweren maar hij deed het slecht, moeizaam.

'Dat zullen de jongens zijn over wie de bedelaar het had', zei ik. 'We dachten dat het alleen door zijn dwalende geest kwam.'

'Deze is gevonden', zei Martin. 'Deze was gedood en zijn beurs was gestolen. Er rest niet veel tijd. We moeten bedenken hoe we het gaan spelen, hoe we laten zien dat ze onschuldig is.'

Hij wilde niet dat we afdwaalden, hij wilde dat we over die ene jongen dachten, dat ene toneelstuk, hij wilde dat we hem hielpen de vrouw te redden. En de kracht van zijn wil deed ons veel, net als zijn geperverteerde verlangen naar haar, dat hem als een ziekte had overvallen.

En dus begonnen we het erover hebben hoe we het zouden kunnen doen. Er was maar weinig tijd, zowel om te praten als om te oefenen. Er werd besloten dat we met dezelfde opzet zouden beginnen als tevoren en dat we op dezelfde manier verder zouden gaan tot het punt waarop de vrouw, nog steeds door Straw gespeeld, haar demonenmasker voordeed. Op dat moment, als de schuld van de vrouw buiten kijf lijkt te staan, zou de Waarheid opkomen, de gebeurtenissen een halt toeroepen en de spelers ondervragen, die zoals het in hen opkwam antwoord zouden geven, waarbij hun antwoorden in de richting van de Benedictijn zouden wijzen. In een derde scène, terwijl de Waarheid nog aanwezig is, zou het ware verhaal in gebaren worden nagespeeld door Martin als de Monnik en Springer als Thomas Wells. Tobias en ikzelf zouden dezelfde rollen als eerst houden. Hierdoor was alleen Stephen over die de Waarheid kon spelen en we twijfelden wat over deze rolverdeling, niet omdat hij dronken was – het scheen dat hij vaak genoeg zijn gebruikelijke rollen had gespeeld als hij dronken was, God de Vader, de Koning van Perzië, de Paus, zijn waardige voorkomen bleef onaangetast, werd er zelfs groter door. En hij kon zijn tekst goed onthouden. Maar zijn verstand werd niet snel genoeg geacht, dronken of nuchter, om tekst uit te wisselen die niet voorbereid was en men was bang dat hij zou stuntelen. Maar hij sprak nadrukkelijk zijn vertrouwen in zijn eigen kunnen uit en niemand wist hoe het anders zou moeten, aangezien Tobias er niet de gestalte naar had.

'We zullen doen wat we kunnen', zei Martin. 'Morgen zullen we onze rol beter spelen, we zullen leren van onze – '

'Morgen zijn we hier niet.' Stephens stem klonk hard in die benauwde ruimte. 'Morgen om deze tijd zijn we al lang op weg naar Durham.'

'Het is te gevaarlijk', zei Tobias. 'De biechtvader van de Heer, de rentmeester van de Heer... als het meisje hem niet gedood heeft, dan loopt degene die het wel gedaan heeft nog steeds rond. Ik krijg steeds sterker het gevoel dat hij beschermd wordt...' Hij keek rechtstreeks naar Martin en weer was er iets van medelijden in zijn blik. 'Het is nooit onze opzet geweest om het meisje te redden, jij bent het die dat idee in zijn hoofd heeft gekregen.'

'Ja, jij bent het, Martin.' Straw liet zich zoals gebruikelijk door de stroom van onze gevoelens meeslepen. 'Je slaat nooit acht op ons als er iets is dat jij wil', zei hij. 'We lopen hier gevaar. Een mes door de achillespees en *tsjak!*, het is met ons gedaan. Ik weet van een heer die dat een keer gedaan heeft omdat hij jaloers was op de toneelspelers van een ander.'

'Wij kunnen het meisje niet redden', zei ik. 'Hoe zouden we dat moeten doen? De Rechter die naar de stad is gekomen, misschien is hij van plan de zaak nader te onderzoeken.'

'Wat kan het hem schelen?' Omdat hij tegenstand ondervond was van woede alle kleur uit Martins gezicht getrokken. 'Wat geeft hij om arme mensen?'

'Toch is dat haar beste kans.'

Springer, de vredestichter, sprak hierna en hij sprak namens ons allemaal. 'We willen uit deze stad weggaan', zei hij vriendelijk tegen Martin. 'We wilden hier helemaal niet naartoe, het was alleen voor Brendan en toen hebben we ons geld opgemaakt. Na vanavond zullen we geld genoeg hebben, meer dan we ooit in een keer verdiend hebben. Het is genoeg, Martin. We zijn bang. Elke draad trekt ons dieper dit duivelsweb in.' Even trilde zijn heldere stem een beetje. 'We zijn bang', herhaalde hij. 'Ik zou ervoor zijn vanavond na de uitvoering te vertrekken, ware het niet vanwege de duisternis en de sneeuw.'

'Ja, dan zouden we die smeerkanis van een herbergier niet weer voor de schuur hoeven te betalen', zei Stephen.

En aldus kwamen we onderling uiteindelijk overeen, met ieders stem behalve die van Martin: zodra de uitvoering voorbij was zouden we uit de stad vertrekken, bij toortslicht reizen tot we de beschutting van het bos bereikten, en vervolgens zo goed en zo kwaad als het ging op het ochtendlicht wachten. Martin moest hier ook mee instemmen, hoewel zijn gezicht gekweld stond. Of hij zich eraan zou hebben gehouden is iets dat we nooit zouden weten.

Twaalf

De keuze was weer op de binnenplaats van de herberg gevallen, omdat alles daar al was en het dus tijd bespaarde. Stephen ging naar de poort om aan te kondigen dat Het Echte Toneelstuk van Thomas Wells aanstonds zou beginnen. En we maakten ons klaar om het op te voeren.

Dit keer zetten we de gordijnstokken verder uit elkaar om de ruimte voor het omkleden groter te maken en we plaatsten haar in het midden in plaats van in de hoek, met aan weerskanten toortsen. We zouden vanaf de zijkant opkomen zodat de mensen een nieuwe speler pas zouden opmerken als hij in het licht naar voren trad. Martin gaf de speelruimte met pennen en een touw aan, zodat niemand van de mensen de ruimte zou betreden die nodig was voor de spelers.

Dit werd allemaal gedaan zoals Martin het bedacht en ontworpen had. Hij ging met een gedreven ernst aan de slag om het toneelstuk voor te bereiden, groter dan ik ooit in hem gezien had. Hij leek zich nu hersteld te hebben van zijn nederlaag bij de stemming; en in dit ogenschijnlijke herstel lag, als we het maar geweten hadden, voor ons allen dodelijk gevaar besloten. Dat in zijn geest het toneelstuk en het leven daarbuiten niet duidelijk onderscheiden waren, dat wisten we; dat hij nog steeds hoopte het meisje te redden wisten we ook, hoewel we dachten dat het een vergeefse hoop was. Maar niemand van ons wist hoever hij zou gaan om haar te redden, wat hij van plan was die avond te zeggen en te doen, zelfs degenen niet die het langst bij hem waren en die de uitersten van zijn karakter kenden.

Ik had weer de rol van de Goede Raadsman in dit nieuwe toneelstuk. Net als tevoren moest ik mijn preek voor de jongen die op pad ging afsteken en ik was er klaar voor, gekleed in mijn priestergewaad en zwarte hoed. Glurend door de opening waar de gordijnen tegen elkaar aan kwamen, keek ik hoe de mensen door de poort binnenkwamen. Stephen stond het toneelstuk nog luidkeels aan te kondigen en Margaret was het geld aan het innen, terwijl de man van de herbergier naast haar alles wat haar handen deden in de gaten hield. In bepaalde opzichten was het handig dat we deze kerel hadden, aangezien hij degenen kende die daar wat te zoeken hadden en degenen die dat alleen maar zeiden om niet te hoeven betalen. Ook weerde hij beruchte ruziezoekers en degenen die duidelijk dronken waren, waar Margaret misschien niet zo goed toe in staat zou zijn geweest.

De mensen kwamen zonder tumult binnen. Er hing verwachting in de lucht, maar het was niet echt de bevoorrechte verwachting van toeschouwers. Het was alsof ze bij elkaar kwamen voor een ontmoeting waarbij van iedereen verwacht werd dat hij zijn rol zou spelen.

'Ze zijn te stil', zei Straw. Hij had de muts al op en de opgevulde jurk van de moeder van de jongen al aan. Springer stond naast hem met het vaalbruin van Thomas Wells aan. 'Ze komen binnen alsof het een kerk is', zei hij.

'Stephen zou onderhand hier moeten zijn,' zei ik, 'wil hij op tijd zijn voor zijn scène in de taveerne.'

We waren allemaal zenuwachtig, hoewel we er op een verschillende manier uiting aan gaven. Martin ging op om de Proloog uit te spreken. Hij had zijn gewone kleren nog aan en droeg geen masker. Hij had hier een nieuwe tekst voor gemaakt, hoewel hij ons niet gezegd had hoe die luidde. Misschien was het nu pas, door het geluid van de mensen die de binnenplaats vulden, dat ik me ten volle realiseerde waar we aan begonnen waren.

> Mensen, we hebben verder nagedacht.
> Deze wrede en verdrietige kinderslacht
> Waarvan iedereen hier altegader
> De vrouw weet als de dader...

Maar we konden ons nu niet meer bedenken. Er was alleen maar tijd voor het spel. We begonnen op dezelfde manier als eerst, met het toevertrouwen van het geld en de jongen die op weg gaat. Maar de Goede Raadsman had nu meer te doen, mijn scène met de vermaning nam meer tijd en dat was op Martins aanwijzing. 'Ze zullen meer door het toneelstuk gepakt worden als ze moeten wachten,' zei hij, 'nu het slot in het ongewisse is gelaten.'

Dus nu was Tobias ook bij deze scène betrokken, met een demonenmasker op en een stok met aan het eind een opgeblazen varkensblaas, vastgemaakt in zijn hand. Thomas Wells moest luisteren en knikken en moest door mijn woorden overtuigd lijken. Maar dan moest de demon me besluipen en me met de blaas een mep geven en moest ik me laten afleiden door de demon achterna te zitten en in de tussentijd moest de vrouw haar gebarenspel van verlokkingen doen en Thomas Wells moest stappen in haar richting zetten tot hem door een of andere nieuwe vermaning van mij een halt werd toegeroepen. Dit gaf een heel krachtig patroon van beweging en gebaar en er werd om gelachen, wat welkom is omdat het er dan geen stilte valt, maar als er een heleboel tegelijk lachen is het ook beangstigend – het is dan net een zee met vreemde getijden. De toneelspelers zwemmen mee met het getij en als ze de controle verliezen verdrinken ze.

Dit gelach klonk dichtbij en veraf, als een schelp die je tegen het oor houdt. Ik bewoog me voor de mensen en probeerde mijn rol te spelen. Ik had niet veel vertrouwen in mijn bewegingen en ze voelden niet erg soepel aan, er was van tevoren te weinig tijd om te oefenen geweest en het was niet gemakkelijk om de dingen op het juiste moment te doen; de woorden van de preek, die ik uitsprak zoals ze me in de zin kwamen, het gebaar voor verschrikking bij het voelen van de blaas, het stoppen, het draaien, het gebaar met de losse pols voor wegjagen, de stuntelige achtervolging. Dit moest allemaal langzaam gedaan worden zodat Straw tijd kreeg voor zijn gebarenspel van de genoegens. 'Je moet het doen alsof je een losse blinddoek voor hebt', had Martin tegen me gezegd. 'Je kan wel zien, maar niet erg duidelijk. Dan krijg je een onzekere, enigszins tastende beweging waardoor je langzamer gaat en Straw de tijd krijgt die hij nodig heeft. Door jouw gestuntel lijkt de demon ook behendiger.'

Dus probeerde ik het op die manier te doen. Door slechtziendheid voor te wenden kreeg ik afstand tot de mensen en daar was ik blij om, omdat mijn gezicht niet bedekt was en ze mij zo goed konden zien. Eerlijk gezegd hoefde ik niet veel voor te wenden: mijn gezichtsveld was beperkt, het eindigde waar onze schaduwen eindigden, zoals ze voor ons uit bewogen; het strekte zich niet tot de gezichten van de mensen uit. Ik draaide me van de bewegende schaduwen naar het flakkerende licht van de toortsen aan de muur, ik voelde de meppen van de demon, ik zat hem onhandig achterna, herstelde mezelf, sprak over een onderwerp uit Mattheus de Evangelist.

'Thomas Wells, houd je aan de rechte weg die naar de verlossing leidt, wijk daar niet vanaf. Het zijn stemmen van Satan die je verlokken met zoete woorden en de belofte van genot. O zondige ziel, blijf op de smalle weg...'

Uit het publiek klonken stemmen op, één aanhoudender dan de andere, die me raad toeschreeuwden. Er zijn altijd mensen die het geweldig grappig vinden om de Goede Raadsman obscene raad te geven. 'Pak hem zijn stok af, heer priester, en steek hem in zijn reet', schreeuwde deze gek, en sommige mensen moesten lachen en anderen maakten geluiden om hem tot stilte te manen. Hij leidde de aandacht van het toneelstuk af en dat kan tot moeilijkheden leiden als mensen betaald hebben om het te kunnen zien.

Thomas Wells stond stil en bewegingloos in het midden van de ruimte. Ik zette mijzelf ertoe aan opnieuw te spreken, dit keer over een onderwerp uit Job, *Het leven van de mens op aarde is een strijd.* Maar toen kwam Straw naar voren en voerde voor de mensen wiegend zijn dans der geneugtes op en vanachter het zonnemasker van de Slang stiet hij de mysterieuze geluiden van de doofstomme vrouw uit die hij met Martin had geoefend, en er daalde zo'n stilte over de binnenplaats neer dat je een schoen over de stenen kon horen schuiven. Terwijl hij nog steeds voor de mensen stond, hield Straw zijn hoofd schuin in het gebaar van een vraag en hield zijn handen omhoog, met de palmen naar buiten en de vingers uit elkaar. Zo bleef hij bijna tien seconden staan, en dat is lang voor een toneelspeler om stil te blijven staan. Toen klonken vanachter het glimlachende masker de geluiden weer en ze werden nu langgerekt en klaaglijk van toon zodat ze een klaagzang van alle doofstomme schepsels ter wereld leken. Toen liep ze terug, en zette Thomas Wells zijn bedwelmde stappen naar haar toe, waarbij hij zijn knieën als een slaapwandelaar optrok, maar nu was het een smartelijke droom, geen wellustige. Ik ging naar voren om het gebaar van bedroefde berusting te maken en er klonk geen enkele stem vanuit het publiek.

En dus gingen we door tot dat moment dat de vrouw vlak achter de rug van Avaritia en Piëtas hurkt en een ander masker voordoet en zichzelf met het gehoornde masker van de moord aan de mensen toont en met in elkaar gehaakte vingers het teken van het beest maakt. De mensen waren nog tegen haar aan het sissen toen Stephen opkwam. Hij was een indrukwekkende verschijning zoals hij met zijn witte jurk en gouden kroon tussen de lichten naar voren stapte. Aanvankelijk had hij zijn goudkleurige masker willen dragen maar dat had ons niet goed geleken omdat die aan de rol van God de Vader toebehoort. Daarom had hij in plaats daarvan zijn gezicht met een dun laagje zilver geverfd. In zijn rechterhand droeg hij een stok van ontschorst wilgehout, zo lang als hijzelf. Wat niemand van ons op dat moment wist, behalve Margaret, was dat Stephen terwijl hij het toneelstuk stond aan te kondigen nog meer bier had gedronken en dat hij nu behoorlijk beneveld was.

De eerste tekenen daarvan dienden zich al snel aan. Hij had moeten blijven voortschrijden, met de ogen van de mensen op hem gericht, terwijl de vrouw en Avaritia uit het licht weggingen en Tobias het masker en de mantel van Piëtas voor de kap van de Mensheid ging verwisselen en dan weer opkwam om ondervraagd te worden. Maar Stephen ging niet zo lang door dat dit laatst gedaan kon worden, hij hield plotseling in het midden van de ruimte stil en vroeg om aandacht door zijn stok omhoog te doen, zodat Tobias samen met mij achter het gordijn moest wachten tot hij een geschikt moment zag om naar buiten te gaan. Toch hield Stephens geheugen voor de tekst nog stand en hij begon zonder te hakkelen:

> Ik ben de Waarheid zoals u ziet, wijd en zijd,
> Ik kom hierheen in een mum van tijd,
> Gestuurd door God, vanuit zijn heerlijkheid...

Nu was er echter een verontrustende onderbreking. Omdat hij niemand zag tot wie hij zijn vragen kon richten, maakte Stephen met zijn stok een vaag manend gebaar. 'Waar is de Mensheid?' zei hij, en dat was een onverstandige vraag, waarmee hij spottende antwoorden uitlokte. Toch kwam er geen, zo groot was nu de aandacht van het publiek. 'Ik moet hem een paar vragen stellen', zei Stephen, nog steeds gebarend.

Tobias kwam snel naar voren, zijn gezicht in de schaduw van de kap: 'Mijn naam is de Mensheid, ik besta uit een lichaam en een ziel...'

Met zijn linkerhand maakte Stephen het gebaar van aanklampen. 'Goede man, weet dat ik de Waarheid ben', zei hij. 'Vertel ons nu, waar werd de jongen gedood en waar werd hij gevonden? Spreek zonder angst of partijdigheid. Waarheid is uw wapen en uw steun.'

'Langs de kant van de weg, zegt men.'

Weer was er een onderbreking. Stephen knikte ernstig en hief zijn stok. Het was ons duidelijk dat hij de draad van zijn betoog kwijt was, maar gelukkig hadden de mensen dat nog niet door, zij zagen zijn stilte voor waardigheid aan. Tobias hielp hem: 'Tussen de moord en het vinden viel de duisternis van de nacht...'

Stephen richtte zich op. Hij had onthouden: 'Mijn waarde,

vrees niet, vertel ons waar Thomas Wells zich tussen de moord en het vinden bevond.'

De Mensheid bewoog zich nu naar voren en sprak rechtstreeks tot de mensen, waarbij hij tegelijkertijd het gebaar maakte dat voor de hand liggende mededelingen vergezelt, de palmen naar boven als om te voelen of het regent, dan een scherpe beweging van het lichaam af: 'Maar, beste vrienden, dat is geen moeilijke vraag, hij lag langs de weg.'

Nu sprak Thomas Wells zelf voor de eerste keer en hij richtte zijn woorden ook tot de mensen, waarbij hij, zoals we van tevoren onderling overeengekomen waren, met zijn eigen stem sprak en geen gebaren of retorische stembuigingen maakte: 'Beste mensen, dat kan niet waar zijn. Ik moet ergens anders gelegen hebben. Als ik daar de hele nacht gelegen had zou er rijp op me gezeten hebben, maar die was er niet. Dat weten we van de man die me gevonden heeft.'

Van ergens achterin de binnenplaats klonken stemmen en toen riep een man: 'Jack Flint is hier. Hij is een verlegen man en hij wil dat ik het woord voor hem voer. Ik moet van hem zeggen dat het waar is.'

Het geroezemoes dat hierop volgde verstomde al snel, waarna de mensen weer stil waren. Wij waren ook even stil en dit kwam omdat de Waarheid, nadat hij deze vragen had gesteld, niet wist hoe hij verder moest. Na een paar tellen nam hij, omdat hij niks anders kon bedenken, zijn toevlucht wederom tot regels die hij zich kon herinneren:

> Waarheid hecht niet aan geld of goud
> Noch aan keizers, koningen of prinsen...

Hier had ons toneelstuk in een mislukking kunnen eindigen, ware het niet dat Martin zo'n tegenwoordigheid van geest had gehad. En door die tegenwoordigheid van geest van hem verraadde hij ons en inspireerde hij ons en bracht hij ons in levensgevaar. Met de zwarte mantel en het afzichtelijke masker van Avaritia nog op, trad hij naar voren in het licht. Heel even, en net alsof hij alleen liet zien dat hij van plan was te interrumperen, stak hij zijn hand omhoog en maakte het teken dat een verandering van betoog betekent. Toen sprak hij – tegen ons en tegen de mensen die daar bijeen zaten:

Wat doet Avaritia hier?
De jongen werd door laffe hand geveld
Maar het was niet uit hebzucht of om geld.
Dus, Avaritia, ik zeg u vaarwel...

Terwijl hij sprak deed hij de sluiting van zijn mantel los en liet hem op de grond vallen. Met beide handen, en langzaam, haalde hij het masker voor zijn gezicht weg, bracht het tot op de hoogte van zijn middel omlaag, wierp het toen van zich weg met het gebaar waarmee je een ring werpt. Dit alles kwam als een volslagen verrassing voor ons. We hadden het nooit geoefend – we hadden het er zelfs niet over gehad. En hij had ons slechts de geringste waarschuwing gegeven. Ik ben van mening dat hij van plan was ons, en ook het publiek, te laten schrikken, en dat hij onze tongen wilde losmaken. En het had zonder meer deze uitwerking. Hij was nu lange tijd stil, liet zichzelf als gewone man zien. Toen draaide hij zich naar Stephen toe, waarbij hij zijn lichaam in de houding van hoffelijkheid naar voren boog:

Hoe kwam het kind daar, Waarheid, kunt u ons
dat zeggen?
Wie heeft dat vijfde kind daar neer kunnen leggen?

Er lag nu een voorwaar verschrikkelijke stilte over de binnenplaats van de herberg en over de galerij boven. Stephen had geen idee hoe hij moest antwoorden, verdoofd als hij was door het bier en bovendien van nature te mat om al te zeer door deze verrassingsaanval getroffen te worden. Hij draaide zijn zilveren gezicht langzaam van de ene naar de andere kant. 'De Waarheid vreest geen mens', zei hij uiteindelijk. 'Er waren vier anderen, dat is zeker. De grafdelver, wiens naam Christopher Hobbs luidt, vertelde me dat.' Toen hij dit gezegd had, verviel hij in stilzwijgen.

Springers aard was toch anders. Ik zag zijn borst weer snel op en neer gaan in een poging zijn ademhaling onder controle te krijgen. Hij stak zijn rechterhand op en kromde zijn vingers naar zijn gezicht toe alsof hij iets vasthield. 'Ik droeg een beurs met geld', zei hij, en hij zette een hoge stem op, om als een kind te klinken. 'Dat is het verschil, beste mensen, dat is waarom het vijfde kind gevonden werd. Het was niet om de beurs dat ik gedood werd, maar om die beurs werd ik gevonden, omdat degene die me doodde, wilde dat de Wever de schuld kreeg.'

Straw kwam naar voren. Hij had zijn moordmasker afgedaan maar hij droeg nog wel de vlaspruik. Met bewegingen van zijn handen en hoofd bootste hij doofstomheid na. Toen draaide hij zich met een smekend gebaar naar de Mensheid toe die, door dezelfde ingeving, zijn kap uit zijn gezicht naar achteren had geschoven. We droegen nu geen van allen een masker – ons besef van de rollen die we speelden was aan het verschuiven, aan het veranderen.

'De Wever was niet thuis', zei Tobias. 'Dus namen ze zijn dochter mee.' Hij wachtte even, zei toen op declamatietoon: 'Wie de dochter meenam vond het geld, wie het geld vond zag de jongen.'

'We zagen elkaar op de weg', zei Thomas Wells met zijn schrille stemmetje.

Ik stond aan de zijkant, uit het licht, te wachten om op te komen en de preek over de goddelijke rechtvaardigheid te geven, die de slechte mensen te gronde richt en zij bestaan niet meer, *vertit impios et non sunt.* Mijn hart ging flink tekeer. Ik dacht dat ik opgetogenheid op de gezichten van de anderen kon zien en ook pijn, alsof ze bevrijd wilden worden.

'Wie de jongen zag, voltrok de daad', zei de Mensheid.

'Waar werd ik mee naartoe genomen, waarheen werd ik gebracht?' zei Springer. 'Laat degene die het weet spreken. Ik werd daar niet gedood, langs de weg. Waar nam hij me mee naartoe om me te doden?'

Ik zag de kennis van de beproeving van Thomas Wells, die tevens kennis van het kwaad was, zich op Springers gezicht verdiepen. Hij wachtte even, sprak toen met zijn eigen stem, vergat de hoge kinderstem na te doen: 'Waarom werd ik meegenomen, als het niet om de beurs te doen was?'

Martin ging in het midden van de ruimte staan. Zijn gezicht had die glans over zich die ik herkende. Hij deed zijn armen wijd open:

> Die laffe Monnik, waar verborg hij zich?
> Door wiens hand –

Of hij van plan was deze vraag zelf te beantwoorden of dat hij op een antwoord gewacht zou hebben, zou ik nooit te weten komen. Hij werd door een enorme brul midden uit het publiek onderbroken: 'De Monnik is dood!'

Toen ik even opzij keek zag ik dat Margaret rechts naast me stond, bij de muur. Zonder dat ik het wist was ze tussen de mensen door gekomen, zo sterk was mijn aandacht bij het toneelstuk geweest. Ze gebaarde naar me. Tegelijkertijd hoorde ik wat tumult onder de mensen die rond de poort stonden en ik zag daar gedrang.

Margaret stond tegen het touw dat aan die kant de grens van de speelruimte aangaf. Haar gebruikelijke norse uitdrukking was helemaal verdwenen. Haar gezicht brandde nu van het nieuws dat ze kwam vertellen. Haar mond popelde om dingen te zeggen die ik nog niet kon horen.

'Hij is dood, de Monnik is dood', zei ze toen ik dichtbij genoeg was. 'Ze zijn net met hem langsgekomen. Ze zitten vast in het gedrang buiten de poort.'

Het gedrang aan de andere kant van de binnenplaats werd erger en vandaar klonken allemaal stemmen door elkaar, te veel tegelijk zodat ik geen woorden konden verstaan. Margaret hield mijn arm vast zodat ze niet opzij geduwd zou worden door de mensen vlak bij ons, die nu op hun beurt terug aan het duwen waren, in de richting van de poort. 'Ik hoorde iemand zeggen dat hij opgehangen is', zei ze dichtbij mijn oor.

Terwijl we elkaar nog steeds vasthielden lieten we onszelf mee terugvoeren. De poort stond open en buiten op straat was het vol mensen die van de binnenplaats waren gekomen. Hierdoor waren de paarden tot stilstand gebracht. We stonden in de menigte terwijl de ruiters hun paarden in bedwang probeerden te houden, vloekten en met hun zweep naar de mensen uithaalden om zich een weg te banen. Ze droegen livrei, maar niet die van de Heer. Aanvankelijk kon ik, door het gedrang, alleen de bovenkant van deze ruiters zien en hoofd en hals van de paarden. Maar ik bewoog me naar voren, toevallig weken de lichamen uiteen, en ik zag Simon Damian, voor het eerst en het laatst, zoals hij met zijn gezicht naar beneden over de rug van een muilezel lag. Ik zag zijn bleke schedel en de rand haar van zijn tonsuur, ik zag hoe zijn bungelende handen heen en weer zwaaiden door het schommelen van de muilezel, nauwelijks een halve meter boven de grond, witte handen, wasachtig in het toortslicht, met donkere bloeduitstortingen boven de polsen onder de mouwen van zijn hemdjurk – hij was niet in zijn benedictijner habijt gekleed maar in een witte hemdjurk zoals boetelingen die dragen wanneer ze in een processie lopen.

Hoe lang ik daar stond en hem zo zag weet ik niet. Een kortstondige aanblik kan eeuwig duren. Als ik mijn ogen sluit zie ik hem nog steeds, de rand haar, de bungelende handen, de witte hemdjurk. Volgens de verhouding die we kennen moet het beslist een korte tijdspanne geweest zijn dat ik daar stond te staren, voor de ruiters zich een weg door de menigte wisten te banen en de muilezel met zijn last voorwaarts ging en uit het zicht verdween.

Margaret was opzij geduwd en ik kon haar niet meer zien. Ik draaide me om en ging snel terug naar de binnenplaats. Maar ik kon niet direct de speelruimte bereiken, omdat ik aan alle kanten omsloten was. Het tij der emoties was gekeerd en daarmee ook de stemmen van de mensen. Ze waren nu tegen de toneelspelers aan het schreeuwen dat ze hun niet het echte toneelstuk hadden gegeven, dat ze ongeluk en dood naar hun stad hadden gebracht. Ik stond tussen de mensen in en was bang, maar we werden daar bij de poort zo dicht tegen elkaar aan gedrukt dat ik niet denk dat ze me bekeken of wisten wie ik was. Alle ogen waren op de toneelspelers gericht, die daar in de ruimte tussen de toortsen nog aan de grond genageld stonden. En een paar tellen, tot ik weer bij mijn verstand kwam, deelde ik die woede op de toneelspelers, een razernij die plotseling als een storm was komen opzetten toen de dode Monnik voorbijkwam. Ik was niet langer een toneelspeler maar iemand in de schreeuwende menigte en uit angst en woede schreeuwde ik met hen mee. Iemand gooide een steen – ik zag hem tegen de muur komen. Uiteindelijk bezweek de moed van die arme Springer, hij zakte op zijn knieën neer. Toen ik dit zag werd mijn geest helder en ik wist dat we onszelf alleen konden redden door het toneelstuk te redden.

Ik begon me zo goed ik kon naar voren te werken. Ik hoorde iemand roepen, of ik dacht dat ik het hoorde: 'Daar heb je een van hen, daar heb je de priester.' Toen maakte Martin zich uit zijn verstilling los, stapte naar voren tot hij bij het touw stond, zo dichtbij dat hij de voorste rij mensen kon aanraken, en hij deed zijn armen omhoog in het gebaar van iemand die zichzelf overgeeft, en mijn hart sprong op om zijn moed en zijn vernuft, om zichzelf aan het geweld over te geven en het zo over zichzelf af te roepen of het te ontkrachten.

Hij riep iets, woorden die eerst niet verstaanbaar waren, maar toen verstomde het lawaai van de mensen en hoorden we hem: 'Wacht! De Monnik is dood maar het toneelstuk niet!'

Als een golf begon het schreeuwen opnieuw, ze waren niet tot bedaren gebracht. Nog steeds met zijn armen omhoog schreeuwde Martin tegen het schreeuwen in: 'We wisten het! We wisten dat de Dood hem vanavond zou komen halen!'

Deze leugen redde ons. Er werd nog wat gemompeld maar het geschreeuw verstierf. Langzaam liet hij zijn armen langs zijn lichaam zakken en stond zo een paar tellen zonder te bewegen. En ook voor deze verstilling was moed nodig en het pleitte meer voor ons dan welk ander gebaar ook had kunnen doen. 'Doe arme toneelspelers geen kwaad', zei hij ten slotte. 'Wij willen jullie alleen maar behagen. Sta ons toe Het Toneelstuk van Thomas Wells af te maken.'

Springer was weer op de been gekomen en de toneelspelers stonden nu in een halve kring om Martin heen, waarbij ze zijn verstilling trachtten te evenaren. Ik liep snel tussen de mensen door zonder dat iemand me tegenhield en stapte de speelruimte in. Ik had een idee gekregen. Toneelstukken kunnen door een opkomst gered worden. Ik was nog steeds de Goede Raadsman, ik zou de doodstijding in het toneelstuk brengen, samen met mijn preek over het onderwerp van de goddelijke rechtvaardigheid.

En dat deed ik dan ook, en door naar woorden te zoeken werd de angst overwonnen. Ik bewoog van de ene naar de andere kant, liep tussen de toneelspelers en het publiek door, sprak langzaam en met ernstige gebaren: 'Nu is de Monnik ontboden, zoals ons allen te wachten staat, om een andere weg in te slaan, om rekenschap af te leggen voor die Rechter die zich niet laat misleiden. Aan mooie woorden heeft hij nu niets meer, het is geen argeloze jongen die in de duisternis van een winterdag naar hem luistert. Voor die zetel des oordeels heerst geen duisternis, maar er schijnt een overvloedig licht...'

Ik hoorde de stilte over de mensen neerdalen en ik wist dat ik mijn bijdrage had geleverd om het toneelstuk te redden, hoewel ik niet langer wist waarheen we gingen. Ik bleef lopen en spreken zodat de andere tijd hadden om zich te herstellen en weer in het toneelstuk terug te komen: 'Het is nu te laat voor Simon Damian, voor altijd te laat, het gebed dat God Balaam in de mond legde: *Laat mij de dood der rechtvaardigen sterven.* Te laat, voor altijd te laat.'

De toneelspelers stonden daar, nog steeds dicht opeen in een halve kring, roerloos stil. Angst voor de mensen had hen van hun rol beroofd, ze hadden geen andere toevlucht dan verstilling. Maar het was een verstilling die doorbroken moest worden. 'De Monnik misbruikte zijn positie', zei ik, 'en God heeft hem ervoor gestraft. Wat zegt de Mensheid?'

Tobias sprak, zij het nog steeds zonder te bewegen. 'Alle aardse macht komt van God', zei hij.

'Dat is een waar woord en het is de Waarheid die het aldus verkondigt', zei Stephen en hij draaide zijn zilveren gezicht naar het publiek.

Straw was de eerste die de kring doorbrak waarin zij zichzelf hadden opgesteld om de mishandeling te ondergaan die ze hadden gedacht dat zou komen. Hij deed een enkele stap opzij en sprak zijn regels rechtstreeks tot mij:

In vertrouwen schenkt God ons macht,
Die niet voor misbruik wordt geacht...

Ik had gedacht dat Springer er het langst over zou doen om te herstellen, waarbij ik vergat dat die moed van bange mensen veroorzaakt wordt doordat ze zo snel opgelucht zijn. Hij liep bij de anderen vandaan en sprak zijn tekst zonder te trillen uit:

Wie de mensen misbruikt schendt de wet
Door zijn macht spekt hij zich vet...

Stephen herinnerde zich nu regels uit een tussenspel waarin hij gespeeld had. Ze waren niet erg in overeenstemming met het thema van het machtsmisbruik maar wel heel erg in overeenstemming met Stephen:

Onze vorst mag Engeland en Frankrijk besturen
En dat kan zo nog vele jaren duren...

Nu stak Martin, die in de gaten kreeg dat we ons hersteld hadden, zijn hand ter begroeting naar me op, terwijl hij hem tegelijkertijd ten teken van een vraag bij de pols naar binnen draaide: 'Wees gegroet, Goede Raadsman. Voorwaar wij zijn blij u te verwelkomen. Zag u de dode man van nabij?'

'Net zo nabij als ik u zie, broeder.' Ik realiseerde me nu dat niemand van hen nog wist hoe de Monnik dood was gegaan, omdat ze op de speelruimte waren gebleven. 'Door touw gestikt kwam hij aan zijn eind', zei ik.

'Zijn eind leek op het mijne', zei Springer en hij zette weer een hoge stem op om als een kind te klinken.

De Mensheid stond dicht bij de muur van de binnenplaats en het licht dat van achteren kwam glinsterde op zijn dunne haar:

> Deze Monnik zond zichzelf naar de Hel.
> Voor hem luiden wij geen dodenbel...

Maar hierop klonk er weer geschreeuw. Ze dreigden nu niet maar ze waren in de war, dus het was aanvankelijk moeilijk te begrijpen waar het om ging. Toen drong het tot ons door: 'Zijn handen waren vastgebonden! Op zijn polsen was de afdruk van het touw te zien!'

Stephen deed een stap naar voren, terwijl hij zijn stok nog steeds vasthield. Hij leek nuchter nu, misschien omdat hij angst had doorstaan. 'Ik ben de Waarheid, zoals u ziet, wijd en zijd', zei hij met zijn lage stem. 'Degenen die hem hebben vastgebonden, hebben hem opgehangen. En dat was zijn verdiende loon. Wie mensenbloed vergiet, zijn bloed zal door de mens vergoten worden, zo staat het geschreven.'

Maar er was iets mis mee. Voor mijn ogen doemde weer het beeld op van de Monnik zoals hij over de rug van de muilezel lag. Een witte hemdjurk, zoals boetelingen dragen. Of degenen die naar het schavot worden geleid. Degenen die zijn handen hadden vastgebonden, hadden hem op die manier aangekleed. Zouden de gewone mensen dat gedaan kunnen hebben? Iedereen zou hem vastgebonden en opgehangen kunnen hebben, maar om hem zo aan te kleden... Ze hadden hem een kostuum aangetrokken, een toneelspeler van hem gemaakt, een koorddanser. Alleen degenen die uit kilheid handelen en die zich zeker voelen in hun macht, of die geloven dat God tot de God in hen spreekt...

Straw kwam nuffig met zijn jurk en pruik naar voren gelopen. 'Door hem op te hangen hebben ze laten zien dat ik onschuldig ben', zei hij. 'De rechtvaardigheid laat de doofstommen spreken.'

Hier hadden we kunnen stoppen. De woorden vormden een afsluiting en waren toepasselijk. We waren op. Ik kon mijn knieën voelen trillen en Straw zag eruit of hij bijna zou flauwvallen, ook al liep hij nog zo nuffig. Maar een of andere engel der wrake dreef Martin voort. Hij stond nog steeds tegenover het publiek en het was dan ook tot hen dat hij sprak: 'Er is nog geen rechtvaardigheid, beste mensen. Waarom werd de Monnik opgehangen? Als we weten waarom, dan zullen we weten wie. Alles gaat terug tot het vinden van de jongen. Thomas Wells was de vijfde. Hij was degene die gevonden werd. Als de Monnik Thomas Wells meegenomen heeft, is het dan niet waarschijnlijk dat hij ook de anderen meenam? Maar hij werd alleen gestraft voor deze ene jongen die gevonden werd. Was het omdat hij het vinden bekonkeld had?'

Zelfs nu werden we meegetrokken om hem te volgen, we konden hem niet alleen laten staan.

'Degenen die hem opgehangen hebben deden dat vanwege het vinden, niet vanwege het doden', zei Springer. 'Mijn dood interesseerde hen niet.' Er klonken tranen in zijn stem. Medelijden ruiste door het publiek heen en sommigen riepen dat hij zich er niks van aan moest trekken omdat hij zich in de boezem van Abraham bevond.

'Arme ziel, ze wilden niet dat je gevonden werd', zei Tobias, en ook zijn stem huiverde van de tranen. Hij maakte het gebaar van een vraag. 'Wie kan ons vertellen waarom?'

'Dat is omdat mijn lichaam sporen droeg', zei Springer. Hij sprak de woorden alsof hij ze gesouffleerd kreeg. En op zijn witte gezicht stond weer de kennis van de beproeving van Thomas Wells te lezen.

'Als dat bij jou zo was, droegen ook hun lichamen sporen, die anderen.' Straw stak zijn rechterhand op en maakte het teken voor tellen, waarbij de duim tegen de vingertoppen tikt. 'Een-twee-drie-vier-vijf...'

Stephen had ook tranen vergoten. Ze hadden vegen op het zilver op zijn gezicht achtergelaten. Hij zwaaide met zijn staf. 'Heeft de moeder het lichaam van haar zoon gezien?' zei hij.

'Nee, dat heeft ze niet', schreeuwde een vrouw uit het publiek. 'Ze vertelde me dat ze haar van hem weghielden.'

'Wie zag dat de jongen begraven werd?' Martins stemde vulde de binnenplaats. Hij keek ons aan toen hij de vraag stelde en we antwoordden hem samen in een slordig koor: 'Het was de rentmeester van de Heer.'

Weer klonk zijn stem, die een antwoord eiste. 'Wie diende de Monnik?'

Weer antwoordden we hem in één stem, alsof we gestuurd werden: 'Hij was de biechtvader van de Heer, hij diende de edele Heer.'

Toen we antwoord gaven, waren we dicht bij elkaar gaan staan, waarmee we aan een of ander instinct gehoor gaven om onszelf tot een enkel wezen met één lichaam en één stem te vormen. We keken over de binnenplaats en stonden met onze rug naar de herberg. Martin stond een paar passen van ons vandaan; hij was zo gaan staan dat hij ons en de mensen tegelijkertijd in zicht had. Hij leek op het punt te staan nog een vraag te stellen, maar ik denk niet dat die aan ons gericht zou zijn geweest. Zijn gezicht stond strak en onbehoedzaam, de ogen onbeweeglijk. Zo had hij gekeken toen hij van het doofstomme meisje vandaan kwam. En zo had de vader van het meisje gekeken toen hij had voorspeld dat de slechten verbrand zouden worden...

Vrij plotseling, terwijl we naar hem keken, veranderde de uitdrukking, sloeg om in ontsteltenis. Ik hoorde verwarde stemmen uit het publiek en achter me het gekletter van wapens. Toen ik me omdraaide waren ze al op de speelruimte, we waren ingesloten. Ze waren niet door de poort binnengekomen maar door de herberg. Sommigen waren al druk doende de mensen de binnenplaats uit te loodsen.

'Ik ben geestelijke', zei ik tegen degene die de leiding leek te hebben, en ik hoopte hierdoor deze arrestatie door leken te voorkomen,

Hij keek naar mijn gevlekte en stoffige habijt en glimlachte een beetje. 'Priester of toneelspeler,' zei hij, 'je gaat met de anderen mee.' Op de borst van zijn overjas zaten het luipaard en de duiven van De Guise genaaid. 'De vrouw nemen we niet mee, zij is niet een van de toneelspelers', zei hij tegen de mannen die bij hem stonden, en ik zag dat Margaret opzij geduwd werd.

'Waar brengen jullie ons heen en met welk recht?' zei Martin.

'Ik ben de rentmeester van de Heer', zei hij. Hij nam even de tijd om ons aan te kijken, naar de armzalige overblijfselen van onze illusie, Straws rode jurk, Stephens vlekkerige gezicht. Hij glimlachte niet meer. 'Jullie zullen te gast zijn in het kasteel', zei hij. 'Mijn Heer wenst vermaakt te worden.'

Dertien

Straw kreeg wat tijd om zich te verkleden en Stephen om het zilver van zijn gezicht te wassen. Paard en wagen, en de treurende hond, werden daar achtergelaten. We mochten onze maskers en kostuums meenemen maar verder niks. Die gingen op de rug van een muilezel en het was op een muilezel dat wij, toneelspelers, de weg naar het kasteel aflegden, met voor en achter een escorte, langs het kerkportaal waar ik de dag tevoren zo bang was geweest, toen we Brendan hadden begraven. Er was nu weer angst in mijn hart, naarmate we hoger kwamen, met het licht van onze toortsen dat rossig op de sneeuw viel en de muilezels die op de steilere plekken een beetje uitgleden.

De brug was neer en we klepperden eroverheen, langs het wachthuisje en over de eerste binnenhof met zijn prachtige bron, nu verlaten, waar Springer en Straw diezelfde dag hadden gebuiteld en gezongen en geprobeerd hadden meer te weten te komen over de moord op Thomas Wells.

Aan de andere kant hiervan stapten we af en werden te voet door een andere hof geleid, toen een stenen trap op die eerst recht was en daarna in een spiraal liep. En zo kwamen we eindelijk in de kamer waar ze ons zouden laten zitten, een vierkante kamer met stenen tegels, bedekt met stro waar we op konden slapen. Men vertelde ons dat de Heer zijn avondmaal had gebruikt en zich ter ruste had begeven, net als zijn gasten.

'Jullie hebben geluk', zei de rentmeester, en hij glimlachte kil naar ons. 'Jullie kamer kijkt uit op het toernooiveld. Jullie zullen iets van het steekspel kunnen zien morgen. In de tussentijd doen jullie er verstandig aan vanavond extra vurig tot de god van de paljassen te bidden.' De glimlach op zijn gezicht verstierf en ik wist dat hij ons niet zou vergeven dat wij hem in ons toneelstuk hadden opgevoerd. Ik wist ook dat hij zou doen wat zijn meester hem beval en dat hij dat als een deugd zou zien, wat het ook was. 'Jullie worden morgen voor de Heer gebracht, te zijner vermaak,' zei hij, 'bid maar dat jullie hem zult vermaken. Jullie hebben iemand bij je die je in het gebed kan voorgaan – hij is gekleed voor de rol.'

Hierop verliet hij ons. Ondanks mijn bezorgdheid viel ik praktisch meteen in slaap, zo groot was mijn uitputting; en ik denk dat dat ook voor de anderen gold. Maar ik werd wakker voor het licht was en lag de duisternis in te staren, liet in gedachten de gebeurtenissen van die afgelopen dagen de revue passeren, de manier waarop we steeds dieper de omstandigheden van de dood van de jongen in waren getrokken. We waren ter wille van Brendan naar de stad gekomen, dat dachten we althans. Ik herinnerde me nu hoe Springer ons over de heuveltop had meegenomen en ons het brede dal waar de stad in lag had laten zien. De rookkringels van houtvuur, de huivering van de klokken, die lichtglans op de kantelen van het kasteel... Het was toen net geweest of de stad zich aan ons, met onze nood, had aangeboden. Maar het was de Dood die deze nood had doen ontstaan en die hem met Brendans rottingslucht acuter had gemaakt. Het was de Dood die de afspraak hier voor ons had gemaakt. Wie had ons de woorden voor ons toneelstuk ingegeven? Misschien hadden we de opzet van de Dood nu gediend en zou het toneelstuk niet nog een keer opgevoerd worden. Dit was natuurlijk waar we op hoopten. In de gefluisterde discussie die we voor we sliepen voerden hadden we besloten dat we voor de Heer en zijn gasten Het Toneelstuk van de geboorte van Christus en De Woede van Herodes zouden opvoeren, omdat die geschikt zijn voor Kerstmis, in de hoop dat we van tevoren tijd zouden krijgen om ons voor te bereiden. Hiermee maakten we onszelf natuurlijk wat wijs. Angst is de leidsman van degenen die zichzelf wat wijs maken maar hij komt vaak in een andere gedaante. Ik wist niet wat ons te wachten stond toen ik daar lag en het eerste licht door de kieren in de venster kwam; maar ik wist dat de dingen niet op ons verzoek of in ons belang gedaan werden. De laatste woorden die we in ons Toneelstuk van Thomas Wells hadden gesproken schoten me te binnen: *Hij was de biechtvader van de Heer, hij diende de edele Heer.* Dat waren geen woorden om een toneelstuk mee te beëindigen...

We hoorden de hoorn van de waker de zonsopgang luiden en niet lang daarna bracht een man ons brood en watergruwel, waar we dankbaar voor waren, omdat we sinds de middag van de dag ervoor niets gegeten hadden. De deur van onze kamer werd niet op slot gedaan. Buiten was een korte gang, met aan een kant een muur, aan de andere kant een nis met een privaat en daarachter een zware deur die stevig op slot zat. Aan die kant kon je er dus niet uit zonder iemand die je begeleidde. En het raam zat hoog in de muur met een hele steile afdaling eronder.

Vanaf het krieken van de dag hoorden we vanaf de binnenplaats beneden gehamer en stemmen, voorbereidingen voor deze dag van het toernooi. De geluiden mengden zich met onze gesprekken – we waren vroeg begonnen te praten over de toneelstukken die we voor de Heer en zijn mensen zouden opvoeren, verdeelden onderling de rollen en besloten tijdens welke onderbrekingen we zouden dansen en zingen, aangezien dat laatste bij een kerstspel belangrijk was. Niemand sprak over Thomas Wells, hoewel de toneelstukken die we van plan waren op te voeren, over de geboorte van één kind en de dood van vele gingen. Door zijn naam niet uit te spreken of op wat voor manier ook naar hem te verwijzen probeerden we het besef van ons gevaar op afstand te houden, probeerden we niet te denken aan wat gebeurd was, de gewelddadige onderbreking van ons toneelstuk, het gevangennemen van onze mensen.

Stephen deed alsof hij in deze ruwe haast een reden voor zelfgenoegzaamheid zag. 'Het is duidelijk dat onze roem zich verspreid heeft', zei hij. 'Ze wilden zeker van ons zijn voor we de stad verlieten.' Hij keek ons aan en knikte nadrukkelijk. Zijn ogen waren bloeddoorlopen, hetzij van de drank hetzij van zijn emotie de avond ervoor, toen tranen zich met zijn zilverkleurige verf hadden vermengd. 'Ze hebben ons een eer bewezen', zei hij.

'Ja, ja', zei Springer, dolblij dat hij enige verlichting voor zijn angsten kreeg. 'Ze hebben opdracht gekregen ons te halen, het zijn gewoon ruwe soldaten, ze doen alles op die manier.'

Tobias schudde zijn hoofd. Hij was nog steeds de Mensheid, en vertolkte het gezond verstand. 'Een vreemde manier om geëerd te worden', zei hij. 'Denk je dat we zo geëerd zouden zijn als we alleen Het Toneelstuk van Adam hadden opgevoerd?'

We werden hierin onderbroken door trompetgeschal vanuit de binnenhof beneden en we dromden bij het raam samen en gooiden het venster open om naar beneden te kijken, iedereen behalve Martin die bleef waar hij was, met zijn rug tegen de muur zat hij voor zich uit te staren, in gedachten verzonken. Witte duiven, opgeschrikt door de trompetten, vlogen langs ons op met een salvo aan vleugels en keerden zich boven de binnenhof met zijn allen tegelijk om alsof ze in een grote kom door elkaar geroerd werden.

Voor ons speelde zich een voorstelling vol pracht en praal af. Terwijl wij hadden zitten praten waren de tribunes vol mensen gestroomd en de omheining was over de hele lengte met felgekleurde vlaggen versierd. Te paard en te wapen, maar met het vizier nog open, paradeerden de strijdende ridders achter elkaar over de lengte van de binnenhof en hun beklede strijdrossen tilden hun hoofd bij het horen van de trompetten op en beten hoorbaar op hun toom en hun ruiters hielden de teugels in en lieten hen steigeren, met een geweldig klingelend geluid. De lucht was onbewolkt en bleek en leek erg veraf te staan. De sneeuw op de binnenhof was omgewoeld en vertrapt en hier en daar bevuild met paardevijgen, maar hij was nog wit en stevig en de randjes glinsterden flauw in het licht.

De ridders groetten toen ze langs reden en de dames in het paviljoen gooiden hun sjaal en mof naar degene die hun favoriet was. Tegen het wit van de sneeuw raakten mijn ogen door de schoonheid ervan verblind, de fleurige kleren van de dames, de wapperende vaandels waar de tribunes en de omheining mee versierd waren, scharlakenrood en zilver en blauw, de wapenbeelden op de schilden en borststukken van de ridders, het geglinster van harnassen en geheven lansen en helmen met vederbos.

Wij waren nu op onze beurt het publiek, zij de toneelspelers. En het toneelstuk was hun eigen heldhaftigheid en trots. Ik had al eens eerder een steekspel gezien, op binnenhoven en op het open veld, gevechten tussen kampioenen onderling en strijdgewoel waarbij honderd man aan het vechten waren, soms met stomp gemaakte wapens, soms niet. Dergelijk spektakel is tegenwoordig heel populair onder het volk. Ze stromen in groten getale toe om het te zien, wat zeer gunstig is voor zakkenrollers en hoeren. Maar nu, misschien omdat ik zelf toneelspeler was geworden, nu de trompetten weer schalden en de herauten riepen, kwam het voor het eerst in me op dat dit het beste voorbeeld van toneelspelen was dat ons tijdperk te bieden had. Wij waren toneelspeler van beroep en namen een rol in bruikleen zoals dat ons goeddunkte. De adel had alleen die ene maar zij volhardde erin, hoewel ze door pausen en koningen gekapitteld werd vanwege het geweld en de verwaandheid ervan en het geld dat ze eraan uitgaf dat wellicht beter besteed zou zijn als ze er diezelfde pausen en koningen mee zou onderhouden. De dominicanen preekten er regelmatig tegen, hekelden die steekspelen als heidense riten, maar al hun welsprekendheid mocht niet baten. Sint-Bernardus zelf voer ertegen uit en verklaarde dat iedereen die tijdens een toernooi gedood werd rechtstreeks naar de Hel zou gaan, maar dat was aan dovemansoren gezegd. Dreigen met excommunicatie had geen effect. Dit was de rol waarmee ze rijkdom en macht hadden verworven en ze moeten zich ervoor kleden en zichzelf met tekens en emblemen tooien, want wat stellen macht en rijkdom voor zonder vertoon?

Ik werd van deze gedachten afgeleid door wat in de taal van het toneelspelen het Uitspreken van de Proloog genoemd zou worden. Het is de taak van degene die het steekspel organiseert om de regels van het gevecht om te roepen. De man die nu van zijn plaats in het paviljoen opstond was de gastheer van deze ridders en ook van ons, arme toneelspelers, Heer Richard de Guise en dit was onze eerste gelegenheid dat we de man konden zien die ervoor gezorgd had dat we hierheen gebracht waren, ter wiens vermaak we zaten te wachten. We bevonden ons te hoog om hem duidelijk te kunnen zien. Hij was in ieder geval rijzig en imposant, in de met hermelijn afgezette blauwfluwelen mantel, die losjes om hem heen hing. Maar zijn gezicht werd door de rand van zijn hoed en de veer die er aan de zijkant instak, aan ons zicht onttrokken. Een lang gezicht, dat door zijn lengte smal leek, heel bleek.

In de respectvolle stilte waar zijn opstaan aanleiding toe had gegeven, drong zijn stem tot ons door, duidelijk en weloverwogen. Hij zei dingen die degenen die luisterden al wisten, maar hij sprak met een ernstige waardigheid, nam zijn stilten in acht, zoals Martin gezegd zou kunnen hebben. Alleen stomp gemaakte lansen, of lansen met een beschermende fleuron, mochten gebruikt worden. Als een ridder tijdens het toernooi op zijn hoofd of borst werd geraakt werd hij beschouwd als de verliezer van de partij. Als hij uit het zadel werd gewerkt, moest hij zijn paard als prijs aan de overwinnaar afstaan. Een ridder die gevallen was mocht alleen door zijn eigen schildknaap die zijn embleem droeg overeind geholpen worden...

Zijn stem ging verder, klonk welluidend. Ik dacht over zijn zoon, Heer William, en mijn ogen dwaalden over het gezelschap ridders zoals ze schrijlings op hun strijdros zaten, hun schildknapen er te voet achter. Het wapen van De Guise was nergens te bekennen. Ik vroeg me weer af wat voor liefdesverdriet het kon zijn waardoor die jonge heer bij het strijdperk wegbleef. Maar misschien was hij van zins om later op de dag te vechten, of de volgende dag...

Mijn blik viel op een ridder met een helm van een heel extravagant ontwerp. Hij had drie delen of lagen, boven het vizier zat een helmteken van zilver filigrein en hierboven weer een stuk in de vorm van een kelk met gecanneleerde zijkanten waaruit de rode en witte veren van de vederbos omhoog staken. Ik had het gevoel dat de schildknaap die achter deze ridder stond me bekend voorkwam, hoewel de man met zijn rug naar me toestond, net als zijn meester. Toen herkende ik het wapen op het vaandel van de lans en op de waaierpluim van het paard, een kronkelende slang met banen van blauw en zilver, en ik wist dat hij de Ridder was die in de herberg had gelogeerd, die onder zijn baldakijn van zijde door de sneeuw de heuvel op was gereden, waarmee hij mij vrees inboezemde voor het Beest. En het kwam mij voor dat het volledig strookte met wat ik over deze jonge ridder wist, dat hij zijn wapenmeester een fikse som zou hebben betaald om voor hem een helm te vervaardigen zoals niemand anders had.

Heer Richard besloot zijn betoog, ging zitten en gaf de herauten een teken. De trompetten schalden weer, en weer vlogen de duiven op en cirkelden boven ons. De namen en herkomst van de eerste strijders werden luidkeels aangekondigd en de emblemische figuren op hun wapenbeeld omstandig uitgelegd, de emblemen die ze door huwelijk hadden verkregen, de merktekens die de anciënniteit van de zoons aangaven, eerbewijzen die ze in de strijd en door wapenfeiten hadden verkregen, een gang van zaken die veel tijd nam en die ik vervelend vond. Straw vond dat klaarblijkelijk ook. Ondanks zijn angsten – of misschien om die te ontvluchten – begon hij de draak met deze aankondigingen te steken, waarbij hij zijn hazeogen wijd opensperde, met overdreven hoffelijkheid gebaren maakte en gezichten trok. 'Dames en heren, hier is de moedige Springer', zei hij. 'Heer zonder land, winnaar van geen enkel gevecht behalve die tegen de hongerdood en daarvan is de overwinning nog niet eens zeker. Maar ik wed dat hij hoger kan trappen dan jullie allemaal en sneller op zijn hielen kan ronddraaien.'

Tobias had, zoals we van hem gewend waren, meer een nuchter en praktisch standpunt. 'Je ziet dat die kampioenen ook de emblemen van hun wapenmeester dragen', zei hij. 'Daar krijgen ze goed voor betaald. De makers van maliën en pantser doen op die manier goede zaken.'

Deze onderbrekingen waren voor Stephen een bron van irritatie, hij had aandachtig naar de herauten geluisterd en zo nu en dan uit bewondering en verbazing iets geroepen. 'Ssst', zei hij. 'Dat is de tweede zoon van Heer Henry Bottral. Zijn vader is in de Sutton-familie getrouwd – je kan zien dat hij de wapens van Sutton aan die van hemzelf heeft gespietst.'

In de tussentijd lieten de ridders hun paarden dansen en draaiden hun ijzeren masker van de enen kant naar de andere en strekten hun in zijde gestoken benen ten behoeve van de dames onder de zoom van hun wapenrok uit.

Toen werden de vizieren gesloten, de lansen aangelegd en deze eerste twee reden in een langzame handgalop op elkaar in en troffen elkaar met een zware dreun van lans op schild. Beiden werden in hun zadel naar achteren geworpen maar geen van beiden viel van zijn paard, zodat het een gevecht met gedeelde eer was. Dit treffen, de kern van het toneelstuk, nam minder tijd in beslag dan het uitspreken van de eerste drie woorden van een Miserere.

Zo ging het de hele ochtend door, de trompetten, het geroep, het hoefgestamp dat een beetje door de sneeuw gedempt werd, de galmende dreun wanneer de twee zwaar bewapende mannen tegen elkaar aan kletterden. Ik was in afwachting van de Ridder van het baldakijn en met het litteken op zijn gezicht. Roger van Yarm was de naam die de heraut omriep. Hij had in het Heilige Land gevochten en ook in Normandië. Bij zijn eerste treffen hield hij zich goed, veranderde op het laatste moment de schuine stand van zijn lans zodat hij zijn tegenstander tegen de rechterschouder raakte, boven het schild, waardoor hij helemaal over het achterwerk van het paard vloog, met zijn linkervoet nog in de stijgbeugel zodat de schildknaap naar voren moest rennen om hem los te maken. In een paar seconden tijds had Roger van Yarm een strijdros als prijs gewonnen, minstens vijftig pond waard, en hij had niet nog een keer hoeven vechten. Of hij nu door verlangen naar roem of gewin werd geleid, 's middags verkoos hij dat toch te doen en kreeg als tegenstander een oudere ridder, een veteraan van Poitiers, die uit Derby was gekomen om hier te vechten.

Ze gingen naar het hek om te groeten en Heer Roger was door zijn fantastisch vervaardigde helm bijna een halve meter hoger dan de ander. Ik heb een voorspellende gave, zoals ik al gezegd heb. Toen ze hun plaats binnen de omheining innamen kreeg ik een voorgevoel dat er iemand gewond zou raken en dit werd sterker.

Het signaal werd gegeven en ze dreven hun paarden naar voren en legden hun lansen aan. Hoe het precies gebeurde zag ik niet. De lans van de oudere ridder werd afgebogen, maar niet helemaal; het gleed over het schild van de ander en ging omhoog naar zijn hoofd. Op het laatste moment deed Heer Roger zijn schild heel vaardig omhoog om de punt van de lans goed van zich af te houden. Als hij een helm van een wat gebruikelijkere makelij had gedragen, was dit wellicht gelukt. Maar de punt van de lans, stomp gemaakt door zijn fleuron, moet in het filigrein van de helm zijn blijven steken en de pinnen waar zijn vizier aan scharnierde hebben doen springen, zodat hij langs de kruin van zijn hoofd een schrapende slag kreeg en zwaar opzij van zijn paard op de grond stortte, waar hij bewegingloos bleef liggen.

De schildknaap was de eerste die bij hem was. Toen volgden verscheidene anderen en samen droegen ze hem uit de omheining weg. Er lag bloed op de sneeuw, waar hij gevallen was.

Er was nog één gevecht, toen stond de Heer op om het einde van deze toernooidag af te kondigen. Het was al laat in de middag, de duisternis zou spoedig vallen. De ridders reden weg, hun schildknapen kwamen haastig achter hen aan. De Heer stak de binnenhof over en ging het kasteel binnen, met zijn gevolg en de adellijke gasten achter hem aan. Er kwamen bedienden naar buiten om het rood met gouden doek naar beneden te halen waarmee de paviljoenen bekleed waren. Het daglicht ebde weg in de sneeuw en er was nu niets meer over behalve de kale balken van de omheining en de hekken, de lege tribunes en de donker wordende vlek van het bloed.

Veertien

Het was al laat toen hij ons ontbood. We hadden weer eten gekregen, bloedworst en brood en wat waterig bier. De kaarsen waren aangestoken en we hadden ons op het stro uitgestrekt.

De rentmeester kwam ons halen, vergezeld van twee gewapende mannen. We werden niet naar de grote hal gebracht, zoals we verwacht hadden, maar gingen door een reeks smalle, slecht verlichte gangetjes en kwamen zo in de privé-vertrekken die achter de hal lagen. In het voorbijgaan keek ik een donkere gang in die op onze eigen gang uitkwam en op datzelfde moment ging er een stukje verderop een deur open, het baadde in het licht en een persoon kwam in dit licht naar buiten. Het was een vrouw, een kloosterlinge, zwaar gesluierd zodat het onmogelijk was iets van haar gezicht te zien. Ze droeg doeken, of misschien handdoeken, wit, over de mouwen van haar habijt gedrapeerd. Ik zag haar maar een paar tellen, toen werd de deur gesloten en verdween het licht en liep zij verder de gang door en verdween daar in de duisternis. Maar in die ogenblikken, toen de deur geopend en gesloten werd en het licht kwam en verdween en de non de duisternis in schuifelde, was er een stank van bederf die zo sterk was dat ik er bijna in stikte, niet de geur van de dood maar van ziekte, van ontstoken weefsel en onzuiver bloed, het rotten van een levend lichaam. Het was een ademtocht die ik kende, zoals iedereen die deze tijden van de pest heeft doorstaan, die moet kennen en vrezen. Als je die ademtocht in de neusgaten hebt weet je dat het de geur van de wereld is.

Het tierde ons na als een schepsel dat bedrogen is en werd zwakker en stierf weg. We gingen door een overwelfde deur en kwamen in een antichambre, een kamer die lang en breed genoeg was voor de bewegingen van een toneelstuk maar niet om veel mensen te laten toekijken. Er grensde een kabinet aan waarvan de deur openstond en hier zagen we onze kostuums en maskers op een hoop op de vloer liggen.

In de kamer zelf stond een enkele stoel met hoge rugleuning, opgevulde steunen voor de armen, verder was er geen enkel meubelstuk of voorwerp. We stonden daar onder het toeziend oog van de rentmeester te wachten, terwijl de twee wachters net binnen de deur stonden met hun hellebaard op de grond. Dit was het moment waarop Martin, die de hele dag geen woord had gesproken en dof voor zich uit had gekeken, zichzelf wakker leek te schudden. Of hij bijkwam doordat hij aan het toneelstuk dacht, weet ik niet; toneelspelen was van levensbelang voor hem en zou hem een verlichting van zijn liefdesverdriet in het vooruitzicht hebben kunnen stellen. Misschien kwam het gewoon omdat hij dat juk van de stilte te zwaar op zijn schouders voelde rusten. Hoe het ook zij, hij hief zijn hoofd nu op en keek de rentmeester recht aan. 'U bent degene die ervoor zorgde dat de jongen begraven werd', zei hij. 'U hebt de priester betaald. Vertel ons eens, vriend, vanwaar die haast?' Hij was even stil, bleef de man strak aankijken. Toen zei hij met een door minachting opgewonden stem: 'Of vraagt u zichzelf dat niet eens af?'

Toen hij dat gezegd had stonden we meteen weer onder zijn leiding; zelfs nu, terwijl onze angst groter werd, werden we ertoe gedreven hem terug het toneelstuk in te volgen. De oorlogszuchtige Stephen hief zijn hoofd en keek naar de rentmeester. Straw liet zijn snikkende lach horen.

Het gezicht van de rentmeester was slap geworden, zo verrast was hij om op die manier door een man onder bewaking toegesproken te worden, en zeker door een toneelspeler. 'Zwervend geteisem', zei hij. 'Van parochie tot parochie opgejaagd. Hoe durf je zo'n toon tegen me aan te slaan? Afmaken zal ik je ervoor.'

Springer klapte in zijn handen en liet zijn kraaiende lach horen. 'Was u het die de Monnik heeft opgehangen?' zei hij.

'Wat was zijn misdaad?' zei Tobias.

We waren weer terug in het toneelstuk en we begonnen hem te ondervragen, alsof hij er ook in was, in een rol, en dus verplicht was te antwoorden. We bevonden ons nu op het randje van de wanhoop, en dat maakte onze tongen los. We hadden de hoop in leven gehouden door ons vast te klampen aan wat we dachten dat gebruikelijk was. Men laat toneelspelers soms in de hal van een kasteel of groot huis optreden – dit gezelschap was tenslotte in Durham ontboden om dat te doen. Bij het avondmaal, als de mensen van het huis en hun gasten in een joviale stemming zijn, zijn toneelspelers en minstreels vaak graag gezien. Maar toen we die kale kamer betraden, waar die enkele stoel als een troon des oordeels stond te wachten, raakte onze armzalige hoop al zijn vulling kwijt en stortte ineen, en we konden niet langer doen of we het gevaar waar wij ons in bevonden niet kenden.

De hand van de rentmeester lag op het gevest van zijn dolk maar we wisten dat hij hem niet zou trekken. Hij was op zijn manier net zo hulpeloos als wij dat waren. Hoe hij zich tegenover ons gedragen zou hebben weet ik niet. Op dat moment ging de deur open, de twee soldaten gingen met een dreun van hun hellebaard op de steen rechtop staan en Heer Richard de Guise kwam de kamer binnen.

Hij had de mantel die hij eerder had gedragen verruild voor een doorgestikt gewaad in een donkerrode kleur en hij droeg een lage muts van hetzelfde spul met aan de zijkant een zwart kwastje. Op zijn linkerpols zat een valk met een kapje op. 'Zet de mannen buiten de deur, Henry', zei hij. 'Zorg ervoor dat ze dichtbij genoeg blijven om ons te kunnen horen roepen. Kom dan terug en ga achter mijn stoel staan.'

Hij keek ons nu voor de eerste keer aan, terwijl de rentmeester in beweging kwam om hem te gehoorzamen. 'Zo,' zei hij, 'dus jullie zijn de toneelspelers over wie ik heb gehoord.' Hij liet zijn ogen langzaam over ons heen glijden. Ze waren lichtblauw met zware oogleden, die een blik zo grimmig en doordringend lieten zien dat je hem nauwelijks aan kon kijken. Hij droeg geen juwelen of sieraden van wat voor soort ook. De muts sloot nauw bij de slapen en gaf zijn lange gezicht met de dunne lippen een kaal en streng voorkomen. 'Nu zullen we eens zien wat jullie waard zijn', zei hij.

Toen hij in zijn stoel zat en de rentmeester zijn positie achter hem had ingenomen, maakte hij een handbeweging naar ons. 'Ik geloof dat ze jullie spullen in de kamer daarachter hebben gelegd', zei hij. 'U kunt beginnen.'

Martin stapte uit ons midden naar voren en maakte een buiging. 'Heer, wij zijn zeer vereerd en zullen proberen te behagen', zei hij. 'Met uw welnemen, wij waren van plan voor u Het Toneelstuk van de geboorte van onze Heer op te voeren, hetgeen bij deze tijd van het jaar past.'

Het lange gezicht bleef uitdrukkingsloos. Er volgde een korte stilte, toen klonk zijn stem weer, langzaam en weloverwogen als altijd. 'Ik heb jullie niet hierheen gebracht om toe te kijken hoe jullie de draak steken met mijn geloof. Het toneelstuk over de dode jongen wil ik zien. Henry, hoe heette die jongen?'

'Thomas Wells, Heer.'

'Juist, ja, dat was het. Ik wil Het Toneelstuk van Thomas Wells te zien.'

We hadden niet anders verwacht, maar ik voelde mijn hart in mijn schoenen zinken. Nu verraste Martin ons en gaf hij ons onze moed terug. Hij maakte de Italiaanse revérence, die toneelspelers gebruiken voor de overdreven hoffelijkheid van intriganten en leugenachtige bedienden, waarbij het lichaam diep gebogen wordt, de rechterhand in een flauwe bocht van links naar rechts zwaait. 'Zoals mijn Heer wenst', zei hij. Een voor een deden we hem de revérence na, de mijne was maar magertjes, want hij is moeilijker dan op het eerste oog lijkt en ik had hem nog nooit geoefend. Toen nam Martin ons mee naar de kamer daarachter, waar onze spullen lagen en we trokken de kleren voor onze rol aan. We konden de zwarte moordbeurs die Tobias had gemaakt nergens vinden, dus moesten we het doen met de kleinere waar Martin de gezamenlijke pot in bewaarde. Er was geen tijd om met elkaar te praten behalve dat we haastig overeenkwamen dat we alles net als de keer daarvoor zouden doen, tot het vertrek van Avaritia en dat dan een Boodschapper zou arriveren met het nieuws van de dood van de Monnik, en dat we die dood het bewijs van zijn schuld en het symbool van de goddelijke rechtvaardigheid zouden laten zijn, zonder verder naar de daders ervan te informeren; met andere woorden, om het toneelstuk te laten eindigen waar de voorzichtigheid ons het de dag ervoor had moeten laten eindigen. Hierin lag onze enige hoop besloten, en het was maar een magere hoop. We dachten er niet meer aan het meisje te redden. Wat niemand van ons wist was dat Martin had besloten dat ze niet gered kon worden en er dus niet meer aan dacht zichzelf te redden.

We gingen volgens plan te werk, hielden ons aan het verhaal waar we het over eens waren geworden, speelden in de grimmige stilte van die kamer met enkel de Heer en zijn rentmeester als toeschouwers. Ik denk dat er nooit eerder in zo'n stilte, voor zo'n publiek rollen zijn vertolkt. Ik verlangde weer naar het lawaai op de binnenplaats van de herberg en het marktplein, het gelach en geroep van de mensen en de gemoedsbewegingen die door hen heen trekken. Onze voetstappen klonken hol in die kale ruimte, we bewogen heen en weer alsof het een soort langzame dans van de zopas overledenen was, met de Heer der Verdoemden daar op zijn spookachtige troon, havik op de pols, zijn Hielenlikker achter hem in de houding om hem op zijn wenken te bedienen. Zelfs onze stemmen kwamen ons in het begin onwerkelijk voor, de tongval van onze bevende ziel zelf. Maar naarmate we met Thomas Wells vorderden werden we door de rollen in beslag genomen, we gingen voor onszelf spelen. Het mysterie van de dood van de jongen was nog nieuw voor ons. Dit was de derde keer dat we het speelden en we waren nu volleerder in onze rol, tenminste in de eerste helft, totdat de Waarheid opkwam, wederom door Stephen gespeeld. Hij had geen tijd gehad om zijn gezicht te schilderen en Piëtas droeg het witte masker, dus hij was genoodzaakt een dik masker, gemaakt van geperst papier en lijm en zilver geschilderd, op te doen. Vanachter dit scherm klonk zijn stem een beetje gedempt maar nog steeds welluidend. En hij speelde goed, beter dan ik hem ooit had zien doen, hij bewoog met grote waardigheid en luister, sprak zijn verzen zonder hapering:

Hier is de Waarheid voor ieders oog
Het is namens God dat ik betoog...

In een toneelstuk zonder geschreven woorden is veel van ingeving en suggestie afhankelijk. Misschien was het Stephen die Martin, door zijn kloeke spel, die avond de weg wees, ervoor zorgde dat hij ons zou verraden en ons in doodsangst zou brengen. Op het ogenblik vlak voor Avaritia het veld moest ruimen, sprak de Waarheid rechtstreeks tegen het publiek, zoals alle Personages doen wanneer ze hun eigenschappen verkondigen. In dit geval echter bestond het publiek slechts uit deze twee bewegingloze toeschouwers. Onverschrokken sprak Stephen dezelfde zinnen uit die hem te binnen waren geschoten toen hij de rol, dronken en ongeconcentreerd, de dag tevoren had gespeeld. Maar nu sprak hij ze uitzonderlijk krachtig en overtuigend uit, liet de woorden vergezeld gaan van het teken voor nadruk, waarbij de hand wordt uitgestoken met de vingers licht gekromd, de duim en wijsvinger elkaar raken, de pink uitgestrekt:

Waarheid hecht niet aan geld of goud
Noch aan keizers, koningen of prinsen...

Het was raar, en ook ontroerend, om de Waarheid die regels met zoveel hartstocht te horen uitspreken omdat Stephen persoonlijk, zoals we allemaal wisten, grote waarde hechtte aan keizers, koningen en prinsen, en die onbeweeglijke figuur tegen wie hij sprak was een rijk en machtig heer, meester over mensenlevens en land. Stephen was zichzelf vergeten, hij was de Waarheid. En terwijl ik daar stond, aan de rand van de speelruimte, terwijl ik wachtte op het moment dat ik moest opkomen met mijn preek over de goddelijke rechtvaardigheid, voelde ik de tranen in me opwellen, zelfs te midden van de angst die als een andere toneelspeler tussen ons door bewoog, bij het zien van die dienstbare man die boven zichzelf uitsteeg en die zo dapper achter zijn masker bulderde.

Maar weer was het Martin die alles een andere wending gaf. De Waarheid had zijn vragen gesteld, de Mensheid en Thomas Wells hadden hun eerste antwoorden gegeven. Straw had, aan het zicht onttrokken door de mantels van Piëtas en Avaritia, het moordmasker opgezet. Nog steeds met de mantel en het masker van Avaritia aan trad Martin naar voren naar het midden van de ruimte om zijn afscheidswoorden te spreken. Hij begon als tevoren:

> Wat doet Avaritia hier?
> De jongen werd door laffe hand geveld...

Maar in plaats van Avaritia vaarwel te zeggen door de mantel uit te doen en het masker af te zetten, zoals hij de dag ervoor had gedaan, en daar als zichzelf te blijven staan om de Waarheid vragen te stellen en ons naar een einde te brengen dat ons nog enige hoop op vergeving zou bieden, maakte hij opnieuw die overdreven revérence, waarbij zijn rechterhand ver omlaag zwaaide. Toen liep hij naar achteren, nog steeds naar de zittende figuur buigend, en zonder enig teken aan ons verdween hij in de kamer erachter.

Dit vertrek van Avaritia kwam voor ons als een volslagen verrassing en een paar tellen wisten we niet hoe verder te gaan. Toen kwam de Mensheid weer bij zijn verstand en stelde de vraag die Martin had moeten stellen:

> Hoe kwam dat kind daar, Waarheid, kunt u ons
> dat zeggen?
> Wie heeft dat vijfde kind daar neer kunnen leggen?

Stephen had van zijn fouten van gisteren geleerd en hij had zijn antwoord nu klaar. 'Laat geen mens de Waarheid tegenspreken', zei hij. 'Hij werd vanwege de beurs meegenomen en daar neergelegd.'

'Degene die me gedood heeft wilde dat de Wever de schuld kreeg', zei Thomas Wells met zijn hoge stemmetje. 'Het was de Monnik.'

Nu was het moment gekomen dat Tobias af moest gaan, zich snel moest verkleden met de korte mantel en de hoed met veren van de Boodschapper en terugkomen met het nieuws dat de Monnik opgehangen was. Hij was al op weg naar de verkleedruimte toen hij tot een halt werd gebracht doordat Martin weer ten tonele verscheen, nog steeds met zijn rode mantel aan maar nu met het voorwaar angstaanjagende masker van Superbia, ook rood op de gebogen lijnen van de mond en de verschrikkelijke opstaande randen van de wenkbrauwen na, die zwart geschilderd zijn.

Hij gaf Tobias het teken dat hij verder moest gaan en voort moest maken, kwam toen tussen ons naar voren en deed zijn armen opzij van zijn lichaam omhoog, tot schouderhoogte, met zijn palmen naar buiten, in het gebaar dat de Personages maken als zij zichzelf voorstellen. Hij bleef een paar tellen zonder te spreken in deze houding staan, met zijn masker naar de zittende Heer en de rentmeester achter hem gedraaid. Hij gaf Tobias tijd zich te verkleden. Niemand van ons bewoog. Ik stond dicht bij Straw en ik kon zijn ademhaling door het mondstuk van het moordmasker heen opgejaagd horen ruisen. Toen begon Martin met de regels waarin hij zichzelf beschreef:

> Ik ben de Trots, zoals u ziet.
> Dus heers ik rechtvaardig naar eigen zin
> Daar brengt priester nog leek iets tegenin.

Nu kwam de Boodschapper haastig naar voren met zijn hoed met veren op. 'Heren,' zei hij, 'ik breng u nieuws. De Monnik is dood, hij is opgehangen.'

Gretig – omdat we hier in ieder geval op voorbereid waren – probeerden we de ruimte met gebaar en vraag te vullen, en door die gretigheid spraken er soms twee tegelijk en onze bewegingen waren haastig en onhandig, we belemmerden met ons lichaam het zicht van degenen die toekeken. Timing- en aanspreekfouten, zou Martin die genoemd hebben. We hadden er geen flauw idee meer van waar het toneelstuk heen ging, we verdronken erin, we moesten de woorden uit de lucht happen, zoals drenkelingen naar adem happen.

Superbia schreed langzaam door de ruimte, strekte zijn nek uit en maakte de gebaren van koningschap en een zegevierende gang, bewoog als een afzichtelijke vreemdeling tussen ons door. Straw deed nu een laatste poging om ons en het toneelstuk te redden, vast te houden aan wat we afgesproken hadden en het verhaal tot een einde te brengen. Hij had het moordmasker afgezet en zijn gezicht was bleek en hij staarde onder de bonte pruik vandaan. Maar hij hield zich aan zijn rol, omdat hij wist zoals we allemaal wisten dat we alleen als toneelspelers, schepsels die te laag zijn voor de toorn van de Heer, het er met niet meer dan een geseling vanaf konden brengen. Straw deed dus zijn best op zijn nuffige pasjes en zijn schouderbewegingen, en hij deed het goed. Hij schonk geen aandacht aan Superbia, die nog steeds achter hem heen en weer liep en gebaren maakte. In het midden van de ruimte, tegenover de twee die toekeken, bootste hij doofstomheid na, waarbij hij naar zichzelf toe gebaarde met de palmen naar binnen gedraaid om op zijn aandoening te wijzen, en zijn hoofd wiegde om medelijden op te wekken. Op dat moment pleitte hij voor ons allen. Toen ging hij rechtop staan en hief zijn hoofd en sprak in verzen om het te besluiten:

De Rechtvaardigheid heeft mij mijn tong weer gegeven.
De Monnik is verhangen, hij moest boeten met zijn leven.
Hoewel ik in de gevangenis verblijf
Heb ik geen schuld aan dit misdrijf...

Ik denk dat hij hierna had willen buigen en we dat dan allemaal gedaan zouden hebben, maar Martin gaf ons niet de gelegenheid. Hij kwam nu naar voren, bewoog midden tussen ons door, siste terwijl hij dat deed – niet het slangegesis maar dat scherpere geluid dat je maakt met de tanden stevig op elkaar. Toen keerde hij zich naar ons toe, met de rechterhand omhoog in het gebaar voor belemmering. Hij stond met zijn rug naar de toeschouwers. 'De Trots zal dit besluiten, niet de Rechtvaardigheid', zei hij. 'Denken jullie dat de Trots zal toestaan dat het stuk zonder hem wordt besloten, terwijl hij de belangrijkste speler van allemaal is?' Terwijl hij sprak gaf hij ons, door zijn lichaam aan het zicht onttrokken, het teken voor een smeekbede.

We gingen in een halve kring achter hem staan, omdat we nog steeds, hoewel we volkomen verward waren, die belangrijke regel voor toneelspelers volgden dat iemand die aan het woord is niet aan het oog mag worden onttrokken. We waren verloren, we waren ons verstand kwijt en hadden afbreuk gedaan aan onze rol, maar we zaten nog steeds in het toneelstuk gevangen, net zoals we dat in die grimmige kamer waren, omdat er voor ons in onze eigen hoedanigheid geen plek was, behalve de schaduw van de galg. Het was een illusie binnen een illusie, maar we hielden er, alle argumenten ten spijt, aan vast. Zolang Straw de doofstomme vrouw was en Springer Thomas Wells en ik de Goede Raadsman konden we niet afgevoerd en opgehangen worden.

Superbia draaide zich nu naar de toeschouwers toe maar op een manier die mij deed kokhalzen en waardoor ik in die ijskoude kamer het zweet voelde prikken. Hij draaide zich heel langzaam om, nam kleine passen, hoofd omlaag, als een of ander monsterlijk beest dat in zijn rust gestoord wordt en zich uiteindelijk omdraait om degene die hem stoort te bedreigen. Die bedreiging van de Heer was het waardoor mijn hart zo'n dreun kreeg, waardoor ik dat voorproefje kreeg, als een aanval van een ziekte, van wat hij van plan was.

Hij stond nu weer rechtop en keek hen aan. Weer begon hij de nek uit te rekken en langzaam van de ene kant naar de andere vorsend rond te kijken. Hij maakte gebaren als een zwemmer, waarbij hij hindernissen opzij veegde. 'De eerste toneelspeler van allemaal', zei hij weer. 'Hij staat hier en hij zit daar.'

Ik stond op gelijke hoogte met hem en kon het masker van opzij zien en toen hij even wachtte de beweging van zijn keel. De toorts die aan de muur achter me hing flakkerde in deze ogenblikken feller en de vlam speelde over de afzichtelijke wenkbrauwen en mond van het masker en over de schouders van zijn mantel. De Heer bewoog zijn arm een beetje, de eerste beweging die ik hem had zien maken, en de havik zocht op de pols van de leren handschoen kort naar evenwicht. 'Men noemt mij bij vele namen', zei Martin. 'Als de Trots en Arrogantie, Heerschappij en Macht. Maar wat interesseren mij die namen zolang ik mijn gezag behoud?'

Hij sprak niet met zijn eigen stem. Hij klonk door de wrede en verbitterde mond van het masker, langzaam, weloverwogen, met een metaalachtig geluid erin: het was de stem van de Heer. Ik keek even naar de anderen zoals ze daar bewegingloos en stram stonden, zonder rol om te vertolken. Straw en Springer waren dicht bij elkaar gaan staan en hielden elkaars hand vast. En nu sprak Superbia weer, weer met die geleende stem.

'Wat interesseert mij één dode jongen, of vijf, of vijftien, zolang ik mijn naam en staat behoud? Het was de Trots die hof hield, die de jongen in het holst van de nacht begraven heeft, die de Monnik, die verrader, in zijn hemdjurk heeft opgehangen...'

Het was nu niet alleen de stem. Voor mijn wankele gemoed en koortsachtige ogen zag ik, toen ik van het masker van Superbia naar het gezicht van de zittende man keek, dat ze steeds meer op elkaar gingen lijken tot er in dat flakkerende licht nog maar één gezicht was, dat van het masker, met zijn grijnzende mond en uitpuilende ogen en puntige wenkbrauwen.

Deze verwarring verhoogde de paniek. Martin was er in zijn gekte toe overgegaan om de rechter in de schaduw van de rechtszetel te beschimpen, om voor deze Heer pompeus heen en weer te schrijden en zijn stem na te doen, deze Heer die ons leven in zijn hand hield. De belediging was op zichzelf al dodelijk. Maar het was niet alleen maar beledigend. Als de drievoudige aantijging waar was, kon er maar één betekenis gevonden worden om het een logisch verband te geven: Heer Richard de Guise wilde dat het lichaam van de jongen niet gezien werd omdat het op de een of andere manier sporen droeg en hij wist dat, hij wist het omdat Simon Damian de levende jongen aan zijn handen had overgedragen.

Hoe ver ze ons toegestaan zouden hebben om voort te gaan weet ik niet. Ik zag Tobias, die het meest ontwikkeld was van ons allemaal en dat nu bewees, in beweging komen, weer in het toneelstuk naar voren treden, in het zicht van Martin, waarbij hij zijn hand omhoog stak en het teken voor verwijt maakte, dat lijkt op het teken voor overspel behalve dat de hand met de vingers naar voren wordt gehouden. Ik denk dat hij ons zelfs nu nog van de ondergang had kunnen redden, door de Trots voor zijn arrogantie te berispen, maar voor hij kon spreken klonk er tumult bij de deur en een jonge vrouw kwam snel binnen, blootshoofds, met een donkere mantel over haar avondjurk van lichtblauwe zijde.

Ze bleef staan toen ze ons zag, ongetwijfeld een vreemde aanblik in die zwijgende kamer, waar de Trots nog steeds zijn zwembewegingen stond te maken en Tobias stram met zijn arm naar hem geheven en de anderen nog steeds in ons aan de grond genageld groepje. Toen liep ze weer naar voren en ging naast de stoel van de Heer staan en hij maakte een vinnig gebaar naar ons en het spel stopte.

'Het spijt me dat ik u stoor, vader', zei ze. 'Ik wist niet waar de toneelspelers naartoe gebracht waren. Heer Roger van Yarm, die vandaag gewond is geraakt, maakt het slecht, de arme ziel, hij haalt de ochtend niet en de Kapelaan die het Sacrament kan toedienen is nergens te vinden.'

De rentmeester was opzij gaan staan toen zij eraan kwam en de Heer draaide zich in zijn stoel naar haar toe. Hiervan maakten wij gebruik om Martin verwijtend aan te staren. Straw gebaarde hem dat hij zijn masker af moest zetten, maar hij maakte geen aanstalten dat te doen.

'Het spijt me dat te horen,' zei de Heer, met een minder kille stem dan waarmee hij tegen ons gesproken had, 'maar ik begrijp niet waarom je me dat nu moet komen vertellen, terwijl ik hier bezig ben.'

'Moeder heeft me gestuurd', zei ze. 'Ze heeft van een dienstmaagd gehoord dat een van de toneelspelers priester is. Misschien is dat hem, die zo gekleed is.'

De ogen van vader en dochter waren nu op me gericht. Even later sprak de Heer met de rentmeester, die een vinger kromde en me naar voren gebaarde. Ik ging voor de stoel staan. Ik bevond me nu buiten de speelruimte, ik was Nicholas Barber, voortvluchtig priester, ziek van doodsangst. Hij hief zijn hoofd om me te bekijken en de valk voelde de beweging en deed een precies stapje opzij en het was zo stil in de kamer dat ik zijn klauw op het leer hoorde krassen.

De Heer had zijn oogleden omhoog getrokken en hij staarde me aan, kalm en kil, zonder nieuwsgierigheid of zelfs maar een zweem van een vraag. Ik trof zijn grimmige blik maar heel even, sloeg toen mijn ogen neer. 'Goed,' zei hij, 'je bent ervoor gekleed. Is het waar dat je priester bent?'

'Ja, Heer, dat is waar', zei ik.

'Hij zou mee kunnen komen en hem de laatste eer bewijzen', zei het meisje. 'Daarna laat ik hem hier bij u terugbrengen. Het zal niet lang duren.' Ze aarzelde een ogenblik, zei toen: 'De Ridder kan niet spreken.'

De Heer aarzelde even, bracht zijn ongehandschoende hand naar zijn oor omhoog en nam de lel tussen vinger en duim. Toen knikte hij. 'Misschien heb ik wel genoeg gezien', zei hij. Hij keek naar de rentmeester. 'Er gaat één gewapende man met hem mee. Jij en de andere man blijven bij mij. Naderhand moet onze priester weer teruggebracht worden naar de kamer waar ze eerst vastgehouden werden.'

Met de dame voorop en de gewapende man kletterend achteraan, gingen we die kamer uit, waar ik zeer dankbaar voor was, en volgden een route waar ik te zeer voor in de war was om er veel van te merken, naar de plek waar ze de stervende Ridder hadden ondergebracht.

Hij lag in een kamer zonder ramen op een lage bank met kussens, met een witte gewatteerde deken tot zijn kin opgetrokken en wit lijnwaad als weer een helm om zijn hoofd gebonden en aan weerskanten kaarsen. De schildknaap zat bij zijn voeten geknield en huilde. In de muur achterin zat een lage deur en daar stond een tafel naast, gemaakt van een plank en schragen en daarop lagen doeken en een kan water en een ondiepe kom met de olie erin. Hier stond een dienstmaagd bij en de dame van het huis zat naast het bed. Ze stond op toen ik binnenkwam en ging zonder iets te zeggen weg en de schildknaap schoof naar achteren om ruimte voor mij te maken.

Het windsel zat vlak boven de wenkbrauwen van de Ridder en zijn gezicht was zo bleek als het lijnwaad. De ogen waren bruin met lange wimpers en ze waren op iets heel dichtbij of heel ver weg gericht. Zijn mond stond een beetje open en de adem moest zich aan hem ontworstelen. Ik vroeg hem of hij zijn zonden oprecht berouwde en klaar was om te biechten, maar de ogen veranderden niet en toen begreep ik dat de slag hem van zijn gehoor en spraakvermogen had benomen. Hij leek me erg jong, nauwelijks ouder dan een jongen. De huid van zijn gezicht was glad, waardoor het litteken op zijn wang des te meer vreemd misplaatst leek. De Dood zou de Ridder in het geniep uit zijn jeugd wegrukken. En hij was na; zijn ogen rustten al op de Dood.

Ik kon iemand die geen blijk van berouw gaf of zijn zonden uitsprak geen absolutie geven. Ik nam de olie en zegende hem en ik begon de woorden voor het zalven van de zieken en stervenden te spreken en zijn ogen en oren en mond met het Heilig Oliesel aan te raken. Hij gaf er geen blijk van in de gaten te hebben wat er gedaan werd, hij die zich nog maar een paar uur tevoren trots voor het steekspel met de kleuren van zijn afkomst had getooid en zijn extravagant ontworpen helm had opgezet, waarmee hij net als toneelspelers voor zijn rol een masker had voorgedaan. Nu trad hij uit de speelruimte terug met geen andere rol te spelen dan deze laatste van het sterven, die ons allen te wachten staat. Wat er verder nog restte gaf ik hem uit mijn magere voorraad. Ik sprak de woorden die hij niet kon horen, ik zegende zijn zwakker wordende zintuigen. Ik gaf hem mijn eigen berouw, mijn eigen hoop op de Hemel.

Het ogenblik waarop hij stierf was niet precies te zien, aangezien zijn ademhaling al een tijdje eerder was afgezwakt en zijn ogen niet meer konden zien. Van het ene ogenblik op het andere, zonder beweging of geluid, terwijl ik het Kruis voor hem hield, vloog zijn ziel weg. Maar de schildknaap wist het en hij kwam naar voren en knielde bij het lichaam neer, in mijn plaats. En de dame kwam, toen ze dit zag, aan de andere kant naderbij. De dienstmaagd wist misschien niet dat hij dood was, ze had zich naar de tafel omgedraaid, ze maakte een doek nat om het doodszweet van zijn gezicht te vegen. In deze paar ogenblikken keek niemand naar mij. Buiten de deur waardoor ik binnen was gekomen stond de gewapende man nog steeds te wachten. Maar er was ook die andere deur.

Het moeilijkste, als zo'n impuls zich eenmaal heeft aangediend, is om langzaam te bewegen. Met drie stappen was ik dichtbij genoeg. Ik stond met mijn rug naar de deur en probeerde hem achter me: hij was niet op slot, hij gaf mee onder mijn hand. Ik aarzelde niet langer maar week achteruit de kamer uit naar de smalle overloop erachter, sloot zachtjes de deur achter me. In de laatste bundel licht van de kamer waaruit ik vertrok kon ik vlak voor me twee treden zien en een gang die daarvandaan liep, smal maar recht. Er zat een klink op de deur met een houten grendel en die duwde ik terug in het slot. Er was geen licht, maar ik liep zo snel ik kon voorwaarts. Ik had geen plan en geloofde niet echt dat ik zou kunnen ontkomen. Ik werd door angst gedreven, maar voor iemand als ik is angst een krachtige bondgenoot, die het verstand scherpt en de voeten vleugels geeft.

Fortuna hielp me, net als ze gedaan had door de manier

waarop de Ridder was gestorven. Ik bereikte het einde van de gang zonder dat ik hoorde dat iemand achter me de deur probeerde te openen. Daar was een bocht, toen weer een gang, waarlangs ik tastend mijn weg zocht. Aan mijn voeten begon plotseling een trap en ik struikelde en viel bijna. Het was een korte trap – maar zes treden. Ik herinnerde me dat we twee trappen waren afgedaald toen we voor de Heer moesten verschijnen en dus leek het me dat ik misschien op de begane grond van het kasteel zou belanden.

En dat bleek ook het geval te zijn. Van deze trap kwam ik in de galerij van de hal terecht, die nog steeds vaag verlicht was door kaarsen en de smeulende sintels in de haard, hoewel hij verder vrij verlaten was. Bij het avondmaal was gemusiceerd; de standaarden van de muzikanten stonden nog langs een kant van de galerij opgesteld. Voor het smeulende vuur sliep een hond maar hij sloeg geen acht op me toen ik boven langs liep. Er stonden nog borden op de lange tafel en de hoge stoel van de Heer stond naar achteren geschoven zoals hij hem had achtergelaten, met aan weerskanten de banken. Uit de keukens hoorde ik stemmen van bedienden, maar niemand kwam de hal in toen ik de trap af kwam en de vloer overstak.

Het moment dat ik buitenkwam, waar ik zo naar verlangd had, was het ergste van alles, omdat er net toen ik dat deed stemmen en bewegende toortsen op de binnenhof waren en aanvankelijk dacht ik dat ze mij achterna zaten en bleef ik waar ik was, in de schaduw van de muur. Toen zag ik dat er een paar van hun paard stapten en dat zich dames onder hen bevonden, en ik begreep dat dit gasten waren die laat arriveerden. Maar ik was bang om gezien en ondervraagd te worden, dus ik liep weg, waarbij ik dicht langs de muur bewoog. De maan scheen, licht genoeg om bij te zien. Ik sloeg een steeg met kiezels in, van boven open maar met aan weerszijden muren. Ik had er nog steeds geen idee van hoe ik uit het kasteel kon ontsnappen. De grote poort kwam niet in aanmerking, de wachter zou onderhand al gewaarschuwd zijn.

Op dit moment schonk Fortuna mij haar gunst en bewees ze

dat dat gezegde van Terentius, dat ze de dapperen begunstigt, niet altijd waar is. De steeg liep dood tegen een hoge muur maar er zat een poort in met een open valhek erboven. Ik kwam op een veld met platgetrapte sneeuw terecht. Recht tegenover me waren het hek en de omheining en de lege tribunes: ik bevond me op het toernooiveld.

Hoelang ik ook moge leven, ik weet dat dat moment me altijd bij zal blijven. Het maanlicht glansde op de pieken in de sneeuw en wierp paarse schaduwen in de kuilen. Ik moest een open veld oversteken, dan waren er de stijlen van het hoge paviljoen, vlak naast de muur.

Ik stak het open veld rennend over. Ik kan goed klimmen zoals ik al gezegd heb, van jongs af aan ben ik behendig en lichtvoetig geweest – dat was het waardoor Martin zich liet overhalen me in de troep op te nemen. Ik had er niet lang voor nodig om de dakspanten te bereiken en me vandaar naar de balustrade van de muur te slingeren. Het was drie keer mijn lengte of meer boven de grond, maar ik kon nu al aardig buitelen en de sneeuw lag dik tegen de onderkant opgewaaid. De landing deed mijn ruggegraat knarsen en sneed me de adem af maar er waren geen botten gebroken. Ik bleef daar wachten tot ik weer kon ademen, ging toen op weg naar de flauwe, her en der verspreide lichtjes van de stad daar beneden.

Vijftien

Ik stelde me zolang ik kon verdekt op, ging niet over de weg uit angst dat men mij achterna zou komen – het licht was hel genoeg om er een man zich tegen de sneeuw te zien voortbewegen. Maar uiteindelijk kwam niemand mij achterna. Misschien dacht men dat ik me in een of ander hoekje van het kasteel verborgen hield; of misschien vonden ze het zinloos om in het donker te zoeken, zelfs met honden. Wat de reden ook was, ik was er dankbaar voor, voor mijzelf en voor de anderen, want ik redeneerde dat zolang ik op vrije voeten was, zij minder kans liepen dat men hen iets aandeed.

Toen ik bij de herberg aankwam was ik tot mijn middel nat en verkleumd en uitgeput, nauwelijks in staat om zonder wankelen te lopen. De binnenplaats lag er verlaten bij. Nergens klonk geluid, maar bij een van de kamers boven was een kiertje licht tussen de luiken te zien. Het was de kamer aan het eind van de galerij, die van de Rechter. De deur van de herberg was nog open. Ik liep de trap op en liep geruisloos over de gang naar de laatste kamer. Onder de deur kwam licht vandaan. Ik bleef daar een paar tellen staan, terwijl ik eerst naar mijn eigen bonzende hart luisterde en toen naar een stem in de kamer die bromde en stilhield en weer sprak. Ik raapte alle moed die ik had bij elkaar en roffelde met mijn knokkels tegen het deurpaneel.

Ik hoorde de stem stoppen met praten. Toen werd de deur geopend en een man van middelbare leeftijd stond op de drempel, een magere man, met scherpe gelaatstrekken, gekleed in een zwarte jas zoals advocaten die dragen. Zijn ogen gleden over me heen, mijn kaalgeschoren hoofd, de natte en verfomfaaide rokken van mijn habijt. 'Wat wilt u?' zei hij, op niet erg vriendelijke toon.

Achter hem stond een grotere man, in het midden van de kamer.

'Ik zou met de Rechter willen spreken', zei ik.

'Waarover?'

'Het gaat over de vermoorde jongen', zei ik. 'Ik ben priester... ik ben een van de toneelspelers.'

'Het is laat', zei hij. 'Mijn Heer de Rechter is bezet. Kan het niet tot de ochtend wachten?'

'Laat hem binnenkomen.'

Het werd niet erg hard gezegd, maar het was de stem van iemand die gewend is bevelen te geven. De man bij de deur ging opzij en ik trad de kamer binnen. Er stond een bureau met rollen erop en in de haard brandde een best vuur. In een driearmige koperen muurkandelaar brandden lange kaarsen en ze gaven een heldere vlam die je alleen van goede talk krijgt. Die konden beslist niet door de herberg verstrekt zijn, net zomin als de rood met gouden damasten kleden aan de muren. Tegenover me stond een man met een corpulent postuur en een flinke lengte, gekleed in een zwart kalotje en een zwartfluwelen mantel die bij de hals door een met edelstenen ingelegde speld bijeen werd gehouden. 'Wel,' zei hij, 'een priester die toneelspeler is, is niet zo zeldzaam, zeker niet onder priesters die bevorderd worden, nietwaar Thomas?'

'Inderdaad, heer.'

'Een toneelspeler die tevens priester is, dat geef ik toe, is zeldzamer. Dit is mijn secretaris, een zeer veelbelovend advocaat. Hoe heet u?'

Ik vertelde het hem maar ik denk niet dat hij er acht op sloeg, toen niet. Toen ik sprak keek hij me beter aan en zijn gezicht veranderde. 'Pak een stoel voor hem', zei hij. 'Hier bij het vuur. Geef hem een glas van die rode wijn die we meegebracht hebben.'

En eerlijk gezegd denk ik dat hij me ervoor behoed heeft om in de plotselinge warmte en helderheid van die kamer flauw te vallen.

'Zulke wijn zul je niet in een herberg als deze vinden', zei hij, terwijl hij keek hoe ik dronk. 'Ik heb het toneelstuk hier vanuit mijn raam gezien. Het was heel goed gedaan – niet zomaar doorsnee. Jullie eerste toneelspeler is een zeer getalenteerd man.'

'Het zou beter voor ons zijn als hij dat wat minder was', zei ik.

'Werkelijk?' Hij mijmerde even, terwijl hij naar het vuur keek. Zijn gezicht was zwaar en hing in plooien naar beneden, alsof er te veel vlees op het bot zat; maar hij had een hoog voorhoofd en zijn mond was krachtig gevormd. Toen hij naar me op keek, stonden zijn ogen nadenkend en kil – ik had de indruk dat ze ook op de een of andere manier verdrietig stonden, alsof ze iets wisten dat niet zo hoog aangeslagen werd. 'Wat brengt u hier?' zei hij en hij gaf de secretaris een teken dat hij mijn glas moest bijvullen.

Hierop vertelde ik hem alles wat er gebeurd was, waarbij ik de dingen in de volgorde waarin ze gebeurd waren probeerde te houden, wat door mijn vermoeidheid niet meeviel, wat ongeacht mijn conditie niet mee zou zijn gevallen, waar er zoveel op toeval en vermoeden had berust.

Ik vertelde hem hoe ik door de dood van Brendan in de troep terecht was gekomen en hoe die dood de troep vervolgens naar de stad had geleid. Ik vertelde hem over onze mislukking met Het Toneelstuk van Adam en hoe wanhopig we geld nodig hadden gehad om naar Durham verder te kunnen reizen. Ik vertelde hem van Martins plan om over de moord op Thomas Wells een toneelstuk te maken, wat iets was dat de stad toebehoorde.

'Aanvankelijk twijfelden we er niet aan, toen we begonnen, dat het meisje schuldig was', zei ik. 'Er was geen reden om er anders over te denken, ze was voor de rechter gebracht en ervoor veroordeeld. Maar hoe meer we ontdekten, hoe moeilijker het was om dit te blijven geloven. En het kwam niet alleen door de dingen die we te weten kwamen door rond te vragen.' Ik aarzelde nu, ik kwam bij het deel dat het moeilijkst te geloven viel. Zijn ogen rustten met diezelfde uitdrukking op me, aandachtig en kil maar niet onvriendelijk. 'Door het toneelstuk kwamen we dingen te weten', zei ik. 'Door de rollen die we kregen kwamen we dingen te weten. Het is iets dat zich niet gemakkelijk laat uitleggen. Ik speel nog maar net toneel maar het kwam mij voor alsof ik droomde. De toneelspeler is zichzelf en iemand anders. Als hij naar de anderen in het toneelstuk kijkt, weet hij dat hij deel uitmaakt van hun gedroom, net zoals zij deel uitmaken van dat van hem. Hieruit vloeien gedachten en woorden voort die hij buiten het toneelstuk niet gauw in zijn geest zou toelaten.'

'Ik begrijp het, ja', zei hij. 'En toen jullie de moord naspeelden...'

'Wees het aldoor ergens anders heen dan naar het meisje, eerst naar de Benedictijn, omdat hij had gelogen.'

Ik wilde hem over die leugens gaan vertellen maar hij stak een hand op. 'Ik heb de verklaring van de Benedictijn gelezen', zei hij.

Het was het eerste keer dat hij er blijk van gaf zich met de kwestie beziggehouden te hebben en hierbij sprong mijn hart op. 'Maar vervolgens werd hij opgehangen', zei ik. 'Ze hebben hem de hemdjurk van een boeteling aangetrokken en zijn handen vastgebonden en hem opgehangen. En wij dachten dat het een straf moest zijn omdat hij ervoor gezorgd had dat deze ene jongen gevonden werd. Maar alleen de machtigen zouden op die manier straffen, degenen die hun macht van God of van de Koning krijgen.'

'Wij dienaren van de Kroon zouden zeggen dat dat precies hetzelfde is, hè, Thomas?'

'Ja, heer.'

Hij had een beetje geglimlacht toen hij dit zei, en weer zag ik een of ander soort verdriet op zijn gezicht, iets waarvan ik vermoedde dat het er niet altijd geweest was, iets dat in de loop van een jarenlang goed leven en door het gezag van zijn positie was ontstaan. 'Nu dan,' zei hij, 'de Monnik nam het lichaam van Thomas Wells mee, nadat iemand anders hem gedood had, en legde het daar op de weg neer. Toen heeft die iemand anders, of een ander, de Monnik gedood. Hebben jullie jezelf niet afgevraagd waarom hij precies dat tijdstip had uitgekozen om het lichaam van de jongen terug te brengen? Waarom wachtte hij zo lang? Het was een gevaarlijk tijdstip, nietwaar? Het moet al licht zijn geworden. In feite heeft die man, Flint, de jongen niet lang daarna gevonden.'

'Misschien was hij toen pas gedood.'

Hij schudde zijn hoofd. 'De jongen werd in de middag, toen het donker werd, meegenomen. Degene naar wie hij werd toegebracht, moet hebben zitten wachten, ongetwijfeld ongeduldig. Het is niet waarschijnlijk dat Thomas Wells bij nader inzien werd gewurgd. De dageraad is een gebruikelijk tijdstip om jezelf te doden, maar niet om anderen te doden. Tenzij het op Koninklijk Bevel is, hè, Thomas? Geef hem nog wat wijn, een half glas maar – hij zal zijn verstand nog nodig hebben.'

'En dan was er nog al die haast', zei ik. 'En de rentmeester kwam en betaalde de priester en zorgde ervoor dat de jongen begraven werd. Het begon erop te lijken – '

Plotseling werd ik bang en stopte ik, terwijl ik naar het vlezige gezicht met de felle ogen voor me keek. De wijn maakte mijn tong los, maar er school gevaar in een dergelijke openhartigheid. Was ik uit de ene val ontsnapt om in een andere te trappen? 'We hadden geen kwaad in de zin, het was alleen maar om een toneelstuk te maken', zei ik. 'We werden erheen gedreven, stap voor stap.'

'Er is niets om bang voor te zijn', zei hij. 'Daar geef ik mijn woord op. Ik zal niets van je verlangen, alleen deze verklaring.'

Ik kon alleen maar hopen dat dit waar was. Ik was nu te ver gegaan om nog terug te krabbelen of er het zwijgen toe te doen. 'Toen raakte Martin bezeten van liefde voor het meisje', zei ik. 'Het ging alle rede te boven, hij heeft haar maar één keer gezien.'

Toen vertelde ik hem over onze arrestatie en hoe we een nacht en een dag werden vastgehouden, vervolgens voor de Heer werden gebracht en het toneelstuk moesten opvoeren, maar in een privé-vertrek en alleen voor de Heer en de rentmeester, en hoe Martin ons had bedrogen.

'Jullie moeten de eerste toneelspelers zijn geweest die een voet in de privé-vertrekken van Heer Richard hebben gezet', zei hij. 'Hij is dol op muziek, zeggen ze, maar niet op voorstellingen en toneelstukken. Hij is een man van het sobere leven.' Dit zei hij bijna met medelijden, alsof het een of andere geestesafwijking betrof.

'Nou,' zei ik, 'de kamer was vrij sober, er stond niks in behalve een stoel. Nergens viel iets op, behalve de geur van de pest toen we langs liepen.'

Ik had dit als een overweging achteraf gezegd maar hierop deed hij zijn hoofd omhoog en richtte zijn ogen op mijn gezicht. 'De pest? Weet je dat zeker?'

'Dat weet ik zeker, ja. Het is een geur als geen ander. Als je hem eenmaal kent, herken je hem altijd weer. Hij kwam uit een kamer waar we onderweg langs liepen.'

'Misschien was degene die zich binnen bevond al naar zijn Rechter vertrokken?'

'Dat denk ik niet.' Ik probeerde het me te herinneren, niet omdat ik de kwestie zelf belangrijk achtte, maar doordat hij er zo overduidelijk belangstelling voor had. Daar was de korte gang, de deur die plotseling openging, de zuster met sluier en kap die over de mouwen van haar habijt de witte doeken gedrapeerd had, de geur van de levende dood die ons achtervolgde. 'Het was niet meer dan de indruk van een moment, toen we voorbij liepen', zei ik. 'Ik denk dat er op de een of andere manier nog voor degene die zich in de kamer bevond gezorgd werd.'

Hij was lange tijd stil. Toen knikte hij vaag en naar het scheen onverschillig en keek de andere kant op. 'Ja, ik begrijp het', zei hij. 'Stel je voor, Thomas. Deze toneelspeler, uit het niets opgedoken, doet het masker van Superbia voor en schotelt het hem blik voor blik voor, in zijn eigen kamer. Heer Richard de Guise, een van de machtigste baronnen ten noorden van de Humber, met land dat zich van hier tot zover als Whitby in het oosten uitstrekt, die zijn eigen recht toepast, niet dat van de Koning, en die zijn eigen leger heeft en zijn eigen hof en zijn eigen gevangenis.'

'De man moet gek zijn', zei de secretaris.

'Noem je dat gekte?' Zijn ogen keken weer naar mij. 'Ik dacht dat liefde ervoor zorgde dat een man zijn leven zou willen bewaren, niet weggooien.'

'Hij is een man van uitersten. Bovendien had hij de hoop dat het meisje gered kon worden verloren. Hij wist niet...' Hier was ik genoodzaakt even te stoppen en mijzelf in acht te nemen, want uit dankbaarheid dreigden er tranen te komen. 'Niemand van ons wist', zei ik, 'dat u was gekomen om het recht van de Koning toe te passen en dit smerige onrecht teniet te doen.'

En nu rustten zijn ogen helemaal op mij, samengeknepen in een kritische blik die half geamuseerd, half ongelovig leek. 'Het recht van de Koning?' zei hij. 'Weet je wat dat is, het recht van de Koning? Denk je dat ik zijn zaken in York achter zou laten en in dit weer die vermoeiende mijlen zou afleggen, naar deze vreselijke herberg waar ik eten voorgeschoteld krijg dat niet eens goed genoeg is voor een varkenstrog, ter wille van een dode knecht en een doofstom geitenhoedstertje?'

'Ik dacht niet dat er een andere reden voor uw komst kon zijn. Ik dacht –'

'Je dacht zeker dat ik iemand van jullie troep was, een van de toneelspelers, die met wat vertraging gearriveerd was om het masker van Justitia in jullie Echte toneelstuk van Thomas Wells voor te zetten. De Monnik was er en de Heer en de Wever en de Ridder. En nu de Rechter, die alle dingen aan het eind weer recht zet. Maar ik zit in een ander toneelstuk. Hoe zei je dat je naam was?'

'Nicholas Barber.'

'Hoe oud ben je, Nicholas?'

'Dit is mijn drieëntwintigste winter, heer', zei ik.

Hij schoof naar achter in zijn stoel en keek me een paar tellen aan, schudde toen zijn hoofd. 'Ik heb geen zonen, alleen dochters', zei hij. 'Maar als ik er zo een had als jij, zou ik bang zijn dat onnozelheid hem tot dwaasheid en daarna tot verdriet zou strekken. Je bevindt je al in het stadium van de dwaasheid, is het niet zo? Je bevindt je zonder toestemming buiten je bisdom, je bent bij een troep toneelspelers gegaan.'

'Ja,' zei ik, 'dat is waar.'

'Wat heeft je daartoe gebracht?' Hij keek me nog steeds aandachtig aan, maar nu met een uitdrukking van gewone nieuwsgierigheid die ik op de een of andere manier verontrustender vond dan dat spottende ongeloof van daarvoor. 'Je had een zekere positie', zei hij. 'Je bent geletterd. Je had op promotie kunnen hopen.'

'Ik ben, of was, een van de onderdiakens van de Kathedraal van Lincoln', zei ik. 'Ik was ontboden om voor een weldoener de Homerus van Pilato over te schrijven, een ontzettend saai en langdradig werk. Het was de maand mei, buiten mijn raam floten de vogels en de meidoorn stond in bloei.'

'Was het zo eenvoudig?' Hij keek even opzij. 'Niet meer dan een impuls.' Zijn ogen gleden over de rijke kleden aan de muren, de heldere vlammen van het vuur, de zwijgzame en aandachtige secretaris. 'Thomas heeft nog nooit zoiets gedaan, of wel, Thomas?'

'Nee, heer.'

'Thomas zal op een dag in de Rechtbank van de Koning zitten.' Hij keek me weer aan. 'Ik heb ook nog nooit zoiets gedaan. Ik heb maar voor een rol gestudeerd en gewerkt. Als een dergelijke impuls zich aan mij had voorgedaan, had ik het voor een ziekte aangezien.'

Hij zweeg en even klonk er geen geluid in de kamer behalve het fluisteren van het vuur. Toen bewoog hij zich plotseling, alsof hij wakker werd. 'Thomas en ik hebben wat privé-zaken af te ronden.' zei hij. 'Ik zal je vragen om even ergens anders te wachten. Daarna zullen we samen een korte reis maken. Maar eerst zal ik je iets vertellen over het recht van de Koning, hoewel ik niet de hoop heb dat je daar minder onnozel van wordt. Sinds een jaar of twaalf of langer, sinds ik voor het eerst in nauw overleg met de Koning kwam te staan, hebben we problemen gehad met deze stijfkoppige De Guise. Hij houdt meer mannen onder de wapenen dan nodig is en ze zijn onhandelbaar en tiranniek en ze bedreigen de rust in het rijk, en de gelden die de Koning toekomen gaan op aan het betalen van hun loon. Hij spant met anderen samen om het recht van de heren in stand te houden, als de adel van het rijk, om recht te spreken over hun medemensen, waarmee ze het recht van de Koning om straf op te leggen ontkennen. Hij neemt de wet in eigen hand. Alleen Koninklijke Gevolmachtigden hebben de macht om gevallen van ernstig misdrijf in de graafschappen te berechten, en alle boetes en onteigeningen zouden naar de Koninklijke Schatkist moeten gaan, maar deze Heer kent een dergelijke rechtsmacht aan het hof van zijn Drost toe en alle gelden gaan naar zijn geldkisten.'

Hij was even stil, hield zijn lippen op elkaar geklemd. 'Begrijp je?' zei hij. 'Zo'n man kun je alleen met geweld aan. En dit is niet de tijd voor geweld, nu de trouw van het volk niet zeker is en het Lagerhuis altijd klaarstaat om oproer te kraaien. Maar ik heb hem in het oog gehouden, er was iemand uit zijn gevolg die mij verslag uitbracht. Toen kregen we, een jaar geleden, verhalen te horen over verdwenen kinderen, degenen die jij kent en anderen, kinderen die door de stad zwierven, weeskinderen die bij de kasteelpoort kwamen bedelen. Altijd jongens. En nu dit geval van Thomas Wells, die gevonden werd, en eindelijk een spoor dat naar het huis van De Guise leidt.'

Hij was even stil, glimlachte en strekte zijn witte handen naar het vuur uit alsof hij nog steeds de heerlijke warmte van die kans koesterde, en de edelstenen aan zijn vingers fonkelden in het licht van het vuur. 'Ik heb deze zaak heel zorgvuldig bestudeerd', zei hij. 'En ik ken er nu de ware toedracht van.'

'En nu zorgt u dat hij berecht wordt en dient u tegelijkertijd het belang van de Koning.'

Hij schudde zijn hoofd en glimlachte weer. 'Ik kan goed merken dat je de verkeerde boeken hebt moeten overschrijven', zei hij. 'Denk je dat hij zich gedwee zal laten berechten? Het recht laat zich minder gemakkelijk op de machtigen toepassen dan op de weerlozen. Hij maakt zich nog het meeste zorgen over de goede naam van zijn huis. We mogen ons gelukkig prijzen met de aard van de misdaad.'

'Gelukkig? Thomas Wells zou dat niet zeggen, als hij kon praten.'

De glimlach vervaagde en zijn ogen knepen zich samen toen

hij naar me keek in het zware gezicht en ik begreep wat het kon betekenen als je een obstakel was op de weg van een man als hij. 'We verspillen geen tijd aan wat we niet kunnen veranderen, tenzij we er gebruik van kunnen maken', zei hij. 'Het wordt tijd dat je dat leert, Nicholas Barber. De manier waarop de jongen gedood werd, is iets waar we gebruik van kunnen maken. Er is doodzonde en doodzonde. Sommige doodzonde kan een trots als die van hem extra glans verlenen. Maar de zonde van de sodomie niet, denk ik. Nee, ik zal met hem praten en hij zal luisteren, en hij zal blijven luisteren, zolang hij leeft.' Hij was een ogenblik stil en zijn uitdrukking werd wat zachter. 'Een ding was me nog niet duidelijk en jij hebt daar vol het licht op laten schijnen. Ik ben je dankbaar.'

'Wat heb ik dan gedaan?'

'Dat zul je later begrijpen. Je zult nu een poosje op ons moeten wachten. Dan gaan we samen een ritje maken en ik beloof je dat er aan het einde verlichting zal zijn.'

'Naar het kasteel?'

Hij ging staan en stond vanaf zijn grotere hoogte op mij neer te kijken. 'Niet naar het kasteel', zei hij.

Ik was op weg naar de deur toen hij weer sprak. 'Jou zal geen kwaad geschieden. Wacht beneden op me, loop niet weg. Na deze reis zal het in mijn macht liggen om het meisje uit te gevangenis te bevrijden en aan jou over te dragen.'

'En de anderen, wat gebeurt er met hen?'

'Ja,' zei hij, 'zij ook. Heb geen vrees, het zal nog niet te laat zijn. Gisteren, toen jullie meegenomen werden, heb ik Heer Richard een briefje gestuurd, genoeg om hem respijt te geven. Dat is wat ik voor je vrienden kan doen. Voor jou kan ik een goed woordje doen bij de Bisschop van Lincoln, als je wenst terug te keren.'

Ik had hem willen bedanken maar hij wuifde me met zijn hand weg en de secretaris kwam naar voren om me uit de kamer te laten. Ik liep de trap weer af en de binnenplaats op. Terwijl ik stilletjes en dicht langs de muur bewoog baande ik mijn pad naar de schuur en probeerde de deur: hij zat aan de binnenkant met een ketting vast. Ik rammelde de deur tegen de ketting, niet te hard. Van binnen klonk het geluid van een hond, iets tussen geblaf en gejank in. Toen hoorde ik Margarets stem, loom van de slaap, vragen wie daar was.

'Ik ben het, Nicholas', zei ik, terwijl ik mijn mond vlak bij de deur hield.

Na een paar tellen hoorde ik de sleutel draaien en de deur werd ver genoeg opengedaan om me binnen te laten. Margaret had een kaars aangestoken en hield die in haar hand. Het licht viel naar boven over haar brede jukbeenderen en haar piekerige haar. 'Zo, je bent terug', zei ze. 'Ik was van plan tot morgen te wachten.'

Ik begreep niet wat ze hiermee bedoelde, maar voor ik kon antwoorden gaf ze me de kaars in handen en draaide zich om en groef even in het stro. Toen ze weer stond hield ze de doos vast waarin onze verdiensten zaten. 'Ik blijf geen nacht langer in dit smerige kot', zei ze. 'Er zit zestien shilling en vier pence in deze doos. Dat is over van onze verdiensten. Ik heb twee nachten logies hier moeten betalen. Die stinkerd had het in natura willen ontvangen maar ik moet hem niet. Hou de kaars eens op, Nicholas, dan tel ik het uit. Ik houd de helft voor mijzelf, die niet tot deze troep behoort en dat ook nooit gedaan heeft, net zomin als tot een ander.'

Ze begon de muntjes in mijn handpalm uit te tellen. Geen woord van begrip voor mijn ellendige toestand noch een vraag naar de anderen.

'Margaret, we hebben je niet in de steek gelaten', zei ik. 'We hadden geen keus, we moesten wel gaan.'

'Daar gaat het niet om', zei ze. 'Stil, of ik raak de tel kwijt.'

Het geld bestond helemaal uit penny's en zoveel pasten er niet in mijn hand. 'Doe het hier maar in', zei ze, en ze pakte de zwarte moordbeurs voor me, die ik voor het laatst had gezien toen Martin hem voor het publiek omhoog hield, met zijn armen helemaal uitgestrekt, alsof het de Hostie was. 'Ik heb hem bij de hand gehouden', zei Margaret.

Toen het allemaal geteld was zuchtte ze en knikte en keerde

zich om om haar doos weer op zijn plekje onder het stro te bergen. 'Ik neem de helft als betaling', zei ze. 'Een andere betaling heb ik nooit gehad. Ik wist dat ik geen deel in het spel zou krijgen, maar ik heb dingen gedaan die nodig waren en niemand anders kon ze doen en ik dacht dat ik mijn plaats in de troep zou krijgen, maar ik kreeg geen plaats, behalve wat jullie goed uitkwam. Ik wilde dit niet eerder denken, maar toen de soldaten kwamen en jullie meenamen en het niet de moeite waard vonden mij mee te nemen, toen begon ik er wel over te denken en ik wist dat ik niet meetelde.'

'Voor hun niet, nee.'

'Voor jullie ook niet', zei ze heel eenvoudig, alsof er geen tegenwerping kon zijn.

Het kwam me vreemd en onlogisch voor, en de onredelijke aard van vrouwen eigen, dat Margaret zo verontwaardigd was over het feit dat het doodsgevaar haar bespaard was gebleven en nog meer dat ze ons daar de schuld van gaf, die aan dat gevaar blootgesteld waren geweest. 'De anderen zitten nog steeds vast, ze zijn in het kasteel', zei ik. 'Ze zijn in levensgevaar.'

'Ik wil er niks over horen', zei ze. 'Zij zijn de toneelspelers, het is hun toneelstuk.'

'Waar ga je naartoe?'

'Ik ga naar Flint. Hij is vanmiddag naar me komen vragen. Die twee keer dat we bij elkaar waren zijn hem bevallen. Hij wil me bij hem in huis nemen. Hij neemt de hond ook. Hij zegt dat hij nog jong genoeg is om voor de schapen getraind te worden. De herbergier zegt dat hij voor het paard zal zorgen, hij hoopt dat er niemand terugkomt om het op te eisen.'

Ik had niet de indruk dat de hond aan Flints verwachtingen zou voldoen en ik was er ook niet helemaal zeker van dat Margaret dat wel zou doen, maar hier hield ik natuurlijk mijn mond over. 'Nou,' zei ik, 'ik wens je veel geluk, met heel mijn hart.'

Hierop glimlachte ze een beetje maar zonder veel milder te lijken en even later kwam ze naar me toe en kuste me. 'Ga terug naar je Bisschop, daar was je het beste af', zei ze.

'Nou, dat valt te betwijfelen', zei ik. 'Wat betreft die kwestie om tot de troep toegelaten te worden en een rol te spelen krijgen, kun je je troosten met het verhaal van de Duivel en de Toneelspeler, ken je dat?'

Ze schudde haar hoofd en gaapte, op een manier die niet bemoedigend was. Toch ging ik verder, want ik dacht dat het haar wellicht wat troost te bieden had.

'Het vond plaats voordat er toneelspelers waren, als we ons zo'n tijd kunnen voorstellen. De Duivel schuimde de wereld af en hij kwam een man tegen die een heel deugdzaam leven leidde en probeerde hem te verleiden. Hij probeerde allerlei soorten verlokking, de genoegens van het vlees, de rijkdommen van de wereld, roem en heerschappij. De man wees dit allemaal standvastig af. De Duivel was ten einde raad en kon niks anders bedenken dat hem aan te bieden een toneelspeler van hem te maken. Daar zag de man geen kwaad in en stemde toe en zo verloor hij de strijd en zijn ziel was verbeurd omdat een toneelspeler stukjes en beetjes van andermans ziel leent en door dit tijdverdrijf raakt zijn eigen ziel los en glijdt bij hem weg en dan kan de Duivel hem gemakkelijk opscheppen. En dat is sindsdien altijd het geval geweest met toneelspelers.'

Margarets antwoord op dit verhaal bevestigde me in mijn mening dat vrouwen niet abstract kunnen denken.

'Als Stephen aan de galg ontkomt,' zei ze, 'vertel hem dan dat Flint groot en sterk is en allebei zijn duimen heeft en nog een heleboel kraakbeen erin.'

Ik beloofde dit te doen en ze ging weer liggen om te slapen. Ik zat op het stro met mijn rug naar de muur en probeerde te denken over wat de Rechter me verteld had. De Heer moet de boodschap al ontvangen hebben, misschien droeg hij hem wel bij zich terwijl hij naar ons toneelstuk zat te kijken. Martin had hem met het masker van Superbia bespot en geprobeerd hem in Het Toneelstuk van Thomas Wells op te voeren. Maar die brief, die ik niet had gelezen en nooit zou lezen, had hem een rol in een ander toneelstuk opgedrongen, dat waarin de Rechter een toneelspeler was en de Koning ook, een groter toneelstuk waarin het lijden van de onschuldigen er niet toe deed behalve als uit te spelen troef. En terwijl mijn ogen zwaar werden van de slaap vroeg ik me af of er niet een nog groter toneelstuk zou zijn, waarin koningen en keizers en pausen, hoewel ze denken dat ze zich in het midden van de ruimte bevinden, eigenlijk alleen maar aan de rand staan...

Zestien

Ik schrok wakker door een stem bij de schuurdeur, Margaret ook, maar ik stond op en ging snel naar buiten voor zij helemaal wakker was. Er stond een man of tien op de binnenplaats, verscheidenen van hen met een maliënkolder aan en gewapend. De Rechter bevond zich in het midden, met een groep mannen met kappen op om hem heen, onder wie ik de lange ingevallen kaken van de secretaris herkende. Zij zaten te paard maar er waren anderen met muilezels en twee van hen hadden een spade tussen hun zadel gestoken en een opgerold touw. Toen ik dit zag begon ik te vermoeden wat voor reis dit was. Maar er was geen tijd om iets te vragen: er stond een muilezel gezadeld voor me klaar en ik steeg op.

De maan stond nu hoog, we reden onder een heldere hemel en toen we door de stad reden was er genoeg licht, hoewel verscheidene mannen toortsen droegen die niet aangestoken waren. We namen de weg die naar boven naar de kerk leidt, we reden nu niet zo dicht bij elkaar, met in een lange rij achteraan degenen van ons die op een muilezel reden en aan weerskanten het open veld. In de dalen en tegen de lagere hellingen van het land en omhoog tegen de stenen muren die erdoorheen liepen, was de sneeuw opgewaaid en had zich opgehoopt in vormen die in die bleke schittering van het maanlicht onafgemaakt leken, vormen van dieren en mensen die nog niet helemaal tot leven zijn gekomen, met afgestompte hoofden en ledematen, plooien waar misschien op een dag ogen zullen zitten, pokken en kuiltjes die wachten tot ze gemodelleerd worden. Eindelijk werd de sneeuw zachter, de hoeven van de rijdieren vooraan wierpen een wit stof op dat tot hun knieën kwam.

Het maanlicht maakte het gras van het kerkhof zilverig en glinsterde op de sneeuw die op Brendans graf lag, zo vers gegraven maar toch leek het al tot een ver verleden te behoren. Het geteerde kruis van de jongen stond er nog, gaf het kleine stukje grond aan waar zijn lichaam lag, en hier begonnen ze dan ook te graven, waarbij ze eerst een pikhouweel met een lang handvat gebruikten omdat de grond onder de sneeuw nog steeds keihard bevroren was. En nu werden de toortsen aangestoken en het rossige licht van brandende hennep slokte het licht van de maan op, zodat er achter de vlammen alleen maar duisternis heerste.

Ik stond binnen de kring van het toortslicht, aan de rand ervan, te kijken. De aarde onder het bevroren oppervlak zat nog losjes samengepakt en bood geen weerstand. Er werden wat gemompelde woorden uitgewisseld tussen de Rechter en een van de mannen met een kap op die vlak naast hem stond. Hierna was er alleen het wachten en het toortslicht en geen geluid behalve het schrapen van de spaden en het vallen van aarde.

Toen klonk het geluid van metaal op hout en een man ging met touwen naar beneden in die smalle ruimte en de kist werd omhoog gehaald en naast het graf gelegd en dezelfde man forceerde het deksel.

Mijn indrukken van wat er hierna gebeurde waren verward en dat zijn ze in mijn herinnering altijd gebleven. De mannen die hadden gegraven trokken zich terug. Twee van de mannen die bij de Rechter hadden gestaan gingen naar voren en een van hen droeg een toorts. Ik zag nu, toen het licht op hen viel, dat deze beide mannen over het onderste gedeelte van hun gezicht een masker van een of ander donker spul droegen, die hun neus en mond bedekte. En terwijl ze zich omlaag naar de kist bogen zag ik dat ze donkere handschoenen droegen. Er hing een lucht zoals uit de kamer in het kasteel was gekomen, maar dan zwakker. De twee die een kap en masker droegen waren met het lichaam bezig maar ik zag niet goed wat ze deden. Toen draaide de Rechter zich om en keek in mijn richting en gebaarde me dat ik bij hem moest komen. Hij stond dichter bij het lichaam maar niet zo dicht dat hij het aangeraakt zou kunnen hebben. Ik ging zoals hij me verzocht had naar hem toe en keek naar wat ze aan het doen waren en ik zag het ware gezicht van Thomas Wells, die tevoren Springers gezicht had gedragen en daarna het gezicht van de stoffen beeltenis met gaten voor de ogen waar het stro doorheen prikte. En dit gezicht was minder echt dan die twee, het was verloren gegaan in de dood. De geur was nu sterker. Ze draaiden zijn naakte lichaam alle kanten op en zijn armen en benen sleepten door de sneeuw.

In de kring van het toortslicht bevonden zich alleen degenen die met het lichaam bezig waren, en de Rechter en ik. De gewapende mannen waren ergens verderop gebleven waar de paarden vastgemaakt stonden en de anderen waren weggestuurd om zich daar bij hen te voegen. Een van de mannen met een kap op keek naar de Rechter omhoog en sprak rustig met een stem die door het masker gedempt werd. 'Er is een daad van sodomie gepleegd, dat lijdt geen twijfel, en gewelddadig ook. Het lichaam werd niet gewassen, of slechts haastig gewassen – er zijn nog bloedsporen. En er zijn sporen van wurging. Maar zijn nek is gebroken en dat is hoe hij is doodgegaan. Ik zou zeggen dat hij halfdood gewurgd is – waarschijnlijk terwijl de daad voltrokken werd – vervolgens is zijn nek met een enkele ruk gebroken. Het moet een sterk iemand geweest zijn.'

Hij was even stil, keek door het licht naar ons omhoog. Toen zei hij: 'Hij zou anders toch doodgegaan zijn, snel genoeg. U had gelijk, Heer Rechter. Hij was besmet. Kijk maar.' Hij nam de rechterpols van Thomas Wells en stak zijn arm naar ons omhoog. 'Schijn eens wat bij', zei hij tegen de man met de toorts.

In de holte van de oksel zat een zwarte zwelling ter grootte van een kippeëi en de huid hieromheen was stuk, waar toen het lichaam nog leefde een of andere stroperige substantie uit was gesijpeld die nu een donkere korst vormde. Op zijn arme gezicht en borst lagen stukjes smeltende sneeuw en die maakten een natte vlek, alsof deze uitbarsting zich verspreidde.

'Het zit ook in de rechterlies, hoewel kleiner', zei de man met de kap. ‘U zou dichterbij moeten komen om het te zien.’

‘Ik heb genoeg gezien.’ De Rechter wendde zich af. ‘Zorg ervoor dat de arme jongen weer in zijn lijkwade wordt gewikkeld en behoorlijk in de aarde wordt gelegd’, zei hij over zijn schouder, en hij liep weg, met mij bij zich.

We reden samen terug, waarbij hij ervoor zorgde dat zijn paard naast me bleef lopen en zijn mensen achteraan bleven. En onderweg vertelde hij me wat ik nog moest weten voor ik het helemaal begreep. ‘Het was de Monnik die de jongens leverde’, zei hij. ‘Er zal wel een of ander moeras of een beerput op het terrein van het kasteel zijn of een of andere geheime plek in de kelders eronder waar hij de lichamen naderhand verborg. Ongetwijfeld zou een onderzoek dat aan het licht brengen, maar zover zullen we niet hoeven gaan.’

‘Waarom zou een man zoiets slechts doen? Waar kan dat goed voor zijn?’

‘Dat zijn vragen die niet veel betekenis in zich dragen, Nicholas. Er is te veel slechtheid in de wereld om lang bij het waarom en waartoe stil te staan. Het ligt meer voor de hand om naar het zeldzamere geval te vragen en je af te vragen waarom mensen soms goed doen. Misschien vond hij het prettig om ernaar te kijken. Misschien kreeg hij betaald. Misschien wilde hij die macht die voortvloeit uit het feit dat je onontbeerlijk bent voor de machtigen.’

In mijn hart geloofde ik niet in zo’n overmacht van de slechtheid en dat doe ik nog niet, behalve een enkele keer als ik terneergeslagen ben. ‘Nou,’ zei ik, ‘de man die hij diende heeft hem voor zijn moeite laten ophangen.’

‘Hij werd voor zijn misdaden opgehangen, en om hem de mond te snoeren. En dat werd niet gedaan door de man die hij diende. De man die hij diende was al aan het doodgaan.’

Even, terwijl we doorreden, in een minder helder licht nu, omdat er wolken voor de maan dreven, dacht ik aan dat laatste, vreemd gedreven koor van ons in Het Echte Toneelstuk van Thomas Wells: *Hij was de biechtvader van de Heer, hij diende de edele Heer*... 'Natuurlijk', zei ik. 'Nu begrijp ik het. Het was de jonge heer, de zoon. Simon Damian was de biechtvader van de Heer, ja, maar hij diende de zoon. De vader moet er op de een of andere manier achter zijn gekomen, of misschien wist hij het al zoals je dingen weet maar nog niet tot je geest toelaat.'

'Het kan zijn dat de jonge man het gebiecht heeft toen hij wist dat hij ging sterven', zei de Rechter. 'William de Guise, lieveling van de dames, enige zoon des huizes, bloem van het ridderschap.'

'Dat is waarom hij in zijn kamer bleef. Dat is waarom hij niet bij het steekspel was.'

'Weet je,' zei de Rechter, 'er waren twee dingen waardoor Thomas Wells van de anderen verschilde: hij droeg een beurs met geld en hij was onlangs met de pest besmet. Misschien voelde hij zich al ziek en rustte onderweg wat uit, en dat was waarom hij zich toen de duisternis viel nog op de weg bevond. De Monnik wist van de beurs. Maar niemand wist van de tekenen van de pest totdat William de Guise, de trots en toeverlaat van zijn vader, de nek van de jongen gebroken had. Op dat moment, toen zijn lust verzadigd was, zal hij meer bij machte geweest zijn om het op te kunnen merken. Toen hij het eenmaal wist, zal hij de jongen niet meer aangeraakt hebben. Dat zou niemand gedaan hebben. Dus lag hij daar de hele nacht. Toen kreeg Simon Damian zijn idee. Hij wachtte zolang als hij durfde. Gedurende twaalf uur na de dood is de ziekte nog besmettelijk, althans dat geloven de mensen, hoewel ik dokters heb horen zeggen dat het langer duurt. Het ging erom dat het lichaam weer gekleed moest worden en voor het dag werd weer op de weg neergelegd moest worden – hij kon niet het risico lopen dat men hem zou zien. Tot vanavond was dit alles me nog niet duidelijk, tot jij me vertelde van de stank van de pest in de privé-vertrekken van het kasteel.'

Hierna reden we een tijdje in stilte voort. Ik bedacht dat de Monnik de Wever vreselijk gehaat moest hebben om zo veel risico te nemen: niet alleen de woede van zijn meester maar ook de smerige adem van de ziekte. Maar natuurlijk moet hij geweten hebben dat zijn hoerige rol uitgespeeld was. Misschien was hij op zoek naar een ander. Aan degene wiens wilde lusten hij gevoed had en die hij uiteindelijk met pestilentie en de dood had gevoed, kon geen rol meer gegeven worden, geen masker dat verschrikkelijker was dan zijn eigen gezicht.

'Van hem rest nu slechts een bedorven lucht', zei de Rechter, alsof hij de stroom van mijn gedachten raadde. 'Nadat de eerste symptomen zich aangediend hebben leeft niemand langer dan zes dagen. Het is nu zes dagen geleden dat de Monnik met de dode jongen op pad ging. Het moet rond dit tijdstip van de ochtend geweest zijn. Kijk, het wordt al licht.'

Voor ons, boven de daken en schoorstenen van de stad, stonden de eerste lijkbleke strepen van een nieuwe dag. We kwamen nu bij de straat waar de gevangenis was. Er restte nog één vraag, die mijn ziel zeer kwelde. Ik herinnerde me Stephens woorden en zijn redenaarsgebaar toen hij dronken in de schuur zat, zijn lange benen voor zich uitgestrekt. *Daarvoor niks...*

'Waarom alleen nu, in deze afgelopen maanden?' zei ik. 'Waarom niet eerder? In wat voor vorm heeft de Hel de jonge heer bezocht terwijl hij al man was geworden?'

De Rechter keek even naar me omlaag. De kap die hij droeg wierp een donkere schaduw over zijn gezicht en ik kon er geen uitdrukking aan aflezen. 'Je vraagt aldoor naar het waarom van de dingen', zei hij. 'Het zaad was er. Elke plant moet groeien en het kan lang duren maar als ze er zijn gaan de bloemen snel open. En deze kregen van de Monnik zon en water, ongetwijfeld een zeer verfijnd tuinier.'

We kwamen bij de gevangenisdeur en een van de gewapende mannen sloeg er met een maliënvuist op. De cipier was aan het mopperen toen hij door het traliewerk keek, maar hij viel stil toen hij zag met wie hij te maken had en hij opende de deur voor ons en boog diep. Ik bleef alleen wachten, daar in de steeg. Er waren nog anderen die buiten bij de paarden bleven maar ik bleef op een afstandje van hen staan. Het antwoord van de Rechter had me niet tevreden gesteld. Ik vroeg me af wie er zo'n zaadje geplant zou hebben en wanneer dat gebeurd zou zijn. Ik dacht dat het misschien door Satan was gedaan op een moment dat Heer William sliep of toen hij te jong was om het te weten, misschien zelfs jonger dan deze Thomas Wells die hij gemarteld en gedood had...

Toen ze weer naar buiten kwamen liep het meisje vrij tussen hen in. 'Ik draag haar nu aan jou over', zei de Rechter en hij bracht haar naar me toe en legde haar hand in de mijne. Maar ik was het niet die ze moest bedanken en dat wist ze. Ze maakte geen geluid maar toen de Rechter, geholpen door een van zijn mensen, weer in het zadel was geklommen, liep ze bij me weg en ging naar hem toe en reikte naar zijn hand om die te kussen. Het was het eerste gebaar van haar vrijheid. Hij keek glimlachend op haar gebogen hoofd neer, de eerste glimlach zonder ironie die ik op zijn gezicht had gezien. En ik kon niet anders dan denken hoe vreemd het was, dat hij die dankbaarheid moest oogsten en het als zijn verdienste zag – ik kon aan zijn gezicht zien dat hij dat deed – terwijl haar leven hem niks interesseerde, terwijl zij maar ternauwernood aan de ophanging was ontsnapt, bij wijze van overweging achteraf, een toevallige verandering in het betoog van een toneelstuk.

'Dit is een voorbeeld van het recht van de Koning', zei ik. 'Hoe zit het met dat van God?'

Hij wendde zijn paard, glimlachte nog steeds. 'Dat is moeilijker te begrijpen', zei hij. 'Het is niet de Koning die ons met pestilentie bezoekt. Ik heb veel aan je gehad, Nicholas Barber, en als ik kon zou ik je helpen. Heb je nog verder nagedacht over mijn aanbod om je weer in een goed daglicht te stellen bij je Bisschop?'

Eerlijk gezegd had ik daar niet veel aan gedacht, omdat ik nauwelijks tijd voor reflectie had gehad. Maar toen ik in dit eerste licht van de dag naar hem opkeek wist ik hoe mijn antwoord moest luiden, en het was wat Het Toneelstuk van Thomas Wells me had geleerd. Ik zou niet weer naar Lincoln gaan, tenzij als toneelspeler. Ik wist maar weinig van de wereld, zoals de Rechter geconstateerd had, maar ik wist dat we ons in de rol van een toneelstuk kunnen verliezen en dat we onze weg niet meer terug zullen vinden als dat te lang duurt. Toen ik als onderdiaken de Homerus van Pilato voor een edele opdrachtgever aan het overschrijven was, had ik gedacht dat ik God diende maar ik speelde alleen onder regie van de Bisschop, die de eerste toneelspeler is van die hele troep van de Kathedraal. Ik had de rol van de ingehuurde schrijver maar dat wist ik niet, ik dacht dat het mijn ware ik was. God laat zich niet dienen door zelfbedrog. De impuls om weg te lopen was geen waanzin geweest maar de wijsheid van mijn hart. Ik zou een toneelspeler zijn en ik zou proberen mijn ziel te bewaken, niet zoals de Toneelspeler in de fabel. En ik zou me niet weer in een rol laten vangen. 'Ik ben dankbaar, Heer Rechter,' zei ik, 'maar ik zal nu toneelspeler blijven.'

De Rechter knikte. Hij glimlachte niet meer. Zijn uitdrukking was aandachtig en kil en een beetje verdrietig, net zoals in het begin toen ik hem mijn verhaal begon te vertellen. 'De keuze is aan jou', zei hij. 'Ga nu terug naar de herberg en wacht daar. Je vrienden zullen later op de dag naar je toe komen – daar geef ik je mijn woord op. Ik moet nu gaan en mijn onderhoud met Heer Richard de Guise hebben.'

Hij knikte weer en ging weg, zijn mensen kwamen achter hem aan. We keken hen na tot hun gestalten in het vage licht verdwenen waren. Het meisje had haar handen omhoog gedaan en probeerde haar wilde haar wat op orde te brengen. En ik vroeg me af of Martin van haar zou blijven houden, nu ze niet langer geketend was.